KB264405

한국
모더니즘 희곡의 글쓰기

한국 모더니즘 희곡의 글쓰기

최 상 민 지음

한국학술정보㈜

머리말

이 책에서 나는 우선 세 가지의 키워드에 주목하고자 했다. '1970년대', '모더니즘', '글쓰기'가 그것이다. 70년대는 우리 역사에서 본격적으로 '경제적인 삶'과 '정치적인 삶'이 불균형을 만들어가기 시작한 시기이다. 이 시기는 한국형의 자본주의가 최소한의 민주적 가치체계조차 무시하고 제3세계적인 공간들에 대한 지배력을 확장시켜가던 때였다. 나아가 인간 영혼 자체까지도 굴복시켜가던 시기였다. 이 시기 많은 공연들이 검열의 칼날에 무대를 밟아보지도 못하고 사라지거나 오랫동안 서랍 속에서 잠들어 있어야 했다.

요사인 좀 뜸한 듯하지만, '386'이라는 말이 인구에 회자되던 시기가 있었다. 나는 바로 이 용어의 범주에 드는 사람이다. 이 부류의 사람들에게는 기본적으로 리얼리즘에 대한 어떤 정형화된 감정들이 있게 마련이다. 또 그것은 때로 이 부류의 사람들에겐 지식인이 되물어야 할 '양심의 잣대'와 같은 의미로 받아들여지게 마련이다. 이런 사람에게 애당초 모더니즘 희곡을 연구한다는 것은 그 행위 자체를 끊임없이 갈등하게 하는 것이었다. 30년대 극연의 후예임을 자랑스레 생각하는 연극계의 풍토는 이런 분위기를 부추기는 강력한 동기가 되기도 한 것이 현실이다.

이런 혼란 속에서 깜깜 터널 저편의 빛줄기처럼 출구를 보여주었던 것은 아도르노의 미메시스론이었다. 이 무렵 나는 그의 '미메시스(mimesis)론'이 대상을 복제하거나 재현한다는 의미에서보다 대상을 표현하고 극복한다는 의미에서 파악될 필요가 있다는 생각을 주장하는 것으로 이해했다. 이 발견은 나로 하여금 "우리 시대의 문학이

나아가야 할 길은 무엇인가?"라는 강박으로부터 벗어나도록 하는 데 큰 힘이 되어주었다. 즉 연구대상을 바라보는 나의 시각이 어떤 전제된 신념체계로부터 일정한 거리를 확보하도록 했다.

한편 문학적 글쓰기는 의사소통을 중시하는 기능적인 글쓰기와는 다른 변인들에 의해 구체화된다. 특히 글쓰기 주체가 겪는 '장르적 구속성'은 이 다른 변인의 핵심이다. 문학적 글쓰기에서 글쓰기 주체가 선택한 장르는 자신의 특별한 어떤 사회적 경험이나 사유내용, 형식을 담보하기 위한 의도적 전략이기 때문이다. 어떤 경우에도 선택은 의도되지 않고 이뤄지는 법은 없다.

그리하여 나는 이 책에서 모더니즘 희곡의 글쓰기 전제로서 모더니즘 미학일반과 장르적 구속성에 주목했다. 이를 바탕으로 한국 모더니즘 희곡의 글쓰기가 근대적 체험과 욕망, 일상성과 소통체계의 재구조화, 비억압적 화해의 세계를 표현해 내고 있다는 점을 파악할 수 있었다. 모더니즘 희곡의 이런 양상들은 이제 부정할 수 없는 양과 질을 통해 나타나고 있다. 가령 우리는 이윤택이나 장진, 조광화 등의 희곡을 읽거나 그들의 공연을 보면서 오태석이나 윤대성, 혹은 박조열·이강백·이현화의 작품들을 놀라운 눈으로 다시금 보게 되는 것이다.

이제 막상 출판하려 하니 두려움과 부끄러움이 앞선다. 집필과정에 애정어린 질정을 아끼지 않으셨던 유민영 김춘섭 구창환 김길수 한옥근 교수님께 깊은 감사를 전한다.

오랫동안 세상에 이 졸작을 내놓길 꺼려왔는데 학술정보사의 도움으로 용기를 냈다. 역시 깊은 감사의 마음을 전한다.

한결같은 마음으로 내게 헌신적인 지지를 보내주는 가족들에게 이 한권의 책을 바친다.

2008.5

I 서 론

1. 문제의 제기

문학작품은 그것을 창작·수용하는 인간의 삶을 총체적으로 반영한다. 그 반영형태는 문학 양식이 그것을 창작·수용하는 사람들에게 어떤 의미를 지니는가에 의해 결정된다. 또한 그것은 그것이 창작된 총체적인 '세계' 속에서 어떤 의미를 지니는가에도 영향을 받는다. 동시에 문학 양식의 창작 조건으로서 선대로부터 내려온 문학적 전통의 어떤 측면을 계승하고 있는가에 의해 달라지기도 한다. 따라서 문학작품의 진정한 의미는 작품 자체에 형상화되어 있는 의미 분석에서 나아가, 작품과 작가, 작품과 독자 및 작품과 그것이 창작된 총체적인 세계 사이의 '관계'를 추적함으로써 드러날 수 있다.

한편, 일체의 예술적 창조 작업의 동력은 인간의 본성에 내재되어 있는 '의미형성의 욕망'에서 찾아질 수 있다. 그것이 '사회 지향적'인 경우이든, '자기 지향적'인 경우이든 문학적인 방식을 통한 인식과 표현은 역시 인간 본성에 내재되어 있는 이 의미형성의 욕망에서 비롯된다. 따라서 이 의미형성의 욕망이야말로 모든 문학적 창조 행위의 핵심적인 구성 원리가 되는 것이다.

의미형성의 과정은 먼저 주체의 '세계인식'으로부터 비롯된다. 그리고 세계에 대한 인식은 주체와 세계 사이에 맺어지는 '관계'에 의해 구체화된다. 이 관계가 단절될 때, '소외'가 발생한다. 이 경우 주체는 객관적인 세계로부터 유리된다. 객관적인 세계는 인간관계의 총체성으로 짜인 사회적 환경이다. 그러므로 주객단절은 인간관계의 '총체성'[1]이 상실되었다는 것을 의미한다. 이제 주체는 진정한 의미

---

1) 루카치는 '총체성'에 대해 "형식 그 자체로부터 배태되는 선험적인 개념

에서 그 어떤 관계도 경험할 수 없게 된다. 그리하여 총체성이 사라지고 파편화된 삶 속에서 주체는 고립되어 '소외'되는 것이다. 나아가 소외는 주체와 주체의 공동체적 유대를 상실하게 한다. 이른바 근대는 이처럼 대상 인식에 대한 주체의 욕망을 좌절시키고 그들 사이에 조성될 혹은 조성되어 왔던 공동체적인 유대를 파괴하면서 시작된다.

우리 역사에 있어서 지난 1970년대는 바로 이런 서구적인 의미의 근대화가 가장 급속도로 진행된 시기이다. 앞선 시기 주체를 억압하던 여타의 기제들, 예컨대 신분·관습 등은 자유와 이성에 의해 대체되게 되었다. 이제 그들은 주체 스스로 판단하고 사유할 수 있다는 점에서 자유로울 수 있었다. 그러나 그들은 역설적으로 다시 타자와의 관계에 있어서 '소외'되어 부자유스러움을 경험하게 되는 상황을 맞이하게 되었다. 이제 주체는 이 역설적 상황에서 벗어나기 위한 노력을 전개하지 않으면 안 되게 된 것이다. 왜냐하면 '총체성'을 상실한 삶이야말로 사회 구조적인 모순에 다름 아니기 때문이다.

1960년대 말에서 1970년대 초에 걸쳐 연극계 내부에 일어난 일련의 변화양상은 바로 이런 노력의 일환이었다. 이 시기 가장 강력한 변화의 양상은 아리스토텔레스적 리얼리즘 연극을 실천하려는 노력과 더불어 새로운 연극을 이루어 보겠다는 시도가 시작된 것이다. 이러한 변화 양상은 총체성 회복을 위한 주체의 욕망과 연극계의 변화 모색이 긴밀하게 연관되어 있다. 리얼리즘적 담론[2]이 지배하고 있던 시대에는 '총체성의 상실'이라는 사회 체계의 구조적 모순에도 불구

이 아니라 선험성과 내재성이 자기 내부에서 한데 합치고 있는 경험적이고 형이상학적"인 것이라고 정의하고 있다. G. Lukács, 반성완 역, 『루카치 소설의 이론』(서울: 심설당, 1998 중판), pp.50−51.

2) 여기서 리얼리즘적인 담론이란 현실 세계의 삶을 반영하는 방법을 통해서 문학적인 형상화를 도모하는 경우이다. 반대로 모더니즘적인 담론이란 현실에 대한 부정적인 인식을 통해서 이상세계를 연상하는 방식으로 문학적 형상화를 도모하는 경우를 말한다.

하고, 일상적인 삶에는 미약하나마 인간적 유대의 가능성이 남아 있었다. 소박한 민중의 삶이나 주체 상호 간에 부분적으로 확인할 수 있는 '의사소통적 합리성'3)이 그것이다. 이는 리얼리즘이 총체성을 상실한 사회 체계에서 구조적 모순에 저항하는 근거가 된다. 그럼에도 불구하고 인간적 유대의 요소들이 사회 체계의 구조적 모순에 의해 소멸되는 것을 피할 수는 없다. 이런 사태가 바로 모더니즘의 등장 배경이 된다.

대체로 모더니즘이 등장하는 사회적 배경은 현대사회의 체제 모순이 격화된 시기와 일치한다. 동시에 그런 사회체제를 통제하는 힘 또한 강력해져 가는 시기이기도 하다. 즉 타자를 지배하는 도구적 합리성이 점차 그 폭력성을 노골화하는 시기인 것이다. 한편, 한국 모더니즘의 성장 배경은 지난 6·70년대 고도 경제성장 시기와 연관되어 있기도 하다. 서구의 그것이 자본주의 체계의 분화 및 비대화와 연관되어 있다면, 한국의 그것은 급속한 경제개발로 인해 기형적으로 비대해진 도시공간의 확대와 그 속에서 살아가는 일상적 삶이 피폐해진 상황을 배경으로 하고 있는 것이다. 한국 모더니즘의 성장 배경을 이루는 이 같은 특징은 매우 독특한 조건으로 작용하고 있다. 한국 모더니즘의 성장은 그것이 충분히 성숙된 단계에서도 여전히 리얼리즘적 담론이 생산될 조건을 이루고 있기 때문이다.

지난 1970년대 이 땅의 모더니스트들은 스스로 이런 독특한 환경을 충분히 인식하고 있었다고 보인다. 그들은 자신들의 시대가 일상

---

3) 벨머는 아도르노가 주체─주체 사이의 불평등하고 단절된 상태만을 지적하는 데 반하여, 주체─주체 사이의 평등하고 의사소통적인 관계가 언어에 연관된 정신의 영역에서 나타날 수 있다고 생각한다. 그리고 이를 하버마스의 개념을 빌려 '의사소통적 합리성'이라고 명명하고 있다. Albrecht Wellmer, 이주동 외 역, 『모더니즘과 포스트모더니즘의 변증법』 (서울: 녹진, 1993), p.120.

적 삶의 영역에서 다소간의 인간적 유대를 가능케 할 근거가 남아 있다고 생각하고 있었다. 이런 저간의 사실들은 그들이 스스로 총체적 삶에 대한 내면의 열망을 저버리지 못하는 이유가 된다. 그들은 비록 총체성이 파괴된 사회의 고독한 개인들이었지만, 인간적 유대 속에서 행동함으로써 총체성에 대한 열망을 저버리지 못한 것이다.

그러나 총체성이 사라진 사회 내에서 그들의 그런 열망은 결코 실현될 수 없다. 왜냐하면 그들이 총체성을 실현하기 위해서는 일상의 가치를 내면화하여 체제에 순응해야 하는데, 그들은 여전히 일상성의 외부에 존재하고 있기 때문이다. 결국 그들은 고립되고 소외되어 있는 자신들의 상처를 드러내기만 할 뿐 체제에 맞설 수는 없었던 셈이다. 따라서 그들에게는 인간과 환경의 상호작용도, 사건과 플롯도 나타나지 않는다. 모더니즘의 일상에는 사건이 없기 때문이다. 가령 이강백이나 이현화의 희곡들이 등장인물들의 환경과 상호작용을 그리고 있다거나 전통적인 극문학에서처럼 일정한 스토리 라인을 따라 발전해 가는 서사적 사건을 담고 있지 않은 것은 바로 이런 이유 때문으로 이해할 수 있다.

1970년대 한국의 모더니스트 극작가들은 일상적인 의사소통방식으로는 자신들의 열망을 효과적으로 표현할 수 없었다. 즉 리얼리즘적인 담론방식으로는 총체성이 사라진 세계를 담아낼 수 없었던 것이다. 이제 그들에게는 자동화가 이뤄진 일상을 탈자동화시킬 수 있는 특별한 방법이 필요하게 된 것이다.

1970년대 기존의 리얼리즘적인 연극에 식상해 있던 한국 모더니스트 연극인들은 모더니즘 미학 원리에 입각한 표현방식과 전통극의 극작술에 주목하고 있었다. '총체성에의 열망'이라는 자신들의 주제의식을 담아낼 특별한 방법의 하나로 판단되었기 때문이었다. 특히 박조열, 이강백, 오태석, 윤대성, 이현화 등은 1970년대 한국 모더니스트 극작가들의 이런 경향을 보여주는 작가 가운데 특별히 주목할 만한 사람들이다. 가령 이 시기 오태석이나 윤대성이 추구한 연극문법은 전통극의 외연적인 형식을 재구성하거나 창조적으로 계승한다는 관점에 서 있었다. <초분>에서 볼 수 있던 제의극적인 요소나 <노비문서>에 나타난 서사극적 요소, <오장군의 발톱>에서 보여주는 우화적 인물유형 등은 바로 이들의 방법적 관심사가 어디에 머물러 있었는지를 보여준다. 즉 1970년대 한국 모더니즘 희곡은 리얼리즘과의 만남을 통해 총체성이 사라진 시대에 주체 내부에 지각된 총체성에의 열망을 드러내고자 한 것이다.

필자는 일단 기존의 연구자들을 통해 주장된 박조열, 이강백, 오태석, 윤대성, 이현화 등의 작품이 지닌 모더니즘적 요소에 대한 지적들을 긍정적으로 수용하고자 한다. 이를 바탕으로 그들의 모더니즘적인 극작방식이 구체적으로 어떤 형태를 갖고 있으며, 그들의 이런 방식의 말하기가 지향하는 것은 무엇이며, 그들은 왜 그런 방식의 말하기를 선택했을까 하는 문제에 대한 관심과 해명에 집중하고자 한다. 즉 '세계'에 대한 인식을 통해 나타나는 1970년대 한국 모더니즘 희곡의 글쓰기방법4)의 의미를 구명하고자 하는 것이다.

'글쓰기'란 글쓰기 주체의 사회적 인식이나 경험 내용을 현실에 대한 대응이라는 형식을 통해 드러내는 작업이다. 즉 글쓰기는 세계에 대한 주체의 욕망과 인식 내용을 조정하여 일정한 의미형성을 지향하는 일련의 과정인 것이다. 동시에 글쓰기에 관련된 각각의 요소들, 이를테면 주체·세계·장르형식·지배적 문예사조 등이 상호작용한 결과이기도 하다. 결국 글쓰기란 주체와 대상 간의 '소통'을 전

---

4) 본 연구에서 '방법'이라는 용어와 함께, '방식'이라는 용어가 사용된다. 전자는 일정한 이론적 모형을 전제로 실천되는 담론상황으로, 후자는 주체의 스타일이나 테크닉적인 측면을 지칭하는 말로 통일한다.

제하는 것이고, 글쓰기 방법론이란 결국 이 소통의 효율을 극대화하기 위한 전략이다. 이 경우 문학이 갖는 미학적 속성은 도구적 이성이 중심이 되는 근대합리주의적 지향과 대립되는 것으로 파악할 수 있다. 이렇게 되면 문학적 글쓰기는 현실 비판적 기능이 두드러지게 될 것이다. 박조열이나 이강백 등의 희곡이 당대 사회에 대한 강한 비판적인 성격을 갖는 이유가 바로 여기에 있다.

1970년대 한국모더니즘 희곡의 글쓰기 방법론에 관한 연구를 진행하기 위해서는 당대를 관통하는 '도구적 이성중심주의'와, '리얼리즘'이라는 경계를 뛰어넘기 위한 작가적 전략은 무엇인지 확인할 필요가 있다. 그래야 구체적으로 개별 작가들의 작품 속에서 모더니즘적인 글쓰기 전략을 확인할 수 있을 것이고, 나아가 그 의미형성의 영역을 확인할 수 있을 것이다.

2. 연구사 검토

1970년대 한국 희곡에 관한 연구들은, 우선 개별 작가와 작품론에 관련된 연구들과 10년 단위의 문학사 기술의 일반적인 방법론에 따른 것으로서 사적인 맥락의 의미를 추출해 내려는 연구들로 나누어 볼 수 있겠다. 전자의 경우 본 연구에서 주목하고자 하는 작가들과 관련하여 대표적인 연구성과들을 살펴보면 다음과 같다.

먼저, 박조열에 대한 연구[5]는 대체로 그가 분단문제에 관심을 집

---

5) 박조열에 대한 주요 연구성과물로는 다음과 같은 것들이 있다.
　유민영, 「분단의 지적 정한적 탐구－박조열의 인간과 작품」, 박조열, 『박조열 희곡집－오장군의 발톱』, 서울: 공간미디어, 1994.
　김성희, 「분단현실과 동화적 세계」, 『연극의 사회학, 희곡의 해석학』, 서

중하고 있으며, 서구적 감수성을 바탕으로 시대적인 문제에 대한 고뇌를 드러내고 있다고 평가하고 있다. 이들 연구는 대개 그의 작품들을 희곡연구의 일반적인 방법론이랄 수 있는 의미의 측면을 부각하려는 것이다. 즉 그의 작품들을 내용과 형식의 층위 가운데 전자에 보다 더 주목하는 경우이다.

이강백에 대한 연구는 대체로 그의 작품들이 형식 면에서는 강한 우의성을 지니고 있으며, 내용적으로는 비판적인 시대정신을 담고 있다는 유민영의 지적6)을 계승 발전시키고 있다. 이런 경향의 연구로는 김성희, 이상란 등의 연구를 지적할 수 있다.

윤대성에 관한 연구 역시 성과를 살펴보면 다음과 같다. 먼저 유민영의 지적이다.7) 그는 70년대 이후 윤대성이 전통과의 만남을 통해서 초기의 개인적 체험세계에 머물러 있던 관심사로부터 벗어나 사회성 짙은 기록극을 선보이고 있다고 설명한다. 또, 윤대성 희곡의

울: 문예마당, 1995.

이미원, 「박조열 작품론; 양식적 실험과 통일에의 집념」, 『한국근대극연구』, 서울: 현대미학사, 1994.

김길수, 「<오장군의 발톱>을 통해 본 대조의 연극미학」, 『드라마의 현실과 실제』, 한국드라마학회, 1996.

무천극예술학회 편, 『박조열 희곡연구』, 서울: 국학자료원, 2001.

6) 이강백을 다룬 주요 논저로는 다음과 같은 것들이 있다.

유민영, 「창작극의 변모: 창고극장의 <결혼> 공연과 관련하여」, 『70년대 연극평론 자료집Ⅱ』(한국연극평론가협회 편, 1979, 영인본).

김성희, 「우의적 기법으로 드러내는 시대정신-이강백론」(1987), 『연극의 사회학, 희곡의 해석학』(서울: 문예마당, 1995).

김성희, 「이강백의 희곡세계와 연극미학」, 『한국 현대 희곡연구』(서울: 태학사, 1998).

이영미, 『이강백 연구』(한국예술종합학교 한국예술연구소, 1995).

이상란, 「연극적 상상력과 담론 통제」, 『한국극작가론』(서울: 평민사, 1998).

이혜경, 「소통장애의 세계와 거리두기」, 『한국극작가론』(서울: 평민사, 1998).

7) 유민영, 「좌절과 비극: 윤대성의 작품세계」, 『문학사상』 122호(문학사상사, 1982.12), pp.111-117 참조.

형식적 특징은 민속극의 서사기법과 브레히트의 생소화효과를 원용하는 데 있다고 지적한다. 한편, 서연호[8]는 위의 지적을 좀 더 구체화하여 윤대성의 희곡이 '환경과 언어에 대한 집착'을 드러내 보이고 있다고 한다. 즉 작가가 현실 사회의 비극은 사회 때문이라고 주장하는데 이는 환경에 대한 집착이며, 이를 드러내는 방식이 아이러니를 기초로 하는 것은 언어에 대한 집착이라는 지적이다. 이들의 이런 지적은 이후 박혜령[9]이나 정낙현[10] 등의 연구자들에게서도 그대로 이어진 것으로 보인다.

오태석에 대한 연구성과를 살펴보면 다음과 같다. 먼저 유민영은 오태석의 작품들이 부조리극적 방법이나 잔혹극적인 방법들을 차용하는 연출과 만나면서 매너리즘에 빠져 있던 연극계에 충격적인 자극을 준 것은 사실이지만, 이후 지나치게 시각적 효과만을 중시한 나머지 연극적 밀도를 잃고 말았다[11]고 비판한다. 김문환[12]도 이와는 약간 다른 각도에서 오태석의 극작세계를 비판하고 있다. 즉 '인간본성'이라는 신화적인 발상에서 한 발짝 벗어나 '오늘의 한국사회', 그것을 지배하는 대표적 모순에의 대결을 통한 현실조명 내지 반성에도 힘을 기울여야 할 것이라고 비판하고 있다.

그러나 이들의 비판적 지적은 한상철[13]의 지적과는 반대점에 있는 것으로 보인다. 즉 그는 오쾌석이 "난해하고 유희적"인 특징들을

---

8) 서연호, 「환경과 언어에 대한 탐색」, 『우리시대의 연극인』, 서울: 연극과 인간, 2001.
9) 박혜령, 「윤대성 희곡연구」, 『한국극예술연구』 7집, 1997.
10) 정낙현, 「윤대성 희곡에 나타난 서사극적 특성」, 한국극예술학회 편, 『한국극예술 연구 2집』, 서울: 태학사, 1995 재판.
11) 유민영, 『한국현대희곡사』(서울: 새미, 1997), p.623.
12) 김문환, 「오태석론—비현실적 연극의 현실감각」, 『오태석 희곡집2』, 서울: 평민사, 1999 제2쇄.
13) 한상철, 「오태석론 Ⅰ, Ⅱ」, 『한국연극의 쟁점과 반성』, 서울: 현대미학사, 1992.

갖는다고 지적하여 앞서 유민영식의 한계보다는 가능성 쪽에 보다 무게 중심을 주고 있기 때문이다. 이런 경향은 이후 명인서,[14) 김방옥[15) 등의 연구에도 이어져 오태석 희곡의 가능성에 후한 평가를 내리고 있기도 하다. 한편, 김길수[16)는 오태석 희곡에서 극작술의 문제에 집중하여 글쓰기에 대한 관심을 발전시키고자 하는 본고의 의도로 볼 때 매우 시의성 있는 연구성과를 제시하고 있다.

이현화에 대한 연구성과를 살펴보면 다음과 같다. 먼저 유민영[17) 은 이현화가 "아파트시대의 극작가답게 예리한 감각으로 현대인의 내면에 도사리고 있는 불안과 공포, 그리고 도덕성의 와해를 묘파했다"고 지적하면서 그의 극이 헤롤드 핀터(Harold Pinter)의 희곡을 연상케 하는 점이 있다고 한다. 이외에도 주목될 만한 연구성과들로 심정순,[18) 이미원,[19) 서연호,[20) 이상우,[21) 손화숙,[22) 신현숙[23) 등의 연구를 들 수 있다.

---

14) 명인서 외 편,『오태석의 연극세계』, 서울: 현대미학사, 1995.

15) 김방옥, 「오태석론」,『한국희곡작가연구』, 김호순박사정년퇴임기념논총간 행위원회 편, 서울: 태학사, 1997.

16) 김길수는 오태석 희곡 <태>의 묘미가 '극창작 설계'에 있다고 전제하고 이를 ① 문제와 관련된 일관된 구성, ② 다툼과 긴장의 효과적인 배치, ③ 결말에서의 뒤집기 등에서 확인해 가고 있다. 김길수, 「<태>의 극창작 설계미학」,『드라마논총 14집』, 한국드라마학회, 2001.

17) 유민영, 「방황과 모색-연극의 궤적」,『예술과 비평』창간호(서울신문사, 1984, 봄), p.205.

18) 심정순, 「이현화론」,『한국 현역 극작론2』, 서울: 예니 2판, 1994.

19) 이미원, 「이현화와 포스트모더니즘」,『한국현대극작가연구』, 서울: 연극과 인간, 2003.

20) 서연호, 「이현화 극적 새로움과 역사적 자아」,『우리 시대의 연극인』, 서울: 연극과 인간, 2001.

21) 이상우, 「폭력과 성스러움」,『한국극작가론』, 서울: 평민사, 1998.

22) 손화숙, 「관객의 일상성에서 벗어나기 위한 연극적 기법」, 한국극예술 학회 편,『한국극예술연구 2집』, 서울: 태학사, 1995 재판.

23) 신현숙, 「이현화의 극작술에 대한 소고」,『한국희곡작가연구』, 서울: 태 학사, 1997.

다음으로 10년 내지 20년을 단위로 하는 문학사 기술의 일반적인 방법론에 따른 연구들로 사적인 맥락의 의미를 추출해 내려는 연구들은 다음과 같다.

유민영은 70년대 연극의 사적인 전개를 논하면서, 첫째 새마을연극과 같은 목적극의 대두, 둘째, 상업적인 연극의 팽창, 셋째, 서구 전위극이나 전통극의 극작술 계승을 포괄하며 새로운 기법의 개발에 치중한 실험극의 대두 등을 그 특징으로 적시하고 있다.

김만수[24]는 70년대의 희곡이 정치 현실과의 사이에 일정한 긴장 관계를 형성하고 있었고, 다시 이런 관계가 표현에 대한 욕구를 자극한 것이라며, 이강백·최인훈 등 일부 극작가에 치중하여 사적인 맥락을 진단하고 있다. 70년대 극작가들을 사실주의와 반사실주의 경향으로 대별하고 그중 반사실주의 희곡에 관심을 표명한 것은 박혜령[25]이었다. 그러나 그의 연구는 이 시기 대표적인 작가 세 사람을 설정하여 그들의 작가론을 단순 배열하는 방식으로 이루어져서 명확한 비평적 관점을 확립하지 못했다. 특히 연구자는 작품 분석에 있어서도 이론적인 배경뿐만 아니라 그들 작가 / 작품에 나타난 세계관이나 글쓰기 원리가 무엇을 의미하는가에 대한 심도 있는 분석 작업에까지는 나아가지 못하고 있다.

이런 박혜령의 한계를 비판적으로 발전시키고자 한 것은 정우숙[26]이었다. 정우숙은 나름의 분석적 관점을 뚜렷이 하였다. 즉 그는 이 시기 작품들을 ⅰ) 존재론적 자아의 응축적 극화, ⅱ) 사회적 자아의

---

24) 김만수, 「1970년대 희곡의 한 양상」, 『희곡읽기의 방법론』(서울: 태학사, 1996), pp.326−332.
25) 박혜령, 「한국반사실주의 희곡연구−오태석, 이현화, 이강백 작품을 중심으로」, 이화여대 박사논문, 1995.
26) 정우숙, 「1960−70년대 한국희곡의 비사실주의적 전개 양상」, 이화여대 박사논문, 1997.

확산적 극화, iii) 존재론적 자아와 사회적 자아의 극적 다변화 등으로 분류하여 고찰함으로써 이 시기 작품들에 대한 접근방식을 새로이 제시하고 있다. 그러나 정우숙 연구는 이 시기 한국 비사실주의 희곡을 양식적 측면에서만 접근하고 있다는 한계를 갖는다. 그리하여 이 시기 리얼리즘적 세계관에 대한 비판적인 인식 틀로서의 모더니즘을 스스로 간과하는 우를 범한 것이다.

한편, 김영학[27]은 1960년대 반사실주의 희곡에 나타난 현대성을 집중 조명하고 있다. 그의 연구는 이전의 연구성과들을 모더니즘 미학이론을 통해 재조명하고 있다는 데에 있다. 그러나 그의 모더니즘 미학 이론은 '새로운 세계'에 대한 '새로운 인식과 표현'이라는 관점을 분명히 하지 못한 한계를 지닌다. 이런 한계는 곧바로 대상 작품들에 나타난 '현대성'을 체계화하여 제시하는 데 있어서의 부족함으로 나타나고 있다.

끝으로 한국 모더니즘 문학일반에 관한 연구들이다. 그러나 이는 아쉽게도 주로 소설과 시 분야에 집중되어 있다. 이들 분야에서는 모더니즘 미학의 원리뿐만 아니라 세계관적인 인식으로서의 모더니즘 문학에 대한 연구성과, 문학교육적 차원에서의 성과물까지 다양한 주제의 성과물들이 발표되었다. 그러나 희곡문학의 경우는 모더니즘이라는 개념조차도 통일된 인상을 주지 못하고 있는 것이 사실이다.

한국 희곡 문학에서 모더니즘이라는 용어를 체계화하여 제시한 사람은 이미원[28]이었다. 그는 모더니즘의 개념을 광의로 해석하여 2차 세계 대전 이후의 부조리극 등의 아방가르드 연극과 현대의 포스트모던 연극까지를 모더니즘극으로 보았다. 그의 연구가 갖는 미덕은 한국 모더니즘극에 관하여 개략적이나마 거의 최초의 분석적 연구를

---

27) 김영학, 「한국 모더니즘 희곡연구」, 조선대 박사논문, 2000.
28) 이미원, 「연극에서의 모더니즘」, 『한국근대극연구』(서울: 현대미학사, 1994).

시도함으로써 후학들의 길잡이 역할을 수행한 데 있다. 그러나 그의 모더니즘 연구는 기법적인 측면에만 국한하여 수행됨으로써 일정한 한계를 드러내고 있다. 즉 세계관적 인식틀로서의 모더니즘과 미학적 원리로서의 모더니즘 간에는 일정한 차이가 상존하고 있음에도 이를 간과하고 있기 때문이다.

3. 연구 대상 및 연구 방법

본 연구의 목적은 '모더니티'에 대한 인식을 통해 나타나는 1970년대 한국 모더니즘 희곡의 글쓰기방법을 구명하려는 데에 있다. 즉 1970년대에 발표되었던 한국 희곡 작품 가운데 모더니즘적 경향성을 지닌다고 판단되는 작품들을 대상으로, 그들 작품의 글쓰기방식을 통해 확인 가능한 모더니즘적 세계인식의 실상과 그 방법론이 갖는 의미형성기능에 주목하고자 하는 것이다. 특히 1970년대 한국 모더니즘 희곡에서 인상적인 극작술을 보여주었던 박조열, 이강백, 오태석, 윤대성, 이현화 등의 작품에 주목하고, 왜 그들의 작품이 전대 혹은 동시대의 사실주의 희곡과 다른 글쓰기를 지향하고 있으며, 그 의미는 무엇인지를 논증하고자 한다. 모더니즘 문학을 도구적 합리성에 대한 미적 합리성의 대응이라고 할 때, 문학적 글쓰기가 추구하는 것은 결국 이런 대립과 갈등을 조정하고자 하는 시도로 이해할 수 있을 것이다. 위의 박조열 등의 극작가들이 지향하는 극작세계는 바로 이런 의미의 모더니즘적 인식과 조정을 가장 잘 드러내는 작가들이라고 판단된다. 그들은 모두 근대 합리주의적 세계관이 차츰 폭력성을 노골화하던 산업화 시기의 한국 현실에 주목하고 있었다. 그들은 1970년대 한국 사회의 문제를 미학적 차원에서 부정하고 객관 세계의 동일성 논리에 맞서 비동일성의 작품세계를 열어 보였던 것이다.

사조로서의 모더니즘은 전근대에 대한 극복을 전제하는 것이며, 이는 작가의 욕망과 그 맥을 같이하는 것이다. 동시에 그것은 전대의 사실주의 희곡에서 보여준 극작술과 다른 그 무엇을 전제하는 것이다. 따라서 연구 목적의 효과적인 수행을 위해서는 글쓰기 일반에 관련된 의미형성의 요소들에 대한 고려와 함께, 장르적 구속성에 주목하지 않을 수 없다. 왜냐하면 그것은 객관적 대상세계에 대한 주체의 인식 내용과 사회적 경험을 조정하는 객관적인 준거이자 문학적 소통에도 영향을 미치는 기제이기 때문이다.

대개의 경우, '글쓰기'는 객관적 대상세계에 대한 주체의 인식과 실천을 위한 한 방식이며, 일정한 의미형상화를 지향하는 일련의 과정이다. 동시에 '글쓰기'는 '인식과 실천'에 관련된 각 요소들, 이를테면 주체·세계·장르형식·지배적 문예사조 등이 상호작용한 결과이다. 인간의 경험은 단절되어 있는 것이 아니라 상호적인 관계에 놓여 있기 때문이다. 한편 희곡의 글쓰기는 그것이 문자로 읽혀지는 다른 문학 장르와는 달리 무대상연을 전제한다는 점에서 또 다른 구속성을 갖는다. 흔히 문학작품은 어떤 글쓰기 방법을 구사하는가에 따라 그 의미 내용이 달라진다. 한 편의 문학적 텍스트에서 '이야기'라고 불리는 내용구조와 '담론'이라고 불리는 표현구조[29)는 상호적인 영향관계에 놓인다. 이때, 글쓰기방식의 문제는 당연히 텍스트의 표현구조인 '담론'의 상황과 연계된다.

본 연구에서는 이 같은 장르적 구속성이 공연성과 연관된 것이어

---

29) Syemour Chattman, 한용환 역, 『이야기와 담론』(서울: 고려원, 1990), p.173.

서 무대형상화를 위한 장치나 흥행성과 같은 텍스트 외적 제약과 밀접한 연관성을 맺는다는 점을 논증하고자 한다.

연구과제의 효과적인 수행을 위해 먼저 모더니즘 희곡의 글쓰기가 어떤 미학적 본질을 갖고 이뤄지는지를 이론화하려고 한다. 이는 주로 작가의 세계에 대한 인식과 표현이 '부조화'와 '낯설게 하기'를 통해서 이뤄진다는 가설의 논증을 통해 이뤄지게 될 것이다. 다음으로 글쓰기는 어떤 문학적 '소통'을 전제하는 것이고, 글쓰기 방법론이란 결국 이 소통의 효율을 극대화하기 위한 전략이라는 가설 아래 '리얼리즘'과 '희곡'이라는 구속성을 뛰어넘기 위한 작가적 전략은 뭔가를 논증하게 될 것이다. 여기에는 작가의식의 주변을 옥죄고 있다고 판단되는 '한국의 1970년대'라는 시대적 특수성이 함께 고려될 것이다.

다음으로 한국 모더니즘 희곡의 대표적인 작가군으로 위의 박조열 등 다섯 사람에 주목하여 그들 각자의 글쓰기가 어떤 유사성과 독자성을 갖고 모더니즘적 글쓰기 방법의 특징들을 드러내고 있는지를 논증하게 될 것이다. 이를 위해 동원된 텍스트는 각 작가의 작품 가운데 <파수꾼>(1973),[30] <셋>(1972),[31] <오장군의 발톱>(1975),[32] <흰둥이의 방문>(1970),[33] <태>(1974),[34] <초분>(1973),[35] <노비문

[30) 이강백, 『이강백희곡전집 v.1』(서울: 평민사, 개정판 1쇄 2001), 이하 작품 인용은 모두 이곳에서 이뤄지며 구체적인 서지사항 생략함.
31) 위의 책, 이하 내용 같음.
32) 박조열, 『오장군의 발톱』(서울: 학고방, 1991), 이하 작품 인용은 모두 이곳에서 이뤄지며 구체적인 서지사항 생략함.
33) 위의 책, 이하 내용 같음.
34) 오태석, 『오태석 희곡집 v.1: 백마강 달밤에』(서울: 평민사, 1999), 이하 작품 인용은 모두 이곳에서 이뤄지며 구체적인 서지사항 생략함.
35) 오태석, 『오태석 희곡집 v.2: 심청이는 왜 두번 인당수에 몸을 던졌는가』 (서울: 평민사, 1999), 이하 작품 인용은 모두 이곳에서 이뤄지며 구체적인 서지사항 생략함.]

서>(1973),[36] <누구세요>(1976),[37] <오스트라키스모스>(1979)[38] 등 9
편이다.

이들 일련의 논증이 궁극적으로 지향하고 있는 목표는 모더니즘
희곡의 현실인식과 실천이라는 측면에서 글쓰기방식상의 특징을 살
펴보는 데에 있다. 이를 통해 연구는 마침내 1970년대 한국 모더니
즘 희곡이 도달한 성과와 한계라는 결과와 만나게 될 것이다.

---

36) 윤대성, 『윤대성 희곡집』(서울: 청하, 1990), 이하 작품 인용은 모두 이
   곳에서 이뤄지며 구체적인 서지사항 생략함.
37) 이현화, 『이현화 수상작품집: 누구세요』(서울: 예문관, 1979), 이하 작품
   인용은 모두 이곳에서 이뤄지며 구체적인 서지사항 생략함.
38) 이현화, 『이현화 희곡집: 0.917』(서울: 청하, 1985), 이하 작품 인용은 모
   두 이곳에서 이뤄지며 구체적인 서지사항 생략함.

Ⅱ 모더니즘 희곡의 글쓰기 전제

1. 모더니즘 미학의 본질

1) 근대성의 조건

'1970년대 한국 모더니즘 희곡'을 미학적 인식을 바탕으로 한 글쓰기로 설명하기 위해서 우선 필요한 것은, 모더니즘 미학의 근간을 이루고 있는 '근대성'의 문제를 어떻게 설명할 것인가의 문제와 여기에 1970년대를 어떻게 연계시킬 것인가의 문제가 선결되어야 한다는 점이다. 일찍이 한국 연극 혹은 희곡에 있어서 모더니즘의 시작은 소설에서와 마찬가지로 19세기 사실·자연주의극의 인과율적인 구성이나 객관적인 시각에 반기를 들면서 이루어졌다고 보는 관점[1]이 제기되었다. 이는 모더니즘의 개념을 주로 미학적 방법론에 국한하여 확정짓는 태도라고 할 수 있다. 그러나 모더니즘을 미학적인 방법론이라는 관점으로만 국한하면 그 실체를 올곧게 드러내는 데에 일정한 한계를 갖게 될 것이다. 왜냐하면 모더니즘은 미학적인 방법론이라는 관점 못지않게 근대합리주의 세계관에 의해 이끌려온 세계가 어떤 측면에서 다시 근대 주체를 소외시키고 단절시키는지를 인식하기 위해 새로이 요구되는 세계관이라고도 볼 수 있기 때문이다.[2] 따라서 모더니즘 문학에 대한 올바른 이해를 위해서는 주체의

---

1) 이미원, 『한국근대극연구』(서울: 현대미학사, 1994), p.284.
2) 아이스테인손에 따르면, 모더니즘은 몇 가지 패러다임으로 유형화할 수 있다고 한다. 즉 i) 형식주의 패러다임—일종의 미학적 영웅주의로 예술만이 혼돈에 빠진 현대사회에 종교와 같은 질서를 부여할 수 있다고 보는 관점, ii) 루카치식의 독법—20세기 이래 자본주의의 '사물화'자체는 인정하면서도 정작 그것의 문학적인 표현인 모더니즘에 대해서는 비판적인 입장을 취하는 관점, iii) 거울 패러다임—모더니즘이 발언하고

세계인식 틀이라는 관점과 그것의 미학적 실천이라는 두 가지 관점에서 살펴보아야 할 것이다. 이를 위해 이 장에서는 역사철학적 모더니즘의 전개 과정을 개괄하고, 그것을 다시 우리의 1970년대와 연계시킴으로써 근대성의 조건을 확인해 보기로 한다.

전적으로 새로운 시대를 지칭하기 위해 사용되기 시작한 개념인 '모던(modern)'을 통해 근대를 설명하기 위해서는, 그 전 단계로서의 고대와 중세에 대한 개념 규정이 필요하다. 다시 말하자면, 연속성을 가지면서도 전 단계와 완전히 상이한 단계로 근대를 설명하기 위해서 세계의 중심으로서의 인간 정신을 자각한 근대적 사고의 실체가 무엇인지 이해해야 한다. 당연히 그것은 기독교적인 세계관의 전단계인 플라톤적인 세계관과 중세의 기독교적인 세계관의 와해로 야기된 새로운 인간관이다. 그리고 이 새로운 사고의 흐름에 대해 말하려면, 중세가 더 이상 불가능하게 된 조건으로서의 사회적 변화를 먼저 살펴보아야 할 것이다. 이른바 역사 철학적 측면에서의 근대성 성찰이다.

중세에서 근대로 옮아 간다함은 장원경제제도에서 화폐경제제도에로, 중세 봉건적 지방분권화에서 중앙집권화로, 기독교적 세계관에서 휴머니즘적 세계관에로 이행된다는 것을 뜻한다. 이러한 새로운 세계관의 주역은 초기자본주의 단계에서 경제적 부를 수단으로 신분상승

───────────────

있는 사회적 경험이 사회적인 현대화를 반영한다고 보는 입장, iv) 저항의 패러다임—모더니즘 자체를 부르주아 주체 혹은 자본주의의 역사적 발전이라는 개념을 반격하는 전복의 기획으로 보는 관점 등이 그것이다. 본고에서는 이러한 유형분류를 긍정적으로 수용하면서 객관적 대상세계에 대한 인식으로서의 모더니즘의 문제에 주목하고자 한다. 왜냐하면 이러한 관점이야말로 근대 이후 변화된 삶의 양식을 드러내고 있으며, 일상의 삶 속에서 자기 동일성을 잃어가는 개인의 삶을 문제르 삼아 그러한 변화를 야기한 사회에 대한 저항과 비판을 담고 있다고 판단되기 때문이다. Astradur Eyteinsson, 임옥희 역, 『모더니즘 문학론』(서울: 현대미학사, 1996), pp.16-19참그.

에 성공한 시민 계급이다. 이 시민 계급의 세계관을 반영하는 것이 역사철학적 모더니티이다. 여기서 모더니티는 서양의 근·현대를 총체적으로 관류하는 일종의 시대정신이라고 볼 수 있다.[3] 하버마스는 모더니티의 개념을 미래지향적인 삶을 사는 시대, 미래에 대한 진기함을 향해 자신을 여는 시대[4]로 표현한다. 이 미래에 대한 지향은 특히 17세기 과학혁명의 사상가들에 의해 발전되었고, 고대 및 중세의 닫힌 세계에 대한 '열린 상황의 실재개념'[5]을 전제한다. 다시 근대철학에서의 실재개념은 르네상스 이후 이론적·심미적인 성질을 띠며, 새로움과 놀라움, 그리고 생경한 성질을 정당화한다. 과거가 아니라 미래를 지향하는, 그리고 자기 정당화로서의 개념인 셈이다.

한편, 이마무라 히토시는 '근대'를 세 가지로 범주화하고 있다.[6] 여기에는 우선 '제1근대'라고 불리는 근대 초기의 모습이 있다. 즉 국민 국가가 형성된 17-8세기에 이르는 시기를 말한다. '제2근대'는 근대 중기의 모습이다. 이 시기는 근대 초기 제1근대가 만든 국민국가와 국민경제의 틀을 이어받지만 그 내용에 있어서는 부르주아적인 국민국가와 경제체제이다. 자본주의 경제체제는 구체적으로 자본주의적인 '세계경제'체제로 재편된다. 다시 이런 자본주의적 세계경제는 다른 한편으로 제국주의와 식민주의를 만들어낸다. 이어 현재 인류는 절대주의의 시기인 초기의 제1근대, 자본주의 경제체제를 중심으로 확립된 중기의 제2근대와 다른 새로운 시대에 돌입하려 하고 있다. 이른바 '제3근대'의 시기이다. 그러나 이러한 변화의 과정에서

---

3) 윤평중, 『포스트모더니즘의 철학과 포스트마르크스주의』(서울: 서광사, 1992), p.14.
4) J. Habermas, *The Philosophical Discourse of Modernity*, Cambridge; Cambridge Univ Press, 1987, p.5.
5) H. Blumenberg, *The Legitimacy of Modern Age*, Cambridge; Mass, 1983, p.423.
6) 今村仁司, 『근대성의 구조』(서울: 민음사, 1999), pp.51-55참조.

도 결코 변하지 않는 것들이 있다. 현대의 기술 경제 체제를 받쳐 주는 근대합리주의 정신이 바로 그것이다. 여기에 그 모습을 서로 합체하여 드러내고 있는 근대의 경제와 기술이 있다. 그리고 이 두 가지의 요소가 하나로 합체되는 것[7] 그 자체가 '근대성'이다. 제2근대는 그것들을 유기적으로 종합하여 하나의 거대한 기계를 만들고 다시 이를 정당화하기 위한 이데올로기를 만들었다.

여기서 모더니티의 개념이 무엇보다도 18세기 계몽주의 운동에 집약되어 나타나는 점에 주목할 필요가 있다. 18세기 마지막 10년 동안 유럽의 정치적 격변을 촉진시켰던 다양한 지적 조류들과 연계되어 있는 계몽의 개념은 어느 한정된 시기나 특유한 지적 조류들과 관계되는 것이 아니라, 보다 포용적인 원칙들과 관계된다. 계몽사상의 특징은 이성의 능력에 대한 믿음과 세계에서의 인간의 중심적인 위치에 관한 믿음, 자연법칙은 수학적 언어로 구성되며 양적이며 계량될 수 있는 것만을 실재하는 것으로 간주하는 자연관의 변화 그리고 진보의 교의 등 세 가지로 요약될 수 있다.[8] 모더니티는 바로 이러한 계몽의 기획이 실현되는 사회, 인간과 세계에 대한 과학적 이해가 사회적 상호작용을 규정하는 사회로 인식될 수 있다.[9]

이러한 계몽주의사상에 나타난 이성의 도구화는 아도르노(Theodor

---

7) 이 접합의 친화력을 만들어 내는 조건은 다음과 같다. ⅰ) 기계론적 세계상: 고대의 테크닉을 대신하는 근대기술(테크놀로지)을 낳은 것은 기계론이다. 세계 전체를 수량적으로 처리하는 세계 이해도식이 있고서야 비로소 근대 특유의 기술이 생겨났다. ⅱ) 생산주의적 – 계산적 이성: 주관성을 원리로 해서 세계를 구축한다고 생각하는 생산적 – 구성적인 정신이 근대 이성의 방법주의를 지탱한다. ⅲ) 진보시간론: 미래를 앞당겨 계산하면서 계획을 세워 실행한다고 하는 미래를 향해 전진하고 진보하는 시간의식을 포함한다. 단지 앞쪽을 바라볼 뿐만 아니라 결단해서 성과를 구축하는 것이 근대의 진보 – 발전적인 시간의식이다. 위의 책, p.53.
8) 윤평중, 앞의 책, pp.16 – 21.
9) A. Callinicos, *Against Postmodernism,* New York; Martins Press, 1990, p.32.

W. Adorno)나 호르크하이머(Max Horkheimer)와 같은 프랑크푸르트 학파의 합리성 이론에 잘 나타난다. 이들의 분석은 특히 베버(Max Weber)의 이른바 인간성을 구속하는 '철의 감옥(*iron cage*)'을 제도화하는 '목적－합리성'의 팽창이나 도구적 합리성, 주체적 이성과 같은 데에 집중되었다.[10] 그런데 이런 서구적 합리화의 진척은 "계산과 제어의 지속적인 확산을 통해 세계의 탈마법화를 불러오는 긍정적인 측면도 있지만 인간해방이나 이성의 확대에 역행하는 부정적인 결과를 불러오기도 한다"[11]는 것이 베버의 주장이다. 베버의 이런 주장은 다시 아도르노와 호르크하이머에 의해 보다 구체적으로 제시되고 있다. 『계몽의 변증법』에서 그들은 "왜 인류는 참다운 인간적인 상태로 나아가지 못하고 새로운 유형의 야만에 빠져들어 갔는가?"라고 묻고, 다음과 같이 말한다.

> 신비스러운 하나를 만들어 내려는 모든 시도는 기만, 즉 환멸로 끝난 혁명이 무기력하게 내면세계에 남긴 흔적에 불과하다. 그러나 계몽은 어떤 방식으로든 유토피아를 실체화하려는 시도에 미혹당하지 않으며 지배를 당당하게 '분열'이라고 선언하게 되면서, 계몽이 굳이 감추려들지 않는 '주체와 객체의 분리'는 이러한 분리가 비진리라는 진리의 증거가 된다.[12]

아도르노의 이러한 지적은 마치 데리다(Jacques Derrida)류의 해체를 연상케 하는데, 이는 그가 고대 그리스 이후 현대에 이르는 인간중심주의적인 서구의 합리주의 사상에 대한 내재적 비판을 통해서

---

10) 위의 책, pp.33－34 참조.
11) 윤평중, 앞의 책, p.28.
12) 호르크하이머·아도르노, 김유동 역, 『계몽의 변증법』(서울: 문학과지성사, 2001), p.75.

그것을 비진리로 '해체'하고 있기 때문이다. 자연에 대한 인간의 지배, 인간에 대한 인간의 지배 등 '지배의 진전과정'에 상응한다고 볼 수 있는 '계몽의 발전 과정'이 사실은 '고통의 진전과정'이라는 주장이다. 이 야만적 사태의 진전에 대한 아도르노의 현실인식은 지극히 비관적이다. 적어도 사회적 차원에서는 그러한 야만상태를 벗어날 수 없다는 절망이 그의 책 곳곳에 깔려 있기 때문이다. 예컨대, 박조열의 인물 '오장군'이 추구하는 세계는 동화적 세계에서의 조화로운 일상을 누리는 것이지만, 군대징집이라는 동일성 논리에 의한 억압이 그를 파멸로 이끌었던 상황이 그것이다.

아도르노가 주목하고 있는 것은 심미적 차원에서의 대응이다. 그의 미학 원리는 마치 전통적인 형이상학들이 이데올로기에 의해 폭로되듯이 인간이 그들 상상력의 세계에 만들어내고, 나아가 예술작품을 통해 표현해 냈던 미적 가상들에 의해 이 물신화의 과정 속에서 상처받은 인간영혼을 위로할 수 있다는 데에 있다. 가령 오태석의 <태>에 나타난 '핏줄 잇기'나, <초분>에서 '원시적 생명력이 충만한 잔혹의 세계'가 해원굿의 의미기능을 수행하는 것은 도구적 이성의 논리에 맞선 심미적 대응 기제로 볼 수 있다.

자본주의의 발달은 처음에 농촌을, 그다음에는 제3세계에 대한 지배력을 강화하는 방향으로 진전되어 왔다. 그리고 현대의 정보사회에서는 마침내 인간의 영혼 자체까지도 굴복시키는 양태를 보이고 있다. 자본주의 진전이 주체와 객체를 분리·단절시키고 있는 셈이다. 그런데 우리나라의 경우는 이런 사태가 훨씬 큰 가속력을 가지고 이루어지고 있다. 왜냐하면 우리의 경우는 위의 세 가지가 뒤엉켜 나타나고 있기 때문이다. 한국의 1970년대는 바로 이런 상황이 가장 생경하게 맨살의 폭력성을 발휘하기 시작한 시기이다.

1950-60년대나, 그 이전의 일제침략의 시기에서도 총체성이 상실

되기는 매일반이었으나, 사적이고 일상적인 공간에서의 인간적 유대를 가능케 하는 삶의 조건이 어느 정도 남아 있었다. 그것은 대개 소박한 민중적인 삶의 연대이거나, 근대의 의사소통적 합리성의 형태로 존재했었다.[13] 이른바 '리얼리즘의 조건'이 온존해 있었던 셈이다. 그러나 1970년대의 사회 현실에서는 더 이상 진정한 의미의 공동체적 삶이라는 꿈이 존재하지 않는다. 대신 왜곡된 꿈으로서의 '선진조국' 창조라는 거짓만이 남아 있었다. 그러나 경제개발, 산업화, 도시화라는 자본주의적 근대의 발전에 근거한 새로운 공동체는 진정한 인간관계를 잃어버린 허구적인 설계에 불과하다.

> 삼포와 새마을은 각기 다른 종류의 유토피아의 기호들이다. 새마을의 행복을 꿈꾸는 자는 결코 삼포를 그리워하지 않는다. 그 반대로 삼포를 그리워하는 사람들에게 새마을은 절대로 '살기 좋은 부자마을'일 수 없다. 새마을의 경제적 발전은 근대화론이 은폐하는 디스토피아의 이면일 수 있는 것이다.[14]

따라서 이런 사회 체계 안에서 근대화론의 미망에 저항하는 방법은 그들의 근대화론에 동조하지 않는 방식으로 공동체적 유대를 복원하거나 잃어버린 총체성을 경험할 수 있는 공간으로의 이동을 필요로 한다. 이른바 모더니티의 조건이 형성된 것이다. 이제 문학행위를 하는 자는 이 조건에 부합하는 새로운 형태의 미적 인식을 갖춰야 하며, 동시에 이 새로운 형태의 미적 인식을 드러내는 방식의 전환을 실천하는 작업을 필요로 하게 된다. 윤대성이 "정치권력의 부도덕함을 질타하고 새로운 해방의 가능성을 모색"[15]하기 위해 사실

---

13) 나병철, 『모더니즘과 포스트모더니즘을 넘어서』(서울: 소명출판사, 2001), p.159.
14) 위의 책, p.21.

주의적 극작술에 의존하기브다는 서사극과 같은 모더니즘적인 방식을 스스로 선택한 것은 이 같은 의미부여가 가능할 것이다. 다만 이 경우 윤대성의 세계인식은 부정적인 인식을 지향하다기보다 역사적 현실의 인식을 통해 "우회적으로 자유의 문제를 제기"[16]한 것으로 이해할 수 있을 것이다.

2) 대상의 인식과 표현

모더니즘에 대한 논의는 자본주의적인 근대 이후 새로이 형성된 삶의 양상을 어떤 관점에서 바라 볼 것인가의 문제로부터 시작된다. 즉 '인식'의 문제가 모더니즘 문학을 설명하는 주요 기제가 되며, 이를 어떻게 구체적인 텍스트에 담아낼 것인가의 문제로 귀결된다는 것이다. 같은 맥락에서 대상에 대한 모더니즘적 '인식과 표현'의 문제는 결국 모더니즘 등장 이후 세계인식의 내용과 표현이 어떻게 달라지는지를 구체화하고 그 원리의 일단을 밝히는 작업이 된다.

계몽주의시대 인간을 구원할 수 있을 것으로 믿었던 이성이 오히려 인간을 억압하는 현실을 아도르노는 '주체의 객체화'[17]라고 명명하고 있다. 이는 주체가 주체로서 지니고 있어야 할 주체성을 박탈당하고 객체로 끌어내려지는 상황을 지칭하는 용어이다. 미적 모더니티[18]는 바로 이런 상황에 저항하고 비판하려는 태도를 취한다. 그

---

15) 유민영, 「좌절과 비극의 작가」, 『신화 1900』(서울: 예니, 1986), p.356.
16) 위의 책, p.357.
17) T. W. Adorno, *Negative Dialectics*, trans, E. B. Ashton, New York; Continuum, 1973, p.173. 최미숙, 「한국모더니즘시의 글쓰기 방식에 관한 연구」(서울대 박사논문, 1997), p.11에서 재인용.
18) 칼리니스쿠는 근대문명사에 '부르주아 모더니티'와 '미적 모더니티' 등 두 가지 상반된 모더니티가 존재하다고 전제하고 있다. 그에 따르면 전자는 근대적 관념의 역사의 초기에 두드러진 합리주의적 전통을 계승

러나 문학의 경우 이는 먼저 리얼리즘의 형태로 나타났다.

리얼리즘은 "예술가가 개인으로서의 의식을 갖고 사회와 대립해서, 자신의 체험을 기초로 사회적 현실의 생활형태를 주체적으로 인식"[19]한 내용을 표현하려는 시도이다. 근대 리얼리즘문학의 세계에 대한 인식론적인 입장은 '반영이론'에 놓여 있다. 그러나 이들의 이런 인식적 방법론은 그 자체 내에 필연적인 한계를 가지고 있다. 비록 그들이 서구 자본주의 성립기의 사회생활의 모순을 일정 정도 드러내는 데 기여하였지만, 자본주의 초기의 물질적 발전 수준이 갖는 역사적 제약성을 그대로 노정하고 있기 때문이다.

그러나 유물론적인 인식론이 갖는 원리적 오류는 인간의 물질적인 사회생활 과정을 합법칙적으로 설명할 수 없었으며, 인간을 오직 자연존재로만 이해했다는 데에 있을 것이다. 그래서 그들은 인식의 사회적 성격을 배제한 채 인식 과정을 사회적 과정으로서가 아니라, 개인의 의식 안에서만 이루어지는 것으로 이해했다. 즉 그들의 오류는 인식 과정의 사회적 존재와 사회적 피결정성, 인식 과정의 능동성을 포착할 수 없었던 것이다. 그 결과 인간의 인식은 비역사적인 것으로 파악될 수밖에 없었다.[20]

반영이론의 새로운 점은 그것이 사회발전에 대한 인식에 근거하여 인식 과정의 변증법을 일관되게 적용한다는 데에 있다. 그들은 의식을 매개로 하여 객관적인 실재를 정신적으로 획득하고 재생산하는

하고 있으며, 또 그것은 중산층에 의해 수립된 승승장구하는 문명의 핵심적인 가치로 보존되고 증진되어 왔다고 한다. 한편 후자의 모더니티는 반부르주아적인 태도를 분명히 하고 있으며, 중산층의 가치에 대해 폭동, 무정부주의, 묵시론에서 귀족적인 자기 유폐에 이르는 다양한 방식의 역겨움을 보여 왔다고 진단한다. M. Calinescu, 이영욱 외 역, 『모더니티의 다섯 얼굴』(서울: 시각과언어, 1993), pp.53−58 참조.

19) 伊東勉, 이현석 역, 『리얼리즘이란 무엇인가』(서울: 세계, 1987), p.194.

20) 務臺理作, 홍윤기 역, 『철학개론』(서울: 한울, 1982), pp.208−211 참조.

것은 하나의 사회적 과정이며, 이는 다시 사회적 실천에 기초하여 발전한다고 주장한다. 결국 인간은 이러한 과정을 통하여 사회적, 집단적, 개인적 주체로서 그의 외부의 대상세계를 정신적으로 획득하여 재생산하게 되는 것이다. 즉 '반영'하는 것이다. 여기서 중요한 것은 인간 의식에서 객관적인 대상세계가 창조되는 것이 아니라, 인간 의식에서 객관적 대상세계에 대한 반영이 가지는 창조적 성격이라고 보아야 한다는 점이다. 인식의 창조적인 기능은 인식이 존재하는 대상을 단순히 베끼는 것도 혹은 대상을 있는 그대로 반영하는 것도 아니다. 오히려 '반영'은 인간의 감각에 대한 물질적 세계의 영향을 수동적으로 받아들이는 것이 아니라, 실천적 관심에 의해 인도되는 주체가 인식을 매개로 하여 일정한 목표지향과 선택하에 재생산하는 능동적 사회활동인 셈이다.

따라서 리얼리즘은 아리스토텔레스의 모방설에 기초하여 객관적 대상세계를 주체적·능동적으로 반영하거나 재현하는 것으로 지상의 목표를 삼았다.21) 아리스토텔레스(Aristotle)도 "시인의 임무는 일어난 일을 단순히 이야기하는 데 있는 것이 아니라, 일어날 수 있는 일, 즉 개연성 또는 필연성의 법칙에 따라 가능한 일을 이야기하는 데에 있다"22)고 강조한다. 하지만 "리얼리즘이 우주나 자연 또는 삶의 실재를 객관적이고 확고 불변하는 것으로 파악하려는 반면, 모더니즘은 그것은 어디까지나 주관적이며 상대적인 것으로 파악하려고 한다"23)는 주장은 리얼리즘에 대한 편견과 오해에 불과하다. 리얼리즘은 객관적 대상세계를 확고 불변의 것으로 파악하려는 것이 아니라, 인간의 의식으로부터 독립한 객관적 대상세계를 주체적·능동적으로

---

21) 김욱동, 『모더니즘과 포스트모더니즘』(서울: 현암사, 1992), p.62.
22) 아리스토텔레스, 천병희 역, 『시학』(서울: 문예출판사, 1998 개역판), p.60.
23) 김욱동, 앞의 책, p.63.

재구성하려는 것이기 때문이다. 이는 인간에게 있어 현실이란 단순히 객관적으로 실재하기만 한 것이 아니라는 사실에서 더욱 그렇다. 현실은 인간의식을 통하여 창조되고 형상화되는 인간의식과 행동의 구성체이다. 리얼리즘 경향의 극작세계를 일관되게 펼쳐 온 차범석의 <청기와 집>을 예로 들어보면, 리얼리즘 작가들이 단순히 현실을 반영하여 그 모순을 제시하려는 관점을 유지하고 있다는 생각이 잘못임을 알 수 있다. 즉 <청기와 집>은 비정상적인 가족관계를 그리면서도 끝까지 인간으로서의 신뢰를 잃지 않는다거나, 그러한 현실 속에서 갈등을 지나치게 확대하려는 작위적인 의도를 드러내지 않고 적절하게 절제되어 있다. 전통 모럴에 대한 맹목적인 비판이나 새 시대에 대한 일방적 찬성의 입장을 취하는 대신, 전 시대의 유산을 극복하지 못하고 좌절하는 신세대의 나약성과 그들을 둘러싸고 있는 환경의 병리를 파헤친 점은 위에서 언급한 대상세계에 대한 주체적, 능동적 재구성이라고 볼 수 있을 것이다. 이를 위해 리얼리즘 희곡 작품에서 가장 강조되는 극작술은 바로 '인과율'의 문제이다.

한편, 모더니즘의 세계인식은 리얼리즘과는 반대로 주관적 관념론이다. 그들은 존재하는 모든 것은 지각되는 것이라고 생각한다. 즉 인간의 의식으로부터 독립하여 존재하는 객관적 대상세계의 실재성을 부정하고, 일체의 현실을 주관에 의한 관념으로 환원시킨다. 이러한 모더니즘의 입장은 독일 표현주의 시인 고트프리트 벤(Gottfried Benn)의 "객관적 실재란 존재하지 않는다. 자신의 창조를 통하여 끊임없이 새로운 세계를 건설하고, 수정하고, 다시 건설하는 인간 의식만이 존재할 따름"[24]이라는 주장으로 나타난다.

이를 다시 인식논리의 틀 속에서 보면, 예술의 해묵은 논쟁인 '모방이냐 창조냐' 하는 질문에 맞닥뜨리게 된다. 그러나 이미 앞에서

---

24) 위의 책, p.64.

살펴보았듯이 반영이론 속에도 이미 창조의 계기가 내재되어 있다는 점에 동의한다면 이런 식의 논쟁은 무익하다. "예술은 실재를 모방하는 것이 아니라 오히려 예술가의 상상력을 통하여 창조한다"[25]고 보아야 할 것이기 때문이다. 즉 벤의 주장대로 객관적인 실재란 존재하지 않고, 존재하는 것이라곤 나의 주관적인 의식밖에 없으므로 존재하지도 않는 실재를 모방한다는 것은 그 자체가 모순이고 허구가 될 것이다. 이런 사실은 모더니즘을 비판이론과의 비교를 통해 분석하고 있는 유진 런(Eugene Lunn)의 관점에서 잘 드러나고 있다.

유진 런은 "예술에서의 모더니즘은 통일된 전망도, 일치된 미학적 실재도 드러내지 않고 있다. 따라서 다양한 모더니즘의 운동 모두를 포괄하는 공통된 국면을 살펴보는 일은 현상 자체를 지나치게 도식화할 우려가 있다"고 전제하고, 모더니즘 일반이 지향하는 미학적 형식과 사회적 전망을 다음과 같이 네 가지로 제시한다.[26]

1) 미학적 자의식 또는 자기반영성: 현대의 미술가·작가·음악가들은 자기들이 작업하고 있는 미디어나 재료, 자기 재능을 창작화하는 과정에 자주 주목한다. 예컨대 소설가는 자기 작업에서 소설쓰기의 문제를 탐구하고 극작가들은 의도적으로 자기들 연극의 극적 구성을 드러낸다. 그렇게 함으로써 미학의 새로운 과학성이 들어났다고 자부하며 이른바 외부 현실이라는 것이 단순 투명한 반영 또는 표현으로 고착시키는 자연주의의 낡은 시도로부터 벗어난다.

2) 동시성·병치 또는 '몽타주': 상당수의 모더니즘 예술에서는 공시성에 근거를 둔 미학 체계, 메타포의 논리, 때론 공간성의 형태로 말할 수 있는 바의 것들을 애호하는 가운데 서술적, 시간적 구조가 약화되거나 사라져 버리기까지 한다. 현대의 소설가들은 외적

___

25) 위의 책, 같은 면.
26) 유진 런, 김병익 역, 『마르크시즘과 모더니즘』(서울: 문학과지성사, 1986), pp.46—50 요약 인용.

으로 연속되거나 추가되는 시간성을 버리고, 과거·현대·미래를 응축시킨 심리적 시간의 계기에 이루어진 경험의 동시성을 추구한다. 그 같은 새로움의 미학은 지각을 참신하게 하고, 세계에 대한 일상적이고 관습적이며 자동적인 반응의 감각과 언어를 정결하게 하며 사물들 간의 예기된 진부한 관계를 새롭고 보다 깊은 것으로 '낯설게 하는 것'이다.

3) 패러독스·모호성·불확실성: 19세기 후반 과학적 확실성이라는 기성개념의 상실에 부닥치면서 모더니스트들은 초월적인 명령과 굳건한 세속적 가치의 의미 상실이라는 허무주의의 망령에 경악하여, 현실을 상대적 전망에 의해 구성된 것으로 보면서 미학적으로나 윤리적으로 보아 극도로 모호한 이미지와 소리, 서술적 관점을 추구한다. 이 열려 있는 종말의 패러독스는 브레히트가 기도한 것처럼 복합적인 전망을 일시적으로 종합하도록 암시하는 방식을 통해 구조화된다. 그러나 보다 과감하게는 그 패러독스가 독자나 관객을 야누스의 얼굴을 한 현실에 대면시켜 베케트의 경우처럼 분명한 불가해성의, 그 수수께끼를 뚫고 들어갈 수 없을 지점으로 고양되도록 하는 것이다.

4) '비인간화'와 통합적 개인의 주체 또는 개성의 붕괴: 모더니스트들에게 인물이란 일관되며 해명가능하며 잘 구조화된 전체로 보이지 않고 심리적인 싸움터, 해결될 수 없는 수수께끼 또는 지각이나 감각의 흐름으로 보인다. 인물이 원자화된 흐름으로 해체되는 이 같은 경향은 인물이 심리로부터 단절되고 일련의 극히 객관적인 사건들로 감금되는 정반대의 경향으로의 길을 열어 놓는다.

리얼리즘으로부터 이탈해 이러한 심미적 모더니즘이 발생하게 된 19세기 유럽의 사회 역사적인 배경은 우선 전반적인 종교적·세속적인 확신의 상실로 그것을 대체할 무엇인가를 필요로 하고 있었다. 더구나 부르주아 예술 기반을 떠받치고 있던 패트런(*patron*)체제의 붕괴, 기술경제체제의 발전으로 인한 본격적인 시장논리의 강화 등

은 미학의 형태와 전망에 급격한 변화가 일어날 수 있는 계기를 부여했다.[27] 결국 모더니즘이 형식에 집착하는 듯한 모습을 보인다거나 몽타주, 패러독스의 발굴, 개인적 주체의 붕괴와 같은 기준들을 제시하는 것은 이 같은 사정에 기인하는 것이다.

예컨대, 알레고리가 주된 표현형식으로 사용되고 있는 이강백의 <셋>에서 현실 세계는 이미 현실적 인물이나 사건을 통해 그 시대의 병리 현상을 드러낼 수 없는 것으로 그려진다. 이런 상황에서 그는 인간존재의 비극성이나 인위적 위기감의 조장을 통해 권력을 유지해 가는 유신체제의 구조적 모순을 드러내는 방법은 자신의 관심사를 바꾸는 방식보다, 형상적 방법론의 변화를 통하는 것이다.

모더니스트들은 예술을 객관적 대상세계의 거울로 보는 대신에 자기 지시적 구성물로 인식한다. 따라서 사회적 삶의 과정에서 이탈한 심미적 실천은 오히려 자기 자신의 창조 과정에만 초점을 맞출 수밖에 없다. 심미주의적 모더니즘은 예술이 삶의 실재로부터 벗어나 자기목적성과 자율성에 탐닉함으로써 빚어진 현상이다. 심미주의에서 객관적 대상세계 모두는 오직 낭만적 자아의 생산물로서만 기능한다. 객관적 대상세계의 모든 실제 현실은 환상적이며 꿈같은 모호함으로 환원된다. 그러나 개인과 실재 사이의 관계에 대한 심미주의화는 오직 부르주아 사회에서만 가능하다.[28] 그리하여 이 심미주의적인 모더니즘은 마침내 아방가르드의 모습으로 나타난다.

'모더니즘'과 '아방가르드'는 지난 60년대 이후 영미비평을 지배해 왔던 용어들이다. 이들 용어가 정확한 동의어로 간주되는 것은 아니지만, '아방가르드'는 모더니즘에 종속되는 용어로 간주되기도 하며,

---

27) 위의 책, pp.50－54 참조
28) C.Schmitt, *Political Romanticism*(Cambridge; Mass, 1986), p.20. 김현돈, 「모더니즘과 포스트모더니즘에 대한 비판적 검토」, 『제대논문집』 제37권(제주; 제주대학교, 1993), p.91에서 재인용.

동시에 모더니즘의 핵심적인 용어로 간주되기도 한다.[29] 나아가 그 형식이 반전통적인 모든 유형의 예술에 절충적으로 적용되는 용어이기도 하다.[30] 그리고 아방가르드에서 추구하는 형식적인 측면을 가장 잘 드러내는 것은 객관적 대상세계의 비틀기, 즉 낯설게 하기이다. 예컨대 이현화의 <누구세요>에서 주체를 상실한 주인공이 자신의 몸에서 '피'를 흘리며 차츰 내면의 숨겨진 욕망과 살아 있음을 의식하는 일은 일상에 함몰되어 가는 세계에 대한 일종의 '충격효과'로서의 낯설음인 것이다.

3) 부조화와 '낯설게 하기'

형식주의자들에 따르면 문학 연구에 있어서 주목해야 할 점은 "무엇이 언어학 메시지를 예술작품으로 만드는가"[31]에 있다고 주장한다. 확실히 문학연구에 있어서 형식의 문제는 중요한 요소이다. 모더니즘이 "미적 형식을 통한 저항과 비판"[32]이라는 생각에 동의한다면 더욱 그렇다. 이때 형식은 단순히 내용을 전달하는 도구로서의 기능만을 수행하는 것은 아니다. 형식은 언제나 내용 그 자체로 전환될 수 있으며, 특정 의도를 실현시키기 위한 수단이 되기도 한다. 따라서 객관적 대상세계에 대한 모더니즘적인 인식을 표현하는 요소로서의 '부조화'와 '낯설게 하기'(*defamiliarization, Verfremdung*)[33]에 대

---

29) A. 아인스테인손, 앞의 책, p.181.
30) Christopher Innes, 김미혜 역, 『아방가르드 연극의 흐름』(서울: 현대미학사, 1997), p.11.
31) Roman Jakobson, 『문학 속의 언어학』(서울: 문학과지성사, 1994, 3쇄), p.50.
32) A. 아이스테인손, 앞의 책, p.18.
33) V. Chklovski에 따르면 예술은 삶의 경험에 대한 우리의 감각을 새롭게 하는 것으로 습관적인 것에 대립하는 언어를 사용하는 일이 바람직하

한 관심은 단순히 전달방식이라는 측면에서보다도, 그것을 포함하고 또 뛰어넘는 차원의 문제이다.

'형식'을 통한 모더니즘의 저항은 종종 기존의 문학 형식에 대한 변용과 파괴로 나타난다. 이는 확실히 리얼리즘이 자본주의의 모순을 내용적 재현을 통해 드러내려고 했던 것과 좋은 대조를 이룬다. 모더니즘의 저항담론은 관습화된 형식들에 대한 비틀기를 통해서 자본주의적 근대의 모순을 폭로하는 것이기 때문이다. 그들이 즐겨 사용하는 전략은 일상적이고 상식적인 의사소통을 거부하는 것이다. 이렇게 함으로써 이성적이고 인과론적인 사고 속에 억압되어 있는 저항의 정신을 살려낼 수 있다고 본 것이다. 그래서 모더니즘 문학은 단지 그 형식에 의해서만 동일성 원리의 강압적인 현상에 맞서 우연적, 감각적, 비동일적인 것을 옹호할 수 있다고 생각한다.[34] 모더니즘 문학은 자율적인 형식의 구성으로 인해 허구적 서사로부터 일정한 거리를 두게 되며, 다시 그것을 '낯설게' 만듦으로써 일상적인 시각으로는 볼 수 없었던 모순에 대해 저항하고 비판하는 기능을 수행하게 되는 것이다.[35] 가령, 이강백의 <파수꾼>에서 무대장면을 설명하면서 해설자를 등장시킨다거나 무대장치를 통하여 관객들의 극중 현실에 대한 몰입을 방해하는 전략은 모더니즘적인 형식원리의 일단을 드러내는 것이다.

이처럼 형식적 장치를 이용한 글쓰기 방식은 객관적 대상세계에 대한 일정한 거리두기의 일환이라고 볼 수 있다. 이는 대개의 경우 '부조화'나 '낯설게 하기' 효과와 관련하여 설명할 수 있다. 이때 '낯설게 하기'는 사물화한 이데올로기에 저항하는 주요 장치의 하나로

다고 한다. Ann Jefferson 외, 임옥희 외 역, 『현대문학이론』(서울: 한신문화사, 1995), pp.33-34 참조.
34) 최미숙, 앞의 글, p.19.
35) A. 아이스테인손, 앞의 책, p.46.

볼 수 있다. 그러나 이때의 '낯설게 하기'와 같은 글쓰기 원리를 다른 글쓰기 원리와 단절된 것이라고 생각하는 것은 잘못이다.[36] 왜냐면 '낯설게 하기'는 이미 자동화되어 버린 다른 형식 기법들을 전제로 하여 이루어지는 것이기 때문이다. 결국은 '낯설게 하기'와 같은 글쓰기의 방식에 담긴 의미망을 추출해 내기 위해서 기존의 전통에 의해 확립된 방식을 전제로 해야만 올곧은 의미를 이끌어낼 수 있을 것이다.

일상언어에서는 하나의 단어가 자동적으로 발음되어 "자동판매기에서 튀어나오는 초콜릿처럼 튀어나온다." 그러나 시의 효과는 언어를 "비스듬하고", "어렵고", "약화되고", "뒤틀리게" 만든다. 시에서는 일상언어가 낯설게 되고, 특히 단어 자체의 물리적 소리가 현저히 두드러지게 된다. 우리가 일상 환경에서는 감지하지 못하는 단어의 이 같은 낯선 인식은 시가 갖는 형식적 원리의 결과이다. 쉬클로프스키는 "형식이 있는 곳이면 어디서나 낯설게 하기가 발견되기" 때문에 "시적 언어는 <형식화된 언어>이다."라고 주장한다. 시적 언어가 일상언어와 다른 것은 시적 언어가 일상언어에서 볼 수 없는 구성이나 어휘를 포함하기 때문이 아니다. 그 이유는 일상의 단어에 대한 우리의 인식, 특히 일상 단어의 음성적 조직에 대한 우리의 인식을 새롭게 하기 위해 시가 일상 단어에 대해 가하는 형식적 장치 때문이다.[37]

러시아 형식주의자들에게 있어서 문학은 그것이 모더니즘이든 리얼리즘이든 일상언어의 비틀기이다. 결국 이런 식의 문학연구는 텍스트가 속해 있는 사조를 불문하고 언어적 형식이나 구조의 해명에 집착하게 하는 계기가 되었다. 그러나 연극의 한 구성 요소인 희곡 작품의 경우 이는 그리 단순한 문제가 아니다. 왜냐하면 연극에서의

---

36) 최미숙, 앞의 책, p.20.
37) 앤 재퍼슨, 앞의 책, pp.33−34.

모더니즘은 그것이 비록 "연극이 인생을 그대로 무대 위에 올려놓고 제4의 벽을 통해 들여다보는 고방과 재현의 예술"이라는 기본 개념에 의문을 제기하면서 시작된 것이긴 해도, 그들이 주로 거부한 것은 기존의 연극적 기법과 구성상의 문제였기 때문이다.

그래서 모더니즘 연극은 언어의 비틀기라는 차원보다 오히려 언어가 누리고 있는 권위에 도전하는 형식을 띠고 있다. 특히 아르토(Antonin Artaud)와 같은 연극인들은 작가의 권위와 그 산물인 텍스트를 부정하는 데서 나아가 소리·조명·움직임·공간 등을 강조한다. 또 그는 기존의 액자를 속의 무대 공간과 위치에 대해 도전하기도 한다. 즉 아르토의 연극은 작가, 텍스트, 언어, 배우, 관객, 무대 등의 요소들이 서로 흩어졌던 종래의 연극에 반발하여 현장성이나 제의성과 같은 연극본연의 언어들에 주목하였다. 그의 이런 태도는 관객을 진실이 외면된 허구의 세계에 안주시켜 온 작가·텍스트·언어 중심의 연극에 대한 반성적 성찰을 담고 있다. 아르토에 따르면 연극은 마치 원시 제의에서처럼 배우들과 관객들의 정신에 똑같이 충격과 감동을 줌으로써 양자 모두 새롭게 깨어난 의식으로 다시 삶과 정면 대결할 수 있게 만드는 위험하고 유일한 행위가 되어야 한다고 한다. 이를 위해 아르토는 '잔혹연극론'에서 연극이 주술적이고 폭발적인 힘을 가져야 한다는 생각을 강조했다. 이러한 아르토의 생각은 연극이 인간 내면의 깊은 곳에 감춰진 '진정한 생'에 대한 갈증이나, 자신의 본질적인 뿌리로 회귀하고 싶은 욕망, 우주와의 합일에 대한 염원 등을 실현시키려는 방법적인 대안이라는 점을 분명히 하는 것이다. 아르토는 연극은 우선 마비된 인간 정신을 일깨우기 위해서 인간정신이 마비될 정도로 뒤흔들어 깨우고 이성의 찌꺼기를 말끔히 씻어내야 한다고 주장한다.[38]

---

38) 신현숙, 『20세기 프랑스 연극』(서울: 문학과지성사, 1997), pp.329－332

그의 이러한 주장의 저변에 깔린 것은 '인간의 현재 상황이 사악하기 그지없기 때문에 파괴되어야 한다'는 생각일 것이다. 이때 연극이 인간의 일상생활을 모방하려는 것은 자멸행위일 수밖에 없다. 그의 이러한 인식의 기저에는 서양 문명의 철학적 가정들에 대한 반대가 자리잡고 있다.[39] 서양문명에서의 기독교는 '육체'가 지옥으로, 즉 살아 있는 모든 것의 정수인 성적(性的)인 것으로 점점 더 깊이 내려가지 않고, '영'이 되어 승천한다고 주장한다. 그는 본능이라는 인간의 보편적인 법칙들을 '악'으로 규정짓는다. 반대로 그는 인간으로 하여금 잠재적인 것을 완전히 실현해 보지 못하도록 자연을 역행하는 것에 대해 '선'이라고 미화한다. 그러나 이 같은 그의 주장은 오히려 인간의 참된 가치를 전도하는 것이다. 인간을 허약하게 만들기 때문이다. 결국 '영성(靈性)'이란 강자를 복종시키기 위한 약자들의 기만적인 이상일 뿐이다.[40]

아르토에게 있어서 '잔혹'은 인간과 세계에 대한 비극적인 인식으로부터 비롯된다. 세계의 근원적인 이원성, 분리, 집착, 해결할 수 없는 갈등은 일종의 '잔혹'이다. 그래서 에로스적인 욕망도 그것이 우연성을 불태우는 것이므로 '잔혹'이고, 죽음, 소생, 변모도 '잔혹'이다. 그것은 이성과 윤리에 의해 억압되어 있던 원시적인 생명력과 정신세계의 무의식이 일깨워지기 위해서 필요한 두뇌 혹은 가슴에 대한 일종의 '세척작업'을 의미하는 것이다. 또 그것은 '생각이 창조로 이어지는 힘'[41]이기도 하다. 그리하여 아르토에게 있어서 그것은 혼돈된 카오스로부터 코스모스를 생성시키는 힘이 된다. 왜냐하면 아르토에게 '잔혹'이란 우주적인 엄격성, 우주를 움직이는 원동력과

참조.
39) 크리스토퍼 인네스, 앞의 책, p.109.
40) 위의 책, 같은 면.
41) 신현숙, 앞의 책, p.332.

같은 것이기 때문이다. 아르토가 기존의 이성 중심적인 사실주의 연극을 부정하고 얻으려고 했던 것은 바로 삶의 정태적인 측면만 보여주는 방식으로는 도저히 얻어낼 수 없는 '필연적인 잔혹성'이었다.

아르토가 자신이 추구하는 연극을 이루기 위해 어떤 방식의 글쓰기를 구사했는가는 다음의 설명에서도 확인할 수 있다.

첫째, 연극은 전신 마비 현상을 나타내는 현대인의 의식의 수술대이자, 강박관념과 몽상의 배출구가 되어야 한다. 그러기 위해서 스펙터클은 잔혹성, 블랙 유머, 혼란을 토대로 감각적이고 매혹적이며, 마력을 띤 것이어야 한다. 공연 형태는 엘레우시스 제의, 원시인들의 풍요 제의에서 그 원형을 찾도록 할 것이며, 동양 연극의 형태도 참조해야 할 것이다. 둘째, 배우는 연극의 핵심적인 요소이다. 배우의 연기는 스펙터클의 의미작용에 결정적이다. 왜냐하면 배우란 말, 목소리, 제스처, 의상표정, 동작 등 다양한 기호들의 집합체이기 때문이다. 셋째, 대사보다 신체언어, 물질언어의 의미를 중요하게 생각해야 한다. 신체언어는 배우의 동작·제스처·표정·시선·마임·춤을 가리키고, 물질언어는 조명·공간·대소도구·무대건축을 가리킨다. 넷째, 대사는 의사소통의 기능보다 주술성을 강조해야 하고, 주술적인 말은 관객의 감수성에 강한 충격을 주기 위해 '고함'의 형태를 취해야 한다. 대사의 발성법은 말의 음절들의 리드미컬한 반복들, 목소리와 억양의 특별한 변조(이것은 단어들의 정확한 의미를 완곡하게 만들어 준다), 떨림, 진동을 조화롭게 조직해야 한다. 다섯째, 소도구들의 사용은 가능하면 간소하게 해야 한다. 그러나 그것들은 단순한 기능적인 도구가 아니다. 그것들 나름의 방식으로 '관객들에게 말한다'고 볼 수 있기 때문이다.[42]

아르토의 이러한 무대구성은 분명 그의 잔혹연극이 관객들의 일상

---

42) 위의 책, pp.335−339에서 요약 및 재구성.

적인 삶과 다른 현실을, 그러나 분명히 현존하는 '진정한 생'을 드러 내기 위한 것이었다. 그의 연극문법은 기존의 언어 중심적이며, 재현 적인 본질을 강조하던 사실주의 연극으로부터 새로움을 추구하던 서 구의 모더니즘 연극운동에 방법적인 중요한 출구가 되었다. 실제로 1950년대 이후 프랑스 문학의 새로운 흐름을 반영하는 '누벨바그 (*nouvelle vague*)'의 하나인 '부조리극'과 '제의극', 나아가 영국의 피 터 블룩이나 미국의 리빙 시어터(*living theatre*)의 공연 형태에까지 영향을 끼치고 있는 것으로 평가되고 있다. 특히 사르트르와 까뮈의 부조리 철학으로부터 상당부분 영향을 받은 것으로 보이는 이들의 극작세계는 정신적인 지주를 상실했거나, 내적 균형을 상실한 인간 군상에 초점을 모으고 있다. 이른바 '뿌리 뽑힌 자들', '적의에 찬 세계에서 보이지 않는 힘에 의해 목조임을 당하고 있는 죄수들'이 바로 그것이다. 그들이 세계 대전 등 문명적인 혼란을 거치며 절규 하는 것은 다름 아닌 전통적인 가치들의 허구성, 인간 실존의 비극 성, 삶의 부조리함, 세계의 무의미성 등이었던 것이다. 실제로 오태 석의 연극에서도 이런 경향은 매우 뚜렷하게 자리잡고 있는데, <초 분>이나 <태>에서 보여주는 비언어적이며 탈서사적인 표현방식이 그러한 예이다. 따라서 오태석의 작품을 이해하기 위해서는 스토리 자체에 집중하기보다, 그 이면에 감춰진 보다 큰 문화적 배경을 이 해하는 것이 감상의 중요한 관건이 되는 것이다.

　이런 흐름들은, 겉으로는 물질적인 풍요를 누리고 있지만 그 내면 에는 상호 접점을 찾을 길 없는 여러 이데올로기들의 끝 간 데 없 는 알력과 갈등, 폭력의 일상화 등 현대사회의 부조리함을 고발하고, 그것에 저항하기 위해 선택한 방법이었다. 즉 현대사회의 부조리함 이 무엇으로부터 연유되는 것이며, 그것을 치유하는 길은 없을까 하 는 것이 그들의 관심사였던 셈이다. 이들의 이런 관심사는 크게 세

가지 형태43)로 나타나고 있다. 첫째, 부조리극의 경향이다. 이들은 전통적인 글쓰기와 세계인식을 동시에 전도하고 희극적인 구성을 추구하지만, 인간의 본질과 실존의 문제에 치열하게 접근하려는 노력을 전개했다. 둘째, 부조리극의 극작술을 사용하면서 작품의 내용은 현대사회의 구조적인 부조리, 정치적인 문제, 보편화된 폭력의 문제 등에 초점을 맞추는 방식으로 뛰어난 정치적인 문제의식을 드러내는 경향이 그것이다. 셋째, 제의연극의 형태이다. 이들은 대개 디오니소스적인 열광과 악을 예찬하는 '검은 미사(*messe noire*)'의 형태를 갖고 있으며, 이성과 선(善)의 신화 위에 이뤄진 서구문명을 비판하고 부르주아 사회의 모순을 공격하는 경향이 강하다.

이들 흐름의 한결같은 공통점은 전대의 연극들이 거의 신성시했던 재빠르고 논리적인 대사들을 무대에서 추방하는 점이다. 이들 작품에서 대사는 '조롱이나 자동기술적인' 방식의 대사(Eugene Ionesco), '수식이 없거나 속이 빈 말'(Samule Beckett), '강렬하고 잔혹한 말'(Jean Genet), '놀이 도구로 변질된 말'(R. Pinget) 등으로 나타나고 있다.44) 이런 말들의 연쇄로 이뤄진 작품에서 논리적인 인과성을 기대한다는 것은 애당초 무리이다. 이들 작품에서 의사소통은 언어의 본래적인 기능들을 해체하는 방식으로 진행된다. 실제로 베케트의 <고도를 기다리며> 같은 작품에서 누가 누구에게 말하고 있는지는 그다지 중요한 문제가 아니다. 아무도 자신들의 혹은 상대방의 말에 귀 기울이지 않는다. 등장인물들의 대화는 끊임없이 옆길로 새는 놀이일 뿐이다. 이런 상황에서는 인물의 개념마저도 해체된다. 자아는 분열되고 허공에 떠 있으며, 특정한 나이도 삶의 두께도 없다. 그들의 이성적인 사고 기능은 마모되거나 마비되어 있으며, 의식은 파편

---

43) 위의 책, pp.163－172 참조.
44) 위의 책, p.171.

화되어 있다. 그래서 그들의 작품은 베케트의 작품을 번안한 듯한 느낌마저 주는 박조열의 <목이긴 두 사람의 대화>처럼 한결같이 '진지한 연극'의 형태를 띠지 못하고, '희극' 혹은 '소극(笑劇, *farce*)'의 형태를 취하는 것이다.

부조리극의 이런 특징은 결국 그들 스스로를 허무주의적인 세계인식과 표현이라는 한계에 봉착하게 했다. 그것은 인간－배우에게 자신의 육체의 의미를 되찾게 하는 긍정적인 의미 작용도 있었지만, 연극이 지닌 사회비판도구로서의 기능을 이용하여 관객을 역사 속의 배우로 탈바꿈시킬 수 있어야 한다는 모더니즘적인 혁명정신의 퇴보를 가져왔다고 생각되기 때문이다. 그러나 한계상황에 대한 자각은 이제 그것의 극복을 위해 아방가르드 연극이 지닌 방법적인 혁신과 브레히트주의의 혁명정신이 결합할 수 있는 내적 조건이 마련된 것으로 볼 수도 있을 것이다.

브레히트(Bertolt Brecht)의 경우는 모더니즘의 관점에서 볼 때 여러모로 특별했다. 그는 텍스트에 대한 배려를 아끼지 않았으며, 연출의 재량 또한 무시하지 않았다. 그에게 있어서 연출은 문학적인 글쓰기 차원에서 결여된 부분에 대한 무대적인 글쓰기로 간주되었다. 이는 극작가의 역할을 '무대 위에서 벌어지는 연극적 사건을 관객들이 생소한 것으로 받아들이도록 제시해야 한다'는 지적이다. 이른바 '서사극 이론' 주장이다. 다음의 도표는 서사극 이론을 잘 보여주는 것으로 브레히트의 글 「오페라 ≪마하가니 시의 흥망성쇠≫에 관한 주석」에서 제시한 것이다.

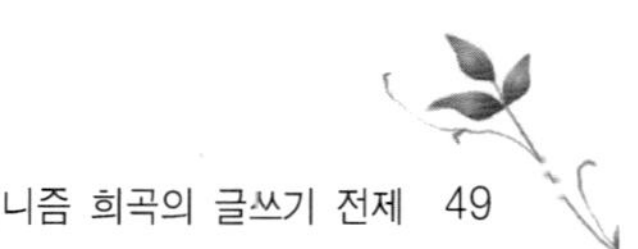

<전통적 희곡 형식>	<서사극 형식>
무대가 사건을 구현	무대가 사건을 이야기
관객을 행위 속에 끌어들인다	관객을 관찰자로 만든다
그의 능동성을 소모시킴	그의 능동성을 일깨움
그의 감정을 가능케 함	그로부터 결단을 강요함
그에게 체험을 중개	그에게 지식을 중개
관객은 사건 속으로 말려든다	관객은 사건 진행에 대립된다
암시의 수단이 사용된다	논증의 수단이 사용된다
감정이 축적된다	인식에 이르기까지 몰아간다
인간은 알려진 존재로 전제된다	인간은 연구의 대상이다
고정불변의 인간	진행에 대한 긴장
한 장면은 다른 장면을 위해 존재	각 장면은 독자적으로 존재
사건들이 직선적으로 진행	굴곡을 이룸
자연은 도약을 하지 않음	도약을 함
지금 있는 대로의 세계	생성하는 세계
인간의 의무	인간의 필연성
인간의 본능	인간의 동기
사유가 존재를 규정	사회적 존재가 사유를 규정[45]

이 도표는 사람들로 하여금 '감정 대 이성', '사건진행 대 이야기' 등으로 오해되는 부분이 있는 것이 사실이나 전통적인 연극과 대비되는 서사극의 특징을 잘 드러내고 있다. 즉 서사극이 관객에게 갖는 미학적인 효과와 연극의 소재로서의 가변적인 인간을 잘 다루고 있기 때문이다.

브레히트의 '생소화효과'[46]는 슈클로프스키의 '낯설게 하기'나 모더니즘의 동일성 이면에 감춰진 부조화 인식처럼 일종의 자동화 과

---

45) 이원양, 『독일연극사』(서울: 두레, 2003), pp.273-274.

46) Verfremdung, 이 단어는 그동안 국내 학계에서 '소외', '소격', '낯설게 하기', '기이화', '이화' 등의 다양한 용어로 번역되어 왔다. 여기서는 브레히트에 대한 일종의 작가사전이랄 수 있는 한국브레히트학회 편, 『브레히트의 연극세계』(서울: 열음사, 2001)에 따라 '생소화효과'로 통일하여 사용한다.

정으로서의 동일성 논리를 파괴하는 방식이다. 그러나 '생소화효과'
는 슈클로프스키처럼 단순히 지각의 증폭이나 모더니즘에서 말하는
것처럼 동일성 이면의 부조화의 인식을 위한 것이 아니다. 브레히트
의 그것은 뚜렷하게 역사적 변화의 운동을 드러내려는 목적을 지닌
다. 사실주의 연극에서 배우들은 자신이 맡은 인물에 스스로를 완전
히 몰입시키며, 관객은 이러한 배우의 매개를 통해 희곡 속의 인물
과 자신을 동일시하여 그들과 같이 울고 웃게 되는 것이다. 이를 위
해 사실주의 연극에서는 무대 위의 사건이 마치 현실 속의 사건인양
보이게 하기 위해 객석의 조명을 꺼서 관객들의 시선을 무대 위의
사건 진행으로 몰입시키게 되는 것이다. 이처럼 감정이입이 된 상태
에서 관객들은 현실에 대한 사실적인 인식보다 현실을 호도하는 환
상만을 얻게 되며, 관객의 이성적이고 비판적인 관극은 불가능해 지
게 된다. 이제 관객의 관극행위는 현실에서 불가능한 대리만족의 기
회로 전락하게 되며, 연극은 마취제의 역할을 수행함으로써 극장 밖
에서 현실을 극복하기 위해 사용될 에너지를 헛되이 소모케 하는 도
구로 전락하게 된다.

　브레히트가 주목한 것은 바로 이런 점이었다. 즉 사실주의 연극이
지닌 환각을 극복해야만 인간해방의 실천적인 기능이 회복될 수 있
다고 본 것이다. 이를 위해 극작가뿐만 아니라 관객들의 관극행위에
나타나는 수동성을 극복할 필요가 있다고 생각했다. 따라서 무대 위
에서 펼쳐지고 있는 일들이 현실이 아닌 작가에 의해 재구성된 허구
적인 연극일 뿐이라는 점을 일깨울 필요가 제기된 것이다. 그래서
이강백의 <파수꾼> 같은 작품에서는 무대장치로서 조각달을 마분지
로 만들어 허공에 매달아 놓는 방식이 구사되기도 한다.

　서사극 무대의 드라마투르기[47]를 살펴보면 다음과 같다. 첫째, 무

---

47) 위의 책, pp.519-520 참조.

대의 조명을 켠 채 공연하기. 둘째, 반쯤 가린 무대 커튼을 통해 소품 교체장면 등이 노출되게 하기. 셋째, 서사문학에서나 등장할 뿐이던 서술자가 등장하여 무대 위의 사건 진행을 설명하게 하기 혹은 줄거리가 쓰인 영사막이나 커튼이 내려오게 하기. 넷째, 상대방과 마주 보고 대사를 전달하던 배우가 갑자기 관객을 보고 말하기. 이런 서사극의 방법은 바로 '생소화하기'의 효과를 겨냥한 것이다. 그리하여 관객들은 무대 위에서 벌어지는 일들에 몰입하기보다는 무엇인가 '이상하다', '낯설다', '왜 그럴까?' 하는 질문들을 갖게 되는 것이다. 이제 관객들은 연극의 각 장면에서 등장하여 줄거리를 미리 이야기해 주는 안내자의 도움에 따라 연극이 어떻게 결말 되어질까보다 그런 결말에 이르기까지의 과정에 보다 더 큰 관심을 기울이게 되는 것이다. 그리고 이 생소하게 다가오는 대상들을 새롭게 인식하게 되는 것이다.

이렇듯 '생소화효과'는 비판능력을 상실하게 하는 감정이입을 차단함으로써 역사적 과정에 대한 비판적 인식을 가능케 한다. 즉 브레히트는 부조화의 세계에 대한 부정적 인식보다는 역사적 현실의 총체성을 인식하기 위한 노력을 펴고 있는 셈이다. 흥미로운 것은 '생소화효과'가 그런 리얼리즘적 인식을 위해 동일성의 파괴와 같은 탈자동화라는 모더니즘적 방법론을 사용하고 있는 점이다. 말하자면 브레히트는 모더니즘적 예술기법을 활용한 현대적 리얼리스트였다.[48] 왜냐하면 서사극이 '생소화 기법'을 사용하여 인간의 소외를 야기하는 현실과 그 현실의 지배법칙을 당연한 것으로 여기게 하지 않고, 무엇인가 이상한 것으로 '낯설게' 만들어 관객들로 하여금 객관적인 대상세계에 대한 인식을 새롭게 하도록 하기 때문이다. 나아가 이런 유의 인식이 현실 변혁에 대한 가능성을 믿게 하고 그 필연성에 동

---

48) 나병철, 앞의 책, pp.199−200 참조.

의하게끔 만드는 것이다.

브레히트 연극미학에서 '서사화', '생소화효과' 등과 함께 핵심적인 미학 개념으로 '게스투스(*Gestus*)'[49]도 역시 넓은 의미의 '낯설게 하기'라는 모더니즘 미학과 통한다고 볼 수 있을 것이다. 브레히트는 기존의 사실주의 연극이 배우들의 언어나 동작이 그들의 주관적인 감정이나 생각을 드러내 줄 뿐 인물 상호 간의 사회적인 관계를 들어내 주는 데에는 미흡하다고 생각했다. '게스투스'는 이런 '개인적인 표현으로서의 언어'를 대체할 수 있는 보다 포괄적인 개념으로 제시되었다. 브레히트에 따르면 '생선을 파는 사람'은 무엇보다도 '게스투스'를 나타낸다. 이때 생선을 사고파는 행위는 개인적인 행위일 뿐 아니라, 동시에 그 사회의 기본적인 '게스투스'인 사고파는 '관계'를 나타낸다. 마찬가지로 유서를 쓰는 사람, 사내를 매질하는 경찰관, 열 사람에게 돈을 지불하는 사내 등, 이 모든 것에는 사회적인 '게스투스'가 숨어 있다는 것이다. '게스투스'는 한 인물이 어떠한 사회·경제적인 이해관계에서 다른 사람들과 관계를 맺고 있는가를 드러내는 기제가 된다. 결국 '게스투스'는 개인적인 행동을 결정짓는 사회적인 관계까지를 포괄하는 상호 주관적이고 사회적인 개념이다. 따라서 브레히트식 연극에서 연출 작업은 단순한 연장을 하나 집어 올리는 데에도 그 인물의 신분과 직업, 나아가 사회적으로 처해 있는 상황에 따라 어떤 몸짓이 그 인물의 사회·경제적인 관계를 가장 명확하게 드러낼 수 있는가에 초점을 모으게 되는 것이다. 실제로 서사극의 배우는 자신이 연기하는 인물에 완전히 몰두할 것이 아니라 그 인물의 행동에 영향을 미치는 사회적인 제반 관계를 보여주도록 요구받고 있다.

한편, 브레히트의 연극에서는 극 구성에 있어서도 인과율에 의한

---

49) 한국브레히트학회 편, 앞의 책, p.516.

사실주의 극작술을 부정한다. 이는 아르토가 그랬던 것처럼 연극성의 회복을 위해 삶의 재현이나 모방이라는 기존의 방법을 탈피하기 위해선 그것을 완전 부정하는 방식보다, '연극은 연극이다'라는 사실을 공공연히 드러내기 위한 방식이 된다. 이를 위해 그는 발단·위기·절정·하강·대단원이 있고 사건의 연결성을 강조하는 인과적 구성보다 각각의 사건이 독립하여 존재하는 에피소드의 나열, 즉 파편적이고 콜라주(*collage*)적긴 구성을 지향하는 것이다.

2. 장르적 구속성

1) '소통'과 '소통장애'

모든 예술은 '유표적(*marked*)' 술어와 '무표적(*unmarked*)' 술어의 대립을 바탕으로 이루어진 구성물이며 하나의 예술적 규약 체계에 의해 매개된다[50]는 점에서 기호(*code*)와 연관되어 있음은 주지의 사실이다. 희곡은 현실과 허구의 긴장 관계를 이루며 형성되기 때문에 이데올로기적 특성과 미적 자율체라는 이중적 속성을 지니고 있다. 여기에다가 작가와 독자가 개입되어 이루어지는 의미작용(*signification*)의 복잡한 양상을 감안하면 허구적 존재인 희곡 텍스트를 둘러싼 논의는 복잡할 수밖에 없다는 내적 필연성을 안고 있다. 희곡 텍스트를 연구하는 데 있어서 그 어떤 연구 방법론도 나름대로의 내적 한계를 지니고 있다는 사실은 희곡의 의미작용 자체가 이처럼 복잡한 데서 기인할 것이다. 뿐만 아니라 하나의 텍스트는 다른 텍스트와의

---

50) Roman Jakobson, 앞의 책, p.301.

공시적이고 통시적인 상호작용 속에서 생성되고 존재하므로 완결된 의미 체계라는 전제하에서 이루어지는 의미 파악과 전달의 문제에 국한하는 것은 논리적으로 옳지 않다. 희곡 텍스트가 하나의 기호론적 구조 체계로서 발신자와 수신자 사이의 단순한 의미 전달만을 말하는 언어학적 차원을 넘어서는 의미작용의 기호학이 되어야 하는 이유가 바로 여기에 있다.

기호학은 '전달의 기호학', 즉 의사소통의 기호학과 '의미의 기호학', 즉 의미작용의 기호학으로 구분할 수 있다.[51] 바흐친(M. Bkhtin)은 서사문학 자체가 하나의 기호복합체로서 다양한 층위에서 다중적인 의미 실현이 역동적으로 이루어진다고 보았다.[52] 즉 텍스트는 의미 전달의 한 진술 단위로서의 기호 체계임과 동시에 단순한 의사소통 차원을 넘어서 담론 법칙에 의해 구성되는 언어 그 자체의 자족적인 본질에 의해 능동적이고 입체적인 의미작용을 한다는 것이다. 따라서 희곡 텍스트는 작가, 작품, 독자 사이에 일정한 의미 전달을 둘러싸고 상호 주체적으로 이루어지는 언어적 의사소통 구조라는 점에서 일정 정도 대화적 속성을 지닌 '기호론적 소통구조'이며, 동기화된 인물의 행동을 담론의 차원에서 드러내는 기호론적 실천의 한 양상이다.

그러므로 희곡 텍스트 속의 언어는 일상생활의 담론 형식과 밀접한 관련을 가짐과 동시에 의미의 생산과 수용을 포괄하는 역동적 발현 과정이다. 그러므로 그 자체 내부에서 요소들의 연쇄를 형성할 뿐만 아니라, 희곡 텍스트 외부의 텍스트, 즉 사회·역사를 포함하는 문화적 텍스트와도 상호 교섭 작용을 한다는 것이 텍스트의 기호론적 특징이다.

---

51) 최현무 편, 『한국문학과 기호학』(서울: 탑출판사, 1988), p.13.
52) Graham Pechey, 「바흐친의 소설담론과 브레히트의 서사극」, 여홍상 편역, 『바흐친과 문학이론』(서울: 문학과지성사, 1997), p.353.

   문학 텍스트가 독자나 감상자에게 특정한 의사소통행위를 할 수 있는 자질들, 즉 '문학성'을 가진다면 우선적으로 검토해야 할 것은 야콥슨이 체계화한 의사소통행위의 요소들일 것이다.

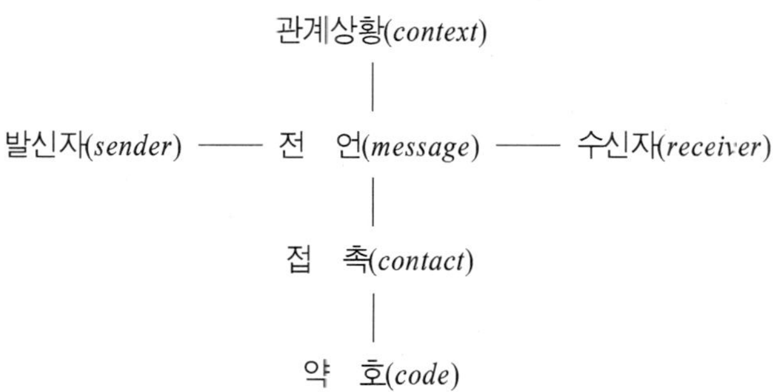

   의사소통은 발신자가 수신자에게 전언을 보냄으로써 이루어지는데, 이때 발신자는 전언을 만들며 정보의 원천에 위치하게 된다. 그러나 전언은 상호작용에 있어서 모든 의미들을 공급하는 유일한 통로인 것만은 아니다. 그것은 여타 다른 수단들과의 교섭에 의해 파생되는 것이다. 여기서 문학이론이 담당해야 할 것은 5가지로 요약될 수 있다.53) 그것은 ① 문학 텍스트가 가지고 있는 문학적 특질들을 어떻게 정의 내릴 것인가? ② 텍스트와 작가의 관계를 어떻게 설명할 수 있을 것인가? ③ 독자에게는 어떤 역할을 할당할 것인가? ④ 텍스트와 현실의 관계를 어떻게 볼 것인가? ⑤ 텍스트의 매체인 언어에는 어떤 지위를 부여할 것인가? 등이다. 언어적 텍스트에 대한 종래의 개념들은 대체로 말하기가 규범적인 측면에서 단순히 '정태적'인 속성만을 지닌다고 보았다. 그러나 실제의 말하기 상황은 그렇게 단순하지 않다. 우리가 문학적인 텍스트를 하나의 담론 상황

─────────────────────
53) 앤 제퍼슨 외, 『현대문학이론』(서울: 한신문화사, 1995), pp.11−16.

이라고 본다면, 이미 언어는 '정지태'라고 볼 수 없고 끊임없이 어떤 해석을 만들어 가는 '작용태'라고 보아야 할 것이다. 이때, 작가가 자신의 표현공간을 보다 많이 확보하려는 글쓰기 방식이 '리얼리즘'이라고 한다면, 독자의 반응공간에 더 많은 주의점을 두고 행해지는 글쓰기 방식은 '모더니즘'이라고 부를 수 있다.

문학 텍스트가 만들어지고 읽혀지는 일체의 행위는 그 자체가 '텍스트를 매개로 하는 의사소통행위'라고 할 수 있을 것이다. 그런데 리얼리즘과 모더니즘은 서로 다른 소통방식을 사용한다.[54] 리얼리즘의 경우 '작가-텍스트-독자' 사이의 의사소통은 합리성을 계기로 이뤄진다. 이때, 독자는 텍스트 속에 반영된 삶의 내용을 경험하면서 현실을 '인식'하고, 동시에 '감정이입'과 같은 상태를 경험하게 된다. 그러나 모더니즘의 경우는 단순히 합리성을 계기로 하여서만 의사소통이 일어나는 것이 아니다. 작가는 독자의 '인식'과 '감정이입'을 차단하기 위하여 끊임없이 텍스트 속에 담긴 객관적 대상세계를 '낯설게' 표현하거나 감정이입을 '방해'하는 여러 가지 전략을 구사하기 때문이다. 이런 모더니즘의 전략은 '의사소통'이라는 규범적인 언어가 가져다주는 안정성으로 도피하려는 일체의 시도에 저항하는 것이다. 그러나 사회적인 담론을 방해하는 것이 모더니즘에 의해 주도되었다거나 혹은 모더니즘 관행에 제한을 가했다고 생각하는 것은 잘못이다.[55] 왜냐하면 벤야민(Walter Benjamin)의 지적처럼 "모든 구조화의 가장 근본적인 장치 중의 하나가 방해"[56]이기 때문이다.

모든 문학 텍스트는 그 양식에 상관없이 언어와 이데올로기에 의해 그 성격이 결정되는 사회적 실재로서 일종의 '담론(*discourse*)'이

---

54) 나병철, 『모더니즘과 포스트모더니즘을 넘어』(서울: 소명출판, 2001), pp.71-75 참조.
55) A. 아이스테인손, 『모더니즘 문학론』(서울: 현대미학사, 1996), p.253.
56) 위의 책, 같은 면.

라는 공통점을 지니고 있다. 여기서 사회적 가치나 의미를 확장시키고 전이를 가능케 하는 장치로서 '지배소'를 제시할 수 있다. 이는 문학작품의 기호론적 연구에 있어서 지배소 추출의 타당성을 입증하는 것이기도 하다. 지배소는 담론의 구성원리로서 담론의 구성방식이라 할 수 있는 통화모형과 함께 상호 의존적인 관계이며 각각의 독립된 층위를 형성한다. 더구나 문학 텍스트가 언어를 통해 구성된다는 점에서 언어가 지닌 속성상 어떤 형태로든 그 작품을 낳은 사회와 직·간접적인 관계를 형성하지 않을 수 없다. 특히, 희곡은 시대상과 사회상의 반영을 장르적 표지라고 할 정도로 이러한 속성이 가장 효과적으로 나타나고 있기 때문이다.

또, 인간의 정신과 의식 자체도 마찬가지이다. 이때 인간의 의식이 사회적인 상호작용의 결정이고, 이러한 의식의 형상적 실체가 문학 텍스트라고 한다면 텍스트는 근본적으로 사회적 성격을 지닐 수밖에 없다. 담론이란 지식의 구성과 분배에 있어서 역사적으로 구성된 사회적 구성물로 받아들이고 있기 때문에 담론 차원에서 문학작품을 접근할 때는 담론을 단순히 담론 유형의 기계적 수행이 아니라, 존재하는 요소들의 조합을 통한 창조적 확장으로 이해하려는 것도 이런 맥락에서이다.[57] 1차 모델 형성 체계인 과학언어, 일상언어는 그 의미가 고정되어 '언어학적 기호학'의 속성을 갖는 반면에, 자연언어라는 체계를 모델로 형성된 2차 모델링 체계인 문학 텍스트의 언어는 고정적 코드 체계로부터 일탈하여 다원적 코드 체계를 창조하는 '의미작용의 기호학'이라는 점에서 단순한 의미 전달 차원을 넘어 그 이상의 초월적 성격을 가지고 있다. 왜냐하면 언어라는 재료를 이용하여 창조된 예술적 구조는 그것의 수신자로 하여금 언어학적 의사소통으로 받아들이기에는 너무나 큰 정보량을 담고 있기

---

57) 황훈성, 『기호학으로 본 연극 세계』(서울: 신아사, 1998), pp.39-40.

때문이다. 더구나 이러한 정보가 체계화된 예술적 구조를 해체한 상태에서는 존재할 수도 없을 뿐만 아니라 결코 전달될 수도 없다는 점이다. 한마디로 모든 예술적 사고란 결합 과정을 통해 실현되는 구조체이며, 이러한 구조를 벗어난 상태에서는 결코 존재하지 않는다는 사실이 분명하다. 따라서 약호 체계를 파악할 때는 고정되고 화석화된 의미만을 확인하고 전달받는 수동적 입장에서 벗어나 능동적이고 적극적이며 창조적인 자세가 필요하다. 즉 제시된 약호의 단순한 소비 차원에 머무를 것이 아니라 창조적 생산자로서의 자세를 견지해야 한다.

이처럼 희곡 텍스트의 의미가 희곡 내적 텍스트와 희곡 외적 텍스트의 상호작용 속에서 형성된다고 보는 것은, 자율적이면서 동시에 사회적 사실이라는 예술의 이중성을 고려하는 관점이다. 또한 이데올로기는 개별적인 언어 사용에 내재되어 있는 보편적 성격을 의미한다. 기호란 이데올로기적 속성을 지닐 수밖에 없고, 이데올로기 역시 기호로 나타낼 수밖에 없다. 담론은 그 자체가 이중성을 가지고 있다. 기표 그 자체의 물질성으로 존재한다는 자율성과 함께 구조에 의한 사회적 관계를 드러내기 때문이다. 그리고 문학의 사회성은 작품 자체의 사회성으로서, 작가가 지닌 혹은 표방하고자 하는 어떠한 의도와도 근본적으로 무관하다.

텍스트의 소통방식을 살펴보고자 하는 본 장의 취지를 생각할 때 이상의 논의에서 중요한 것은, '독자에게는 어떤 역할을 할당할 것인가?'이다. '담론'이란 본래 발신자와 수신자의 상호작용에 의해 이루어지는 어떤 속성에 주목하고자 하는 개념이기 때문이다. 희곡의 의사소통구조는 세 가지 층위로 구분할 수 있다.[58] 등장인물끼리의

---

58) 이상란, 「희곡의 연극성Ⅰ」, 『예술경영과 희곡읽기』(한국연극사학회 편; 푸른사상, 2000), pp.243-244 참조.

대화인 '내부적 의사소통', 수용자와 작품 사이에 일어나는 '외부적 의사소통', '개방희곡'에서 흔히 볼 수 있는 능동적인 발신자와 수동적인 수신자 사이의 완충역할을 하는 '매개적 의사소통' 등이 그것이다. 특히 관객의 존재가 명백히 드러나는 매개적 소통의 경우 내부와 외부를 가르는 경계들을 무너뜨리는 여러 장치들을 주목할 필요가 있다. 프롤로그, 에필로그, 방백, 독백, 해설자나 코러스 등의 동원이 그것이다. 이는 대개의 경우 모더니즘 희곡의 글쓰기 방식에서 흔히 볼 수 있는 장치들이기 때문이다. 나아가 이근삼의 희곡 <원고지>에서처럼 자기 완결성을 지닌 문학 텍스트로서의 희곡 텍스트에 담아낼 수 없는 인간소외나 부조화의식 등은 소통 자체를 불능상태로 만들어서 등장인물 간의 의사소통을 차단하거나 겉돌게 하는 방식으로 제시되기도 한다. 이는 명백히 의사소통을 방해함으로써 의사소통에 이르게 하려는 역설의 전략이 숨겨 있는 모더니즘적인 의사소통방식이라고 볼 수 있다.

독자의 역할 가운데 가장 두드러진 점은 그가 텍스트를 '수용'한다는 사실이다. 문학적 텍스트를 수용하는 것은 그 작품을 이해하고 받아들이는 것이다. 여기서 수용자로서의 행위, 즉 작품을 '이해한다'는 개념과 이 과정이 어떻게 일어나고, 어떻게 일어나야 하는가를 묻는 일은 '기대 지평'59)의 재구성을 전제로 한다. 이는 작가, 텍스트 자체, 텍스트를 수용한 첫 독자, 텍스트의 사회적 맥락, 현재 수용자의 기대지평 등을 고려하면서 텍스트의 의미층위를 변별해 내는 작업이다. 이때 텍스트에 대한 분석은 수용자의 기대지평과 텍스트의 기대지평을 일치시키는 작업이 핵심적인 관건이 된다. 그런데 기존의

---

59) 차봉희, 『현대사조 12장』(서울: 문학사상사, 1981), p.180 참조. '기대의 지평'(視界, Erwartungshorizont)은 한스 로베르트 야우스의 ≪수용미학 이론≫에서 인용된 개념으로 야우스는 이를 다시 세 가지로 범주화하고 있다. 즉 원천적인 지평·친숙해진 지평·새로운 지평 등이 그것이다.

텍스트 읽기에서는 바로 이 '독자 고유의 역할'을 간과하는 경향이 강했다는 것이 야우스(Hans Robert Jauss, 1921~1997)의 생각이다.

야우스의 독자 개념은 독특한 측면이 있다. 그에 따르면 과거 문학 텍스트의 긍정적인 규범, 아니면 부정적인 규범들을 직시하면서 자신의 텍스트를 창조하는 작가는 일단 텍스트 자체에 대해 일정한 반응을 하고 있다는 점에서 '독자'이다. 동시에 특정의 텍스트를 기존의 문학적 전통 속에서 분류하고 역사적으로 해석하는 문학사가 역시 같은 맥락에서 '독자'이다. 야우스의 수용이론에서 이들 독자는 작가-텍스트-독자의 삼각관계에서 단순히 수동적인 대상이나 반응의 연쇄가 아니라 역사를 형성하는 원동력이다.

> 한 작품의 역사성은 작품 수취인의 능동적인 참여 없이는 생각조차 할 수 없다. 왜냐하면 독자에의 전달을 통해서 작품은 변화해 나가는 '체험지평'의 흐름 속에 뛰어들게 되기 때문이다. 즉 단순한 수용상태에서 비평적인 이해로 계속 전환되어 나가고, 수동적인 수용에서 능동적인 수용으로, 공인된 미적 규범에서 새로운 미적 규범으로 변화하고, 이들 변화를 넘어서서는 생산을 하는 그런 계속적인 체험의 세계로 뛰어드는 것이다.[60]

야우스가 말하는 텍스트의 역사성이란 텍스트의 '소통적'인 성격과 마찬가지로 '텍스트-독자-새로운 텍스트'로 이어지는 대화적인 유대를 전제로 한다. 이러한 유대는 곧바로 '전달과 수용'이라는 소통의 개념으로 이해될 수 있을 것이다. 이 지점에서 야우스의 표현을 빌면 '과거의 지평과 현재의 지평의 변증법적인 융합'[61]이 이루

---

60) 한스 로베르트 야우스, 차봉희 역 「문예학의 도전으로서의 문학사」, 『현대사조 12장』, 위의 책, p.191.
61) 위의 책, p.184.

어진다. 물론 이를 위해서 한쪽이 다른 한쪽의 타자성을 이해하고 받아들일 의사가 있어야 한다.[62] 문학적 의사소통에 있어 흔히 문제되는 것은 바로 소통의 주체 간에 인정되어야 할 타자성이 간과될 때이다. 이는 곧바로 '소통장애'로 나타나게 될 것이기 때문이다. 타자를 인정하지 않거나 배제하는 전략은 필연적으로 독선적이고 고립된 주체를 이루게 하여 소통장애를 빚게 된다.[63] 그리고 이 같은 이성중심주의적인 주체 우위 의식은 많은 한계와 위험성을 내포할 수 있다. 그것이 결국 자신의 정체성을 황폐화할 것이기 때문이다.

2) 장르적 소통을 위한 글쓰기 전제

희곡은 여타의 문학적 텍스트들과는 다른 소통방식을 전제하고 있다. 무대예술인 연극과의 관련성 때문이다. 물론 문학 텍스트로서의 자족적인 세계를 형성하고 있는 것 또한 사실이나, 그 창작에 있어서 연극적인 방식을 통한 소통이라는 전제를 무시하는 일방적인 창작이 이뤄질 수 없을 것이라는 점은 자명하다. 연극의 구성요소로서의 희곡 텍스트가 갖는 구속성을 이해하는 일은, 우선적으로 '연극성'과 '흥행성'에 대한 성찰에서 찾아져야 할 것이다.

희곡 텍스트 생산 과정에서 작가가 타자로서의 독자를 고려하는 일은 자신의 창작물이 연극이라는 형식으로 전환되었을 때, 관객들의 집단체험을 전제하는 일이 된다. 그런데 중요한 것은 관객의 집단체험이 단순히 관극행위로서만 끝나는 것이 아니라 자신들의 관극체험을 일정하게 구조화하여 무대 위에 전달함으로써 연극을 완성해

---

62) 한스 로베르트 야우스, 윤효녕 역, 「문학적 의사소통의 대화론적 이해」, 『바흐친과 문학이론』(서울: 문학과지성사, 1997), p.134.
63) Jacques Lacan, 권택영 외 역, 『욕망이론』(서울: 문예출판사, 1994), p.20 참조.

가는 역할을 한다는 점이다. 이는 연극에서의 '소통'은 무대 위에서 메시지가 만들어져서 곧바로 관객들에게 전달되는 일방적인 방식이 아니라 상호적인 관계에서 이뤄진다는 점을 시사한다.

> 연극에서의 집단체험이란, 단순히 관객들 사이의 의사소통으로만 끝나는 것이 아니라, 그것이 곧바로 무대위로 다시금 반영된다는 데에 그 독자적 특성이 존재한다. 즉 연극의 관객은 일방적인 수동적 존재가 아니라 자신들이 무대로부터 받은 각종의 정보를 종합하여 그것을 다시금 무대 위에 되돌려 주는 능동적인 존재인 것이다. 이것을 조금 더 구체적으로 말한다면, 관객은 무대에서 제공되는 다양한 정보를 분류, 선택하여 관객들 상호 간에 집단적인 무언의 의사소통을 교환하면서 무대로 재발신하며, 이 과정에서 얻어지는 모든 무대 기호들의 형상소를 총체적으로 재구성하는 것이다. 이러한 작업 속에서 관객은 무대와의 자기 동일화(*identification*)와 거리두기(*distance*)를 반복하면서 연극을 최종적으로 완성시켜 가는 것이다. 이러한 점에서 연극이란 무대와 관객 간의 총체적인 의사소통이라고도 할 수 있다.[64]

따라서 작가가 희곡 텍스트를 생산하면서 고려하게 되는 첫 번째는 이 같은 "관객들의 반응을 어떻게 하면 보다 잘 이끌어낼 수 있을 것인가"에 놓이게 된다. 연극성을 고려하는 작가는 자신의 텍스트가 수용자에게 받아들여질 때 얼마만큼의 '극성'을 지닐 수 있을까에 관심과 역량을 집중하게 될 것이다. 이를 위해 그는 텍스트 내에 전개되는 사건 속에서 긴장의 강도를 높이기 위해 노력할 것이고, 동시에 사건과 갈등을 해결해 나가는 데에 있어서 수용자의 기대지평을 적절히 배반하여 '낯설게' 하는 전략을 구사하게 될 것이다. 그러나 텍스트 창작자의 관심과 노력이 여기에서만 멈춘다면, 그

---

64) 양승국, 「'극적'인 것과 '서사적'인 사이의 거리와 넘나들기」, 『한국연극의 현실』(서울: 태학사, 1994), p.138.

것은 연극성을 고려하는 작가의 노력이라고 보기 어렵다. '극성'과 '연극성'의 개념은 엄정하게 구별되어야 할 것이기 때문이다.

서사적인 영역의 글쓰기가 연극적인 시공간 위에 펼쳐지기 위해서는 사건을 소설에서처럼 순차적으로 조금씩 드러내는 방식으로는 곤란하다. 대신 제한된 시공간 속에서 가시적인 방식으로 사건을 드러내야 한다. 이야기는 그것이 아무리 '극적'인 성질을 지니고 있다고 하더라도 제한된 시공간 속에 보일 수 없다면 서사의 차원에 머무르는 것이고 절대로 '행동'이 될 수 없다. 행동은 모든 극 장르의 바탕이며, 심지어는 대사에서조차도 이 행동의 요소는 드러나야 하는 것이다.

1970년대의 희곡이 직면한 현안도 바로 이 '연극성'을 되찾아야 한다는 것이었다. 이 시기 집중적으로 전개되었던 '전통' 논의는 이런 상황인식을 반영한 것이라고 볼 수 있다. 서구 아방가르드의 충격과 우리극의 정체성 찾기 노력은 크게 보아 연극이 지닌 본질적인 속성이랄 수 있을 '연극성'을 어떻게 개발하고 발전시킬 것인가에 모아진다고 볼 수 있을 것이기 때문이다. 특히 신극 도입의 역사에서 프로시니엄 무대에 의해 약화되었던 우리 전통연극의 집단성과 현장성을 살려내기 위해서라도 '연극성'의 강조는 필수적이다.

한편, 공연될 상품으로서의 연극을 위한 텍스트가 갖춰야 할 요건은 '흥행성'이다. '흥행성'을 고려하는 작가는 텍스트 창작에 있어서 일정한 제약을 전제로 자신의 작업을 펼쳐간다. 그것은 "교환가치로서의 성격을 뚜렷이 하기 시작한 연극이 이제 상품적인 가치에 대해 노골적이든 은폐적이든 의식하지 않을 수 없는"65) 상황에 직면하게 되었음을 의미한다. 특히 스펙터클(*spectacle*)을 중시하는 현대연극은 막대한 제작비를 필요로 하는 경우가 많다. 따라서 대중문화산업으

---

65) 이승희, 「한국 사실주의 희곡연구」(서울: 성균관대학교박사학위논문, 2000), p.25.

로서의 연극의 관심사는 제작되는 작품의 상품성을 높이기 위한 전략이 무엇일까에 놓이게 된다. 이때, 교환되는 상품으로서의 연극이 갖춰야 할 미덕은 '저비용 고효율'이라는 경제성에 대한 관심이다. 그러나 대부분의 경우 연극공연을 통한 입장료 수입만으로 이 막대한 제작비를 감당하는 일은 사실상 어려운 일이다.

한편, 1970년대는 지배집단의 지배이데올로기 선전도구로서 연극을 활용하거나, 반대로 저항적인 담론에 대한 통제장치로서 공연예술 분야를 적극적으로 통제하는 정책을 본격화한 시기였다. 여기에 효과적으로 동원된 수단이 '문예진흥기금'을 통한 공연예술 지원정책66)이다. 이제 연극제작자의 입장에서 정부의 재정적인 지원을 받아낼 수 있느냐 없느냐의 문제는 극단의 존속과 관련된 심각한 문제로 인식되었다. 특히 70년대 들어 점차 연극인의 직업화·전문화의 방향이 모색되면서 작품의 '상품성'을 획득하는 문제는 이제 창작활동의 사활을 결정하는 중요한 요소로 자리잡게 된 것이다.

희곡 텍스트 창작에 있어서 '연극성'과 '흥행성'을 확보하는 문제와 더불어 장르적 소통을 위한 글쓰기 전제로 고려되어야 할 요소는 '검열'(*sensorship*)의 문제이다. 이 문제는 권력이나 자본에 의한 '외적 강제'라는 측면과 작가 스스로 주체의 예술적 신념과 무관하게 행해지는 '내적 규제'라는 측면으로 나누어 살필 수 있다.

먼저, 정치권력에 의한 외적 강제이다. 특히 1970년대 검열의 기

---

66) '한국일보'가 1974.2.1에 보도한 '문예중흥 5개년 계획 1차년도 사업내용'에 따르면, 문예중흥사업계획은 총 규모 5십억 8천만 원을 투입하여 "전통문화를 계승하고 그 바탕에 새로운 민족문화를 창조"하는 데에 집중되었다. 특히, 연극부문에서는 '자유', '가교', '산하', '여인', '드라마센터' 등 9개 민간극단에 대해 연극 1편당 1백만 원을 지원하고, 국립극단과 함께 새마을을 주제로 한 연극으로 전국순회공연을 실시할 것을 강제하였다. 정호순, 『한국의 소극장과 연극운동』(서울: 연극과 인간, 2002), p.92에서 재인용.

본관심은 유신체제의 정치적인 정당성을 확보하기 위한 수단으로서의 문화예술부문 통제였다. 이는 주로 "반공주의와 민족주의 이념을 강조하여 정치권력의 정당성을 주입시키고, 문화예술기관들에 대한 지원과 통제를 통하여 이들을 정치 홍보 도구화하고 어용화"[67]함으로써 문화예술계가 통치 목적 수행에 일정한 역할을 하게 하려는 데에 초점을 맞춰 이뤄졌다. 실제로 공연법시행규칙[68]의 <각본심사기준>을 보면, "국민감정을 해칠 우려가 있는 것" 및 "공서양속을 해하거나 사회질서를 문란케 할 우려가 있는 것"으로 다음과 같은 설명을 덧붙이고 있다. 1) 국기 또는 국가를 경건하게 다루지 아니한 것, 2) 민주주의 제도하의 교육을 조롱 또는 비방하는 것, 3) 법의 정당한 집행을 조롱 또는 비방하거나 준법정신을 해치는 것, 4) 신앙 또는 종교의식을 조롱 또는 증오의 대상으로 하거나 미신을 숭상·선전·조작하는 것, 5) 역사적인 사실이나 인물 또는 물건을 왜곡하여 묘사하는 것, 6) 자살행위를 권장할 우려가 있는 것, 7) 존비속학대·고문·상해·폭력·강간 기타 범죄행위를 정당화하거나, 범죄수단을 지나치게 잔인하거나 섬세하게 묘사하는 것, 8) 저속 또는 외설적인 언어를 사용하거나 동작을 묘사하는 것, 9) 공연물의 제명이 저속하거나 그 공연물의 내용과 전혀 다른 것 등을 제시하고 있다.

또 동법 윤리규정[69]의 일부를 보면 1) 국가, 국기를 경건하게 취급하지 않았거나 국가원수를 모독한 내용 및 표현, 2) 적성국의 작품, 적성국이나 적성국의 국민이 사용하는 언어 및 표현 기타 적성국에 유리한 결과를 끼칠 내용 및 표현, 4) 자유우방의 관습, 풍습, 전통 또는 민족적 감정을 존중하지 않는 내용 및 표현, 6) 반국가적

---

67) 구광모, 『문화정책과 예술진흥』(서울: 중앙대학교출판부, 2001), p.168.
68) 공연법 시행규칙, 제10조.
69) 공연법 윤리규정, 제2장 유의사항.

인 행동을 묘사하여 대중을 선동할 우려가 있는 내용 및 표현 등을 규정하고 있다.

이상의 법적 규제들은 1970년대 내내 작가의 텍스트창작에 강력한 외적 강제력을 발휘하였다. 박조열의 지적대로 "공연예술에 대한 국가권력의 전단적인 지배를 보장"[70]하는 사태가 계속된 것이다. 그러나 문제는 텍스트 창작에 있어서 이러한 외적 규제가 그 자체로서 끝나는 것이 아니라는 데에 있다. 국가권력에 의한 규제의 제도화는 궁극적으로 국가 권력의 존립근거랄 수 있는 현존의 생산양식을 유지하는 것이다. 즉 기존 질서의 재생산인 것이다. 특히 기존 질서에 비판적인 의식이 부족하거나, 애써 그것을 외면하려는 경향이 있는 제도권 예술의 경우 이런 경향성이 두드러질 것이다. 실제로 위의 박조열의 경우도 80년대 후반 변화된 시기에 있어서는 공연예술에 대한 국가권력의 간섭을 규탄하고 있지만, 70년대 극작 과정에서 그가 보여준 모습은 자기검열적인 모습을 드러내는 것이기도 했다. 그의 <소식>은 그런 경향의 대표적인 작품이다. <소식>은 박조열이 '파월장병 김치 보내기 운동'의 재원 마련을 위한 자선공연을 위해 쓴 대본이다. 작품은 그가 비록 휴머니즘을 보여주려는 의도를 강하게 갖고 있지만 인간성을 억압하는 것들에 대해 유독 무력한 모습을 보임으로써 스스로를 규제하고 있다.

자본이 지배하는 사회에서 재생산은 생산수단과 노동력에 의존하게 되는데, 특히 후자의 경우는 생산 현장에서 뿐만 아니라 보다 근본적으로는 '학교' 공간에서 이뤄지게 된다. 생산능력을 담보하는 기초지식이나 기술은 물론 노동을 위한 인내심이나 적응력 등의 능력이 현장이 아닌 '학교'라는 공간에서 이뤄진다는 것이다. 현대 자본주의

---

70) 박조열, 「표현의 자유 그 한계상황과 개선책」, 『무대리뷰1, 1986년 7월의 시점』(서울: 예니, 1986. 8), p.24.

사회에서 '학교'는 사회구성원이 자신의 사회적 지위에 걸맞는 의식이나 인생관 등의 정신가치를 내면화하고 실천하게 하는 '이데올로기적 국가장치'이다. 알튀세(Louis Althusser)에 따르면, 노예제나 봉건제 사회 구성체들과는 달리, 자본주의 체제에서는 생산의 바깥에서―자본주의적 학교교육 체제에 의해, 그리고 또 다른 기관들에 의해 재생산이 이루어진다고 한다. 또, 다른 기관들이란 말할 것도 없이 언론이나 종교, 여러 문화적인 기제들이다. 결국 문화적 기제 안에 포함되는 연극의 문학적 텍스트인 희곡의 창작 역시 이런 이데올로기적인 기능을 의식적으로 혹은 무의식적으로 행하게 되는 것이다. 즉 희곡도 그 나름의 생산양식을 갖고 있으며, 그 생산양식을 통하여 이데올로기적인 기능을 수행하고 있다. 이때 이런 상황은 작가·연출가·배우의 내면적인 창작의식을 지배하는 단계에까지 발전될 수 있다. 여기서 주체의지와 무관하게 이루어지는 '자기검열'이 문제될 수 있는 것이다. 순응적이고 반역사적인 텍스트 창작은 결국 자기검열의 구체적인 증거라고 볼 수밖에 없을 것이다. 예컨대 이강백의 <파수꾼>의 결말은 여러 논란이 있을 수 있겠지만, 파수꾼 '다'가 양철북을 두드리는 사태의 진전을 이런 차원에서 설명할 수도 있을 것이다.

따라서 모더니즘 희곡의 글쓰기 전제들을 살펴보려는 이 장의 취지에서 볼 때, 연극성과 흥행성을 충분히 고려하면서 동시에 검열의 문제를 뛰어넘기 위한 희곡 텍스트의 글쓰기 전략을 찾아내는 것이 가장 중요한 과제가 된다.

Ⅲ 1970년대 한국 모더니즘 희곡의 글쓰기 양상

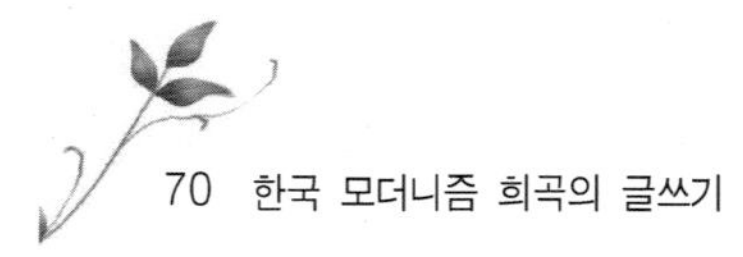

1. 세계에 대한 모더니즘적 인식과 표현

1) 비판전략으로서의 알레고리 구조

글쓰기 방법에 대한 논의는 우선 '텍스트가 무엇을, 왜, 어떻게 나타내고자 하는가?' 등의 질문에 답하는 방식이 된다. 이는 작가의 주제의식이 모더니즘적인 세계인식을 드러내고 있는가, 또 그들의 그런 인식은 모더니즘적인 극작원리에 부합하는 방식에서 진행되고 있는가를 살피는 일이 된다. 효과적인 논의 진행을 위해 이 장에서는 이강백, 박조열의 희곡 작품, <파수꾼>과 <오장군의 발톱>을 중심으로 그들이 선택하고 있는 글쓰기 방식상의 특징을 설명하고 그 의미를 천착하게 된다. 이강백과 박조열은 특히 알레고리와 우화적인 극작 방식을 선택함으로써 그들의 세계에 대한 비판적 인식 내용을 표현하고 있다. 특히 그들이 구사하고 있는 비판전략으로서의 우화적 알레고리 구조는 철학적인 인식 모델로서 모더니즘적인 글쓰기에 기여하는 바가 크다고 판단되기 때문이다.

(1) 〈파수꾼〉의 작가적 욕망과 현실인식

연극은 그 어떤 다른 예술보다 사회 현상과 밀착된 예술형식이다. 더욱이 관객과의 직접적인 의사소통방식을 취하고 있기 때문에 항상 정치권력과 부딪히게 마련이다. 지난 1966년 1월 문공부 산하기관으로 예술윤리위원회(이후 공륜으로 개칭됨)가 발족된 이후로 이데올로기에 대한 규제는 언제나 그 첫 번째 자리를 차지해 왔다. 그리하여 유민영의 지적처럼 우리 극계는 이른바 '친일알레르기'니 '좌익알

레르기', '권력알레르기'1)가 충돌 현상을 빚기도 했다. 1970년대의 우리 사회는 바로 이런 사회적 담론들이 충돌하는 현장이었다.

이강백은 자신의 극작이 이뤄지게 된 배경을 이렇게 설명하고 있다. "힘에 대한 거부감으로부터 희곡을 쓰기 시작했다. 물론 나의 경우 사회운동을 하지는 않았고 현실과 일정한 거리를 두면서 글을 썼다. 그러나 70년대 '왜 한국사회에는 그토록 많은 독재가 탄생하였으며 악순환이 계속되었는가?'라는 것은 절체절명의 주제였다."2) 여기에서 그의 작품이 감당하고자 했던 어떤 시대정신을 읽을 수 있다. 그는 자신의 작품이 당대적 현실에 대한 하나의 담론이기를 바랐고, 구체적으로는 보다 나은 세계로의 적극적인 하나의 '말하기'이기를 바랐다. 앞의 인용은 바로 이강백 자신이 느끼는 당대적 정치현실과의 긴장관계가 자신의 창작 의욕을 오히려 자극하는 기제였음에 대한 고백인 것이다.

이강백이 마주한 힘의 실체는 그 '막강한' 유신체제였다. 그것은 파쇼적 광기로 점철된 집단적 동원체제 그 이상도 이하도 아니었다.3) 그리고 이는 공연법에 의한 검열제도에서 첨예하게 드러나고 있다. 대본의 사전 검열, 연기자의 사전등록, 극단의 사전등록, 공연의 사전 승인을 그 내용으로 하는 공연법은 힘의 실체를 보여주는 것이다.

---

1) 유민영, 「친일 알레르기·좌익알레르기·권력알레르기」, 『무대리뷰1 –1986년 7월의 시점』(서울: 예니, 1986), pp.25 –26.
2) 김희원, 「이강백인터뷰」, 『한국연극』(1998. 5), p.6.
3) 김성희는 「국립극단연구2」에서 다음과 같이 쓰고 있다. "유신정부는 예술의 검열을 강화하는 동시에 예술에 대한 지원도 대폭 늘리기 시작했다. 극단에 지원금을 주고 연극공연장을 세워주는 문화예술지원책을 쓰면서 동시에 연극을 국책홍보의 도구로 삼았던 것이다. 이는 1974년부터 시행한 '문예진흥 5개년 계획'의 방침에 잘 나타나 있다.
한국연극사학회 편, 『한국연극연구』 3집, p.264.

<파수꾼>은 국가안보를 강조하고 있는 현실을 비방함으로써 관객들로 하여금 국가에 대한 불신감을 조장케 할 가능성이 있을 뿐 아니라 기성세대와 젊은 세대 간의 위화감과 갈등을 자아내게 할 염려가 있다. (중략) 더욱이 오늘날의 국가적인 안보상황으로 볼 때, 더욱 이런 유의 작품이 공연되는 것을 예방해야 한다고 생각한다. (중략) 비록 최근의 정치상황은 달라졌어도 국가안보의 위기상황은 조금도 달라지지 않았을 뿐 아니라 최근에 와서 더욱더 그 위험의 강도가 높아지고 있다는 점이다. (중략) 국가안보에 대한 비난은 우리의 자유민주체제에 대한 도전행위나 다름없는 것이다. 만일 이 작품이 공연된다면 우리의 젊은 세대에게 국가안보에 대한 잘못된 인식을 심어 줄 것은 명약관화한 일이다.4)

위의 인용문은 1986년 당시 박조열 한국연극협회 극작분과장이 공연법 개정을 위해 제기한 심의 청구에 대한 당국의 반응이다. 이런 시각은 <파수꾼>이 의도하고 있는 담론과 정면으로 충돌하는 것이다. 국가안보의 담론과 그것이 지닌 허위의식을 폭로하고자 하는 작가적 담론은 필연코 어떤 불화를 빚을 수밖에 없다. 여기서 이강백의 담론은 지나치게 관념적이다. 그의 인물들은 자기만의 개성적 세계인식에 이르지 못하고 있기 때문이다. 허위의 담론에 맞서 불완전한 모습을 보여주고 있을 뿐이다. 이강백이 바라보고 있는 세계의 내용은 잔인한 독재의 이데올로기가 빚어내는 담론이며 그가 노리는 바는 이를 폭로하고 비판하도록 하는 것이다. 그러나 그의 이런 시도는 사실 진부한 것이다. 70년대 문학의 가장 보편적인 주제인 동시에 한편으로는 쉽게 통속성의 세계로 전락할 위험을 내포하고 있기 때문이다.

---

4) 유흥종, 「최근 반려된 각본과 그에 따른 논의에 대한 견해」, 『무대리뷰1 - 19867월의 시점』(서울: 예니, 1986), p.29.

위험을 예방할 수 있는 힘은 그것을 극복해 가는 주체의 힘이 드러날 때 진정성이 확보되는 것이다. 그러나 이강백의 주체담론에는 오직 자신만이 있으며 여타 등장인물이나 독자 / 관객은 배제되어 있다. 그는 자신의 작품들이 다양하게 변주되어 해석되는 것을 원하지 않는다. 이는 독자 / 관객(혹은 연출가 / 배우)이 판단하고 해석할 수 있는 여지를 별로 달가워하지 않을 뿐 아니라, 자신의 의도(주제의식)대로 읽히고 수용되기를 바란다는 것이다. 심지어 등장인물들에 대한 태도에서도 이런 요구는 그대로 관철되고 있다. 즉 이강백은 자신을 드러낼 수 있는 표현 공간에 대한 집착이 남다르다.

글쓰기 방식에서 독자의 여지를 보다 많이 배려하는 방식은 모더니즘적 경향의 작품에서 흔히 발견되는 것이다. 비유나 알레고리는 그 의미층이 결코 단순하지 않으며 사회적인 배경 혹은 시대나 해석자의 주관의 차이에 의해 얼마든 다양하게 변주되어 해석될 수 있다. 모더니즘적인 경향의 작품이라면 그래야 한다. 현대성의 중요한 특징 중에 한 가지가 바로 '총체성'이나 '다양성'에 있기 때문이다.

그러나 사실주의적5)인 경향에서는 작가의 담론 우위 현상이 두드러지게 된다. 이런 식의 주체 우위 의식은 필연적으로 타자를 인정하지 않거나 배제함으로써 독선적이고 고립된 주체를 이루게 한다.6) 그러나 이 같은 이성중심주의적인 주체 우위 의식은 많은 한계와 위험성을 내포할 수 있다. 실제로 이강백은 "나는 많은 관객(흥행)에게 관심이 멀어진 지 오래이다. 기껏해야 청년의 정신 연령을 가진 한국의 관객을 대상으로 한 희곡은 더 이상 쓰지 않겠다"7)고 선언한다.

---

5) 이 경우 일부 오해가 있을 수도 있겠다. 일반적인 경우 사실주의는 객관성을 중요한 기준으로 하고 있기 때문이다. 그러나 사실주의의 특수한 일부 분파-예컨대 사회주의적 리얼리즘 같은-에서는 충분히 작가의 교조적 담론 우위를 읽을 수 있을 것이다.

6) 자크 라캉, 권택영 외 역, 『욕망이론』(서울: 문예출판사, 1994), p.20.

이런 관점에서 이강백의 현실인식은 사실주의적이라고 판단된다. 그리고 그는 이 사실주의적 담론을 모더니즘적인 글쓰기 방식, 예컨 대 우의나 비유극의 형식에 담아 표현하고 있다. 이는 작가적 욕망 대 인물, 나아가 작가적 욕망 대 독자/관객의 욕망이 충돌 현상을 빚게 하는 한 요인으로 작용한다. 그러나 이는 이강백에게는 자기 정체정의 혼돈으로 되돌아올 가능성이 있다. 좀 더 극단적으로 말한 다면 이강백의 작품은 동시대 독자/관객들과 유리될 수도 있는 것 이다. 특히 그가 독자 혹은 관객/연출의 수준을 단순히 자신의 극 작설계를 이해하지 못하는 걸림돌[8]로만 이해한다면 그 위기는 더욱 깊어질 것이다.

(2) 〈파수꾼〉의 공간 구성에 나타나는 특징

극 텍스트에서 공간은 작가의 세계인식에 대한 시각적 구조물이 다.[9] 따라서 1974년 작 〈파수꾼〉도 이런 관점에서 본다면 작가의 당대적 현실인식을 반영하는 것이 된다. 〈파수꾼〉의 공간 구조는 우 선 '황야'와 그 위에 설정된 '망루' 등으로 전경화된 세계와 식량운 반인이나 촌장에 의해 매개되는 마을의 후경화된 세계로 이루어져 있다.

이 두 세계의 연결은 '해설자'에 의해 이루어진다. 해설자는 또한 이 작품의 형식적 성격을 결정하는 주요 요소이기도 하다. 왜냐하면 해설자는 이 작품을 '생소하게(*Verfremdung*)'[10] 하기 때문이다.

---

7) 김희원, 앞의 글, p.5.
8) 위의 글, p.7.
9) 이상란, 「연극적 상상력과 담론통제」, 『한국극작가론』(서울: 태학사, 1998), p.85.
10) 예컨대 이 작품에서 해설자는 극적 상황에 대해 관객들에게 직접 설명 하거나, 마분지로 된 초승달을 무대 위에 장치함으로써 관객들의 극중

무대 위에 전경화된 가시적 공간을 살펴보면, ① 망루, ② 황야가 있다. ①은 다시 파수꾼 ‘가’의 공간인 ‘위’와 파수꾼 ‘나’, ‘다’의 공간인 ‘아래’로 나누어진다. 이때 망루 ‘위’는 ‘아래’와는 철저히 단절된 공간이다. ‘위’의 파수꾼 ‘가’는 한번도 내려온 적이 없으며 음식물조차 자신이 필요하다고 여길 때만 끈으로 달아 올려서 가져간다. 그에게 상호적인 의미의 의사소통이란 애초에 꿈도 꿀 수 없는 것이다. 파수꾼 ‘가’는 그렇게 단절된 곳에서 오직 자신만이 ‘황야’의 정보를 독점하고, 그 독점된 정보를 그 ‘아래’와 후경화된 세계인 ‘마을’에 공급하는 것이다.

정보 독점은 그것의 성격상 필연적으로 정보에 대한 종속성을 심화하게 된다. 실제로 파수꾼 ‘나’는 일평생 ‘가’가 제공하는 정보에 회의를 품어 보지 않았으며, 그에게 주어진 집단 내의 역할인 ‘양철북 두드리기’에 충실하도록 한다. 후경화된 마을의 반응 역시 그리 다르지 않다. 양철북에 의해 전달되는 ‘이리 떼’의 위협은 그들을 늘 긴장시키고, 다치게 한다. 나아가 비윤리적인 폭력까지도 감내하게 한다. 그러나 이 모든 것들을 집단의 안녕 질서를 위해 개인적인 일로 치부되며 흔적도 없이 잠재워지는 것이다. 이 점에서 집단의 이데올로기가 개인의 인격 혹은 존엄성에 우선하는 독재체제의 모습을 연상시킨다.

> **운반인** 이리 막는 거야 잘 하고 있죠, 뭐. 하지만 약방 영감 왜 그 말라깽이네 약방 영감 말이에요, 그 영감이 지붕 위에서 떨어져 두 다릴 몽땅 부러뜨렸지 뭐요. 그 영감 재수 옴 붙었지. 글쎄, 새벽녘에 잠이 깰까말까 하는데 양철북 소리가 은은히 들려오더래요. 그러자 거리에서 사람들이 외치기를 “으

현실에 대한 도취를 막고 극중상황자체를 현실이 아닌 극적 상황으로 인식하게 한다.

악 이리 떼가 몰려온다." 영감 넋 나갔죠. 지붕 위로 피신하
는데요, 몸은 떨리고, 뒤에선 금방 이리가 물 것 같겠다, 엉
금엉금 기어 올라가다 뚝 떨어진 거죠.

나　　　그런 말 하는 게 아냐.

운반인　그렇죠, 뭐. 지붕 위에서 떨어진 영감이 한둘이어야지요. 양
철 북소리 들려오구
"이리 떼다"
하니까, 우물 속에 빠져 죽은 아이 이야길 제가 했던가요?

나　　　그만 두게.

운반인　그렇죠, 뭐. 우물 속에 빠져 죽은 아이가 어디 한둘이어야죠.
수두룩하니까 별로 우습지도 않아요. 자기 집에 불을 지른
남자 이야기는 어때요? 담배를 피우려구 성냥을 그었는데 들
려오는 양철북소리! 그 남자 엽총 들고 뛰어나가 신나게 공
포 쏜 것 좋았죠. 허나 집에 돌아와 보니 불······

(중략)

운반인　그렇죠, 뭐. "이리 떼다!" 하고 외치는 사람이 한둘이어야죠.
모두들 외치는데요. 지난 주 화요일 밤, 북소리 들려와서
"이리 떼다!" 외치구 골목을 막 돌아서려는데, 웬 여자아이가
내 어깨에 매달립디다. 열여섯이나 일곱쯤 될까요, 두려워서
바들바들 떠는 게 꽤 이쁘더군요. 말 들어보나마나 어디 안
전한 곳으로 데려다 달라는 거죠. 마침 골목 끝에 대피용 지
하실이 있어서······(웃는다)

나　　　그래 어떻게 했나?

운반인　처음에 껴안아 줄려고만 했어요. 하지만 나도 사낸데 어디 그
래요? 마침 지하실엔 단둘뿐이었겠다, 그 앨 바닥에 눕히고
재밀 좀 봤죠.

나　　　(치미는 분노를 꾹 참으며) 어서 가게.

　운반인에 의해 전해지는 마을의 소식은 그야말로 비극적인 것이

다. 다치고 죽고, 모욕당하는 마을 사람들의 모습과 자신들에 의해서 그 공포의 이데올로기가 확산되어 가는 모습은 전율스런 것이다. 그러나 이 모든 외적 현실보다 더욱 가공스런 것은 그들의 마음속에 자리잡고 있는 굴종에의 타성과 인간성의 상실이다. 비극이 도리어 웃음거리로 전락하는 현실은 잔인한 것이다.

한편 '황야'의 모습은 그것을 보는 사람마다 다르게 전달되는 곳이다. 결국 진실이 감춰진 것이다. 먼저 파수꾼 '가'가 전하는 황야는 이리 떼가 시도 때도 없이 출몰하는 위험스런 곳이며, 모든 악의 원천이다. 이런 사정은 파수꾼 '나'에게도 비슷하다. 파수꾼 '나'가 관리하고 돌아보는 황야는 수천 개의 덫을 놓고 이리 떼를 기다리는 살육의 공간이다. 또 그곳에는 자신처럼 양철북을 두드리며 한평생 살다간 전임자들의 무덤이 있는 곳이기도 한 곳이다. 그러나 촌장에게서만은 황야가 어린 시절의 추억이 서린 곳으로 그려지고 있다. 그는 애당초 황야에 이리가 없음을 잘 알고 있기에 다른 이들처럼 두려움의 공간일 수 없는 것이다. 다만 그가 그런 진실을 말할 수 없는 것은 자신의 목숨과 안위를 위한 은폐의도 때문에 드러나지 않을 뿐이다.

진실은 파수꾼 '다'에 의해 전달된다. 그가 애당초 망루에 파수꾼이 되어 오게 된 이유는 그의 뛰어난 '시력' 때문이다. 시력이란 무엇인가? 그것은 현상세계에 대한 감식안에 다름 아니다. 뛰어난 감식안의 소유자, 그러나 유약하기 짝이 없는―그가 처음 등장하여 망루 밑에서 보여준 행동들을 상기해 보라―지식인의 모습, 바로 그것이다. 그가 보는 황야는 '흰 구름'이 유유히 흘러가는 평화스런 곳이다. 그리고 저항을 다짐하는, 나아가 독자 / 관객의 심리적 동조를 이끌어내는 것이다.

우리가 그의 작품에서 마주치게 되는 공간은 일상성을 벗어나 우리의 인식을 자극하는, 그리하여 발신자 / 작가의 담론이 일상성의 세계에서 수용자인 독자 / 관객의 담론과 마주치는 공간이다. 이 공간은 집중과 축약의 공간이라기보다 분산과 확장의 공간으로 자리매김되는 것이다. 이강백의 희곡에서 작품 속의 세계 혹은 무대 위의 세계와 독자 혹은 관객들의 세계는 다른 곳이기 때문이다.

(3) 〈파수꾼〉의 등장인물에 나타나는 특징

‘행위소(*Actant*)’라는 개념은 그레마스(A. J. Greimas)가 기호학과 통사론을 결합하여 이끌어낸 개념이다. 그에 따르면 그것은 “어떤 한 정사와도 무관하게 행위를 수행하는 요소, 즉 논리적 기능단위”[11]를 의미한다. 그러므로 행위소는 그것들이 떠맡고 있는 기능들의 반경에 의해서 특징져지게 된다. 여기서 극양식의 행위소란 극행동의 논리를 밝혀주는 추상적인 힘이자 극서술체의 통사론적인 기능단위를 의미하게 된다. 행위소는 보편적인 실체일 뿐, 인물들이나 그들의 형상소를 의미하는 것이 아니다. 그것은 오히려 극행동의 논리 체계나 서술 체계 속에서 오직 논리적 혹은 이론적으로만 존재할 뿐이다. 즉 어떤 등장인물이 극 텍스트의 문법을 구성하는 기초단위가 되어 행위소로 기능한다고 하더라도 행위소는 곧 등장인물이라는 등식이 성립할 수 없다는 것이다. 왜냐하면 보편적인 실체로서의 행위소는 추상적인 개념 혹은 집단적인 개념이 될 수 있으며, 나아가 한 인물이 동시 또는 연속적으로 다른 행위소로 기능할 수도 있기 때문이다.

---

11) 신현숙, 『희곡의 구조』(서울: 문학과지성사, 1990), p.32.

[그레마스의 행위소 모델과 이야기 문법]

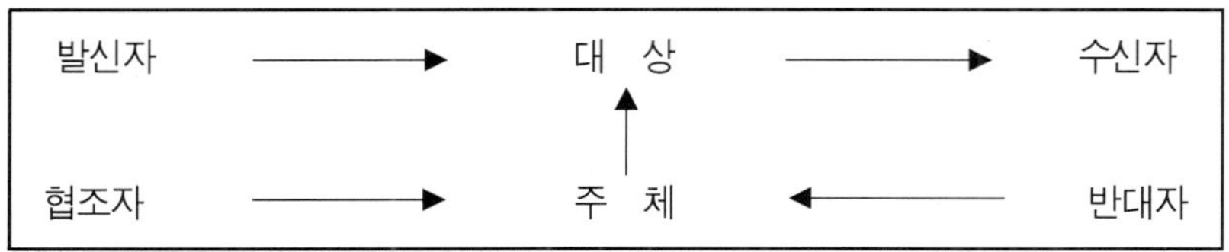

(※ 위의 표에서 화살표는 힘이 지향하는 방향을 가리킴)

그러나 위의 그레마스의 모델은 위베르스펠트에 의해 수정을 받게 된다. 즉 위의 세 가지 축의 개념을 의사소통·갈망·갈등으로 수정한 것이다. 이제 주체의 기능은 '발신자-수신자'의 영향하에 작용하며, 협조자와 반대자의 기능은 주체와 대상에 관계된 것으로 규정된다. 이는 발신자가 주체를 염두에 두고 주체를 조정하는 것이므로 주체는 그 자체로서 정의되는 것이 아니라 대상을 탐색하는 일련의 행위들을 통해서만 정의된다. 그러므로 극서술체에는 자율적인 주체란 없고 오직 주체-대상의 축만이 존재하게 된다.

[안느 위베르스펠트의 행위소 모델]

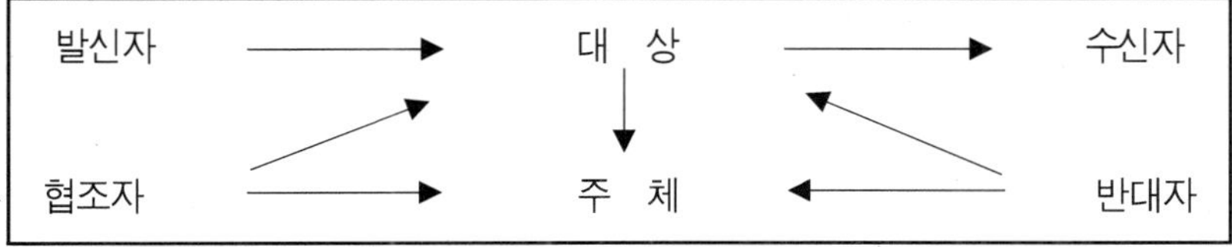

이제 <파수꾼>에서 파수꾼 '다'와 '해설자(촌장)'의 극행동을 위의 모델에 대입해 보면 다음과 같다.

표1 [촌장이 권력과 질서를 유지하는 과정]

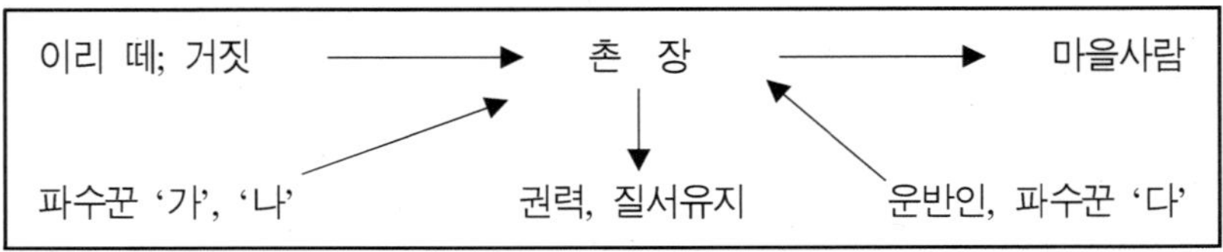

표2 [파수꾼 '다'가 정의를 인식하는 과정]

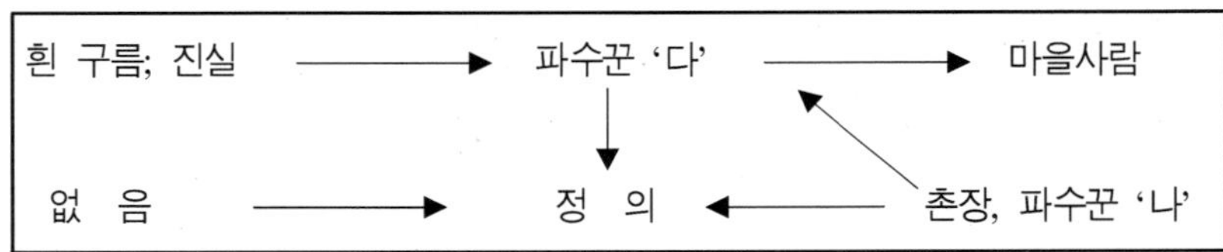

위의 행위소 모델분석 표1에서는 촌장이 권력을 유지해 나아가는 과정에서 파수꾼 '가'와 '나'의 협조를 받아 마을 사람들에 대한 질서를 유지해 가는 과정을 표현하고 있다. 그리고 표2는 파수꾼 '다'가 진실을 인지하고 그것을 지키기 위해 벌이는 행위소들을 분석한 것이다. 여기에서 등장인물의 행위소는 이항대립적인 구조를 드러내고 있다. 즉 파수꾼 '다'와 해설자 / 촌장의 대립적인 극행동 구성은 이들이 각각 통치적 담론과 저항적인 담론의 역할을 수행하게 하고 있음을 의미한다. 여기서 주목해야 할 사실은 그들의 이런 노력들은 협조자항의 존재 여부에 따라 확연히 다른 결과를 산출하고 있다는 사실이다. 즉 표2에서처럼 '촌장'에게는 존재했던 협조자가 파수꾼 '다'에게는 존재하지 않는다는 사실이다. 이 점에 대한 이상란의 분석12)은 유용한 것이다. 먼저 그는 파수꾼 '가'와 '나'를 권력의 기제

로 파악하고 있다. 즉 그들이 맡겨진 일을 수행하는 기능인에 불과하지만, 사회적 차원에서 보면 이데올로기는 증폭되어 재생산되고, 다시 그것이 마을 사람들의 일상을 통제하는 데 큰 영향을 미치기 때문에 촌장이나 파수꾼 '가'와 '나'의 기능은 엄중한 비판을 받아야 한다는 것이다. 이데올로기적 기능을 수행하는 권력구조 그 자체이기 때문이다. 그러나 한편으로 생각해 보면, 전혀 비판적인 인식이나 실천에 이르지 못하는 마을 사람들 역시 비판의 대상이 되어야 함에는 이론의 여지가 있을 수 없다. 작품의 결말에서 파수꾼 '다'의 패배와 일상적 이데올로기에의 함몰은 협조자의 부재에 의해 충분히 예견될 수 있었던 것이다. 따라서 그 같은 패배의 악순환을 끊고 정의를 지키고 확산시켜 가려는 노력이 결실을 맺기 위해, 어떤 인식과 실천이 담보되어야 할 것인가 하는 판단은 독자 / 관객의 몫으로 남겨진 것이라고 볼 수 있다.

이는 의미론적인 측면의 분석을 통해서도 쉽게 확인할 수 있다. 다음은 김성희의 지적이다.

> 이강백의 작품 <물거품>, <영자와 진택>, <북어 대가리>, <통 뛰어 넘기> 등에는 이항 대립의 관념을 대변하는 인물들이 등장한다. 이 인물들은 사실 둘 다 이 세계의 어느 한 원리를 대표하고 있으며, 각각 정당성을 가지고 있다. 그러나 이들이 추구하는 원리 혹은 관념은 양면적인 진실인데 서로 자신의 것만을 옳다고 주장하기 때문에 서로 대립한다. 이 이항 대립의 관념은 쌍으로 존재하기 때문에 어느 한 면에서는 한 인물의 분열된 목소리와 같다. 또 이러한 이항 대립적 관념은 일종의 폐쇄회로여서 그 관념의 변증법이 포용됨 없이 팽팽한 대립과 긴장을 유지하면서 그 회로 안에서 끝없는 순환을 보여준다. 둘째, 주제가 형식을 요구하고 형식이 주제를 만들어내듯이 이항대립

---

12) 이상란, 앞의 글, pp.93－99 참조.

의 관념은 이중구조를 만들어낸다.[13)]

의미론적인 기준을 설정하고 인물들의 대립양상을 살펴보면 다음과 같다.

어휘소 \ 의미소	사회적 신분	나이	운명	진실	희생
촌장, 파수꾼 '가', '나'	지배층	늙음	살아남음	왜곡	강요자
파수꾼 '다'	피지배층	어림	죽음	추구	희생자

위의 도식을 살펴보면 앞서 김성희의 지적처럼 지배와 피지배, 거짓과 진실, 선과 악이라는 이항 대립적인 측면을 확인할 수 있다. 이는 이강백 희곡에서 자주 목격되는 현상인데 그가 담론 설정에 있어서 자신의 관념적 도식을 강하게 실천하고 있다는 반증이 될 것이다. 따라서 그의 인물들이 작가관념의 대리자에 그치고 있으며 매우 정교하게 짜여진 플롯의 희생자라는 지적은 타당한 것이 될 수 있다. 즉 그 인물들이 '삼차원적인 인간'[14)]으로서 갖추어야 할 생리적, 사회적, 심리적 차원을 획득하지 못하고 있는 것이다. 이런 인물 설정은 작가의도에 따라 인물에 대한 통제를 적절히 수행할 수 있다는 장점이 있겠지만, 대체로 메마른 인간이 될 가능성이 많다. 왜냐하면 인물의 성격이 작가의 의도에 따라 관념화되어 있음으로 개성과 구체성을 상실하게 되기 때문이다. 이런 극작술의 모순은 그가 스스로는 문학적인 작가를 지향하고 있지만 작품 속에서 연극성의 확보를 위해 그의 인물들의 개성을 희생시키는 아이러니로 나타나게 된다.

---

13) 김성희, 「이강백의 비유극과 연극적 상상력」, 『한국현대희곡연구』(서울: 태학사, 1998), p.341.
14) 레이조스 에그리, 김선 역, 『희곡작법』(서울: 청하, 1991), p.68.

이항 대립적인 인간들은 확실히 매력적이지 못한 캐릭터이다. 작가의 담론에 충실한 인물들이 감정을 가진 존재로서 무대 공간에 살아 있기를 바란다는 것 자체가 모순된 것이다. 그들은 작품 내적 동기와 질서에 의해 스스로의 삶을 선택하고 실천할 수 있는 인물유형이 될 수 없는 것이다. 그들이 할 수 있는 것이란 기껏 작가가 매달아 놓은 줄에 맞춰 움직이는 꼭두각시로서의 역할이다.

한편, 파수꾼 '가'와 '나'가 실은 권력의 기제에 불과하지만, 사회적 차원에서 보면 이들이 권력이 만들어내고 파생하는 이데올로기를 확대하고 재생산한다. 이로써 전 작품을 통해 나타나는 그의 투쟁은 "지극히 외롭고 위태로움을 증명한다."15)

> **촌장** 그것 봐. 넌 내 피를 보고 싶은 거야(중략)
> **다** (창백해지며) 그건, 그건 아니예요!
> **촌장** (괴로워하는 파수꾼 **다**를 껴안으며) 오늘은 나에게 맡겨라. 그러면 나도 내일은 너를 따라 흰 구름이나 외칠 테니.
> (중략)
> **촌장** (관객들을 향해) 어서 오십시오. 주민 여러분. 이 애가 그 말을 꺼낸 파수꾼입니다. 저기 빙긋 웃고 있는 식량 운반인이 애가 틀림없지요? 네, 그렇다고 확인했습니다. 이리 떼인지 아니면 흰 구름인지, 직접 이 아이의 입을 통하여 들어봅시다.
>
> 파수꾼 **다**, 쓰러질 것 같은 걸음으로 망루를 향해 걸어간다. **나**가 근심스럽게 쫓아간다.
> (중략)
> 파수꾼 **다**는 망루 위에 올라간다. 긴 침묵. 마침내 부르짖는다.
>
> **다** 이리 떼다, 이리 떼! 이리 떼가 몰려온다!

---

15) 이상란, 앞의 글, p.99.

협조자의 부재는 파수꾼 '다'의 투쟁이 좌절하게 하는 주요한 기제가 되는 셈이다. 그리하여 그의 저항과 진실에의 갈구는 이루어질 수 없는 것이 되며, 마침내 권력에 의해 이 외로운 개인의 투쟁과 갈구가 다시 그를 파수꾼 '가'나 '나'와 같이 기능인의 차원으로 전락시키고 마는 것이다. 즉 등장인물 파수꾼 '가', '나', '다'를 70년대를 살았던 한국인의 일반적인 행동 유형에 대입해 본다면 아마도 '가'는 적극적인 정권의 나팔수 혹은 동조자가 될 것이다. 마찬가지로 '나'는 소극적인 동조자로, '다'는 스스로 굴종의 삶으로 빠져 들어간 기회주의적 지식인의 모습에 대입할 수 있을 것이다.

이제 이 외로운 파수꾼 '다'의 투쟁을 성공으로 이끌게 하려면 새로운 계기가 마련되어야 한다. 고정화된 권력 작동의 틀을 거부하고 극복할 수 있는 새로운 힘이 마련되어야 한다는 것이다. 이 새로운 힘의 계기는—아마도 작가적인 의도와 연관된 것이겠지만—파수꾼 '다'에 대한 협조자의 설정에서 찾아질 수 있을 것이다. 여기서 독자 / 관객은 파수꾼 '다'의 훌륭한 협조자가 될 수 있다. 등장인물들의 극행동 속에 내재하는 한계와 의미를 이해할 수 있는 이성적인 독자 / 관객이라면 충분히 그 역할을 수행할 수 있다. 진실을 밝히고 정의를 지키려는 파수꾼 '다'의 외로운 투쟁에 적극적인 동참만이 권력의 반복적 순환구조의 고리를 끊을 수 있다는 것이다. 이제 작가가 할 일은 명백하다. 그것은 그의 독자 / 관객이 바로 이런 사실을 깨닫고 적극적인 실천에 나설 수 있게 돕는 것이다.

그러나 언어로서 자신의 관념을 설명하려는 이강백의 방식은 아이러니컬하게도 독자 / 관객의 상상력을 차폐시키고 결국은 자기 동일성만을 반복하는 '허무주의'[16)에 빠져 있다. 즉 이강백 희곡의 담론

---

16) 안치운, 「연극성과 희곡의 허무주의」, 『이강백 연극제 기념논집』(예술의 전당, 1998).

은 문학성과 연극성이 서로 부딪히는 모습을 연출하고 있다. 이는 이강백 희곡의 문학적 담론 구성 방식에 나타나는 본질적인 딜레마라고 볼 수 있을 것이다.

(4) 〈오장군의 발톱〉에 나타난 작가적 욕망과 외적 규제

희곡 <오장군의 발톱>은 전체 15경으로 이루어진 장막극으로 가히 박조열의 대표작이라고 이를 만하다. <오장군의 발톱>은 작가가 1974년 문예진흥원의 창작 희곡 지원 작가로 선정되어 쓴 것이다. 그러나 1975년 여름, 자유극장에 의해 공연 연습 중이던 이 작품은 예륜의 ‘공연 불가’ 판정으로 이후 14년간 묶여 있었다. 작품이 1988년 해금되고 극단 <미추>에 의해 처음 공연되었을 때도 “도대체 이런 내용의 연극이 왜 그동안 공연 금지되었었나”[17]라는 불만이 터져 나올 정도로 작품 자체의 특징은 어떤 정치·사회적 풍자성을 강하게 드러내고 있는 것으로 여겨지지 않았다.

<오장군의 발톱>은 농촌 출신의 소박한 군인이 군대 전략에 희생되는 과정을 우화적 배경 위에 그리고 있다. ‘동쪽나라 사령관’은 무지한 시골 청년으로 하여금 거짓 정보를 믿게 만들고, 계획적으로 ‘서쪽나라’에 들여보낸다. 이어 서쪽나라에서 붙잡혀 고문당한 이 시골 청년은 거짓 정보를 자백하고 총살된다는 것이 그 줄거리이다. 이 작품이 ‘공연불가’의 판정을 받게 된 데는 주인공이 단지 ‘소총병’이며, ‘반전’과 관련된 대목이 삽입되었다[18]는 것이 그 주된 이유였다. 이에 대해 박조열은 다음과 같이 고백하고 있다.

나로서는 규제체제 못지않게 분격스러운 사실이 또 있었다. 연극계

---

17) 김방옥, “관심 모으는 창작극들”, 『신동아』(1988. 8), p.612.
18) 박조열, 『오장군의 발톱』(서울: 공간미디어, 1994), p.359.

의 완벽한 침묵이 그것이다. 게다가 후에야 안 일이지만 예륜(공륜의 전신)에서 규제를 선창한 자도 연극인이었다.[19)]

인용문에서 작가는 창작규제에 대한 분노와 아울러 동시대 극단 일부의 분위기에 대해 강한 울분의 목소리를 발한 것이다. 실제로 당대의 상당수 작가 / 연극인들 가운데에는 권력의 폭력적 규제에 대해 스스로 규제하고 통제하는 모순된 태도를 보였다는 것이 간접적으로 확인되고 있다. 이때의 권력의 규제를 마땅히 도구적 동일성 논리의 폭력적 규제라고 본다면 일부 작가 / 연극인들의 자기검열은 동일성의 미망에 스스로를 옭아매는 행동임과 동시에 비판적 지성인의 양식을 자극하는 것이었음이 분명하다. 그의 이러한 안타까움은 위의 같은 글에서 한층 이론적인 모습으로 발전되고 있다.

> 표현의 자유에 대한 제한은 규제받은 당사자의 차원을 넘어 그 표현에 접할 권리를 가지고 있는 국민의 자유를 함께 제한함을 의미한다. 한 작가의 희곡이 공연의 기회를 박탈당한다는 것은 곧 공연을 볼 수 있는 국민의 기회도 함께 박탈당하는 것을 의미하는 것이다. 이 한 가지 예만 보더라도 공연법이 헌법문제로서 우리의 진지한 검토 대상이 돼야 함은 너무나 분명하다.[20)]

문학작품에 대한 규제는 무엇보다 창작자와 수용자 각자의 "자유에 대한 인식을 왜곡·축소한다"[21)]는 이 주장은 실제로 이후 공연법 폐지 투쟁의 이론적 근거를 제시하는 매우 의미 있는 기여를 했다.

이런 주장은 검열이나 규제가 작가 자신의 표현의 자유와 함께

---

19) 박조열, 「표현의 자유 그 한계상황과 개선책」, 『한국연극』(1986.5), p.12.
20) 위의 책, 같은 면.
21) 위의 책, 같은 면.

관객의 관극 기회를 박탈하여 결국 문화적 우민화에 기여한다는 것이다. 검열의 주체가 법이나 경찰력 등 폭력적·물리적 강제수단을 동원한다는 점에서, 그것이 이데올로기적인 '국가장치'(*state apparatus*)라고 볼 수 있기 때문이다. 대개의 경우 검열이나 규제는 외부적 경로를 통해 이루어지고 있다. 그러나 검열이나 규제의 폐해는 '외부적인 것'에서만 나타나는 것이 아니다. 검열은 이런 외부적 경로뿐만 아니라 작가나 연출가 자신에 의해서도 이루어지기 때문이다. 즉 '특정 소재에 대한 접근을 자제하려는 분위기 혹은 심리상태'[22]가 조성되어 있는 그 자체가 이미 넓은 의미의 '자기검열'이 될 수 있다. 이런 유의 자기검열은 심각한 작가정신의 타락을 불러올 수도 있다는 것은 주지의 사실이다. 실제로 5·18문제 같은 당대적 관심사가 기성 극단에 반영되고, 창작이 이루어지기까지는 상당한 시간적 공백을 갖고 있다. 이는 창작에 있어서 외부적 규제나 검열의 작용 탓도 있었겠지만, 작가나 연출가 등에 의한 자기검열의 수행이라는 측면도 무시할 수 없는 한 원인이 된다. 물론 근본적인 원인이야 외부적인 데 있겠지만, 현상 자체의 측면에서 볼 때 '자기검열'의 과정을 밟았다고 볼 수 있다는 것이다.

　　내부적 검열은 소재의 제약뿐만 아니라, 극 형식적인 면에 있어서도 예컨대 알레고리적 형식이나 소극(笑劇)적 형식을 선호하는 결과를 낳고, 심한 경우에는 당대 사회의 제반 문제에 대한 인식의 결여나 타당한 극 형식 구사의 능력결핍을 외부적 여건 운운하며 호소하는 웃지 못 할 장면도 연출해 낸다. 요컨대 검열은 외부적 기구를 통해 특정 공연의 금지나 부분적 수정 등을 요구하는 데 그치는 것이 아니라 주제와 극 양식 같은 비교적 내밀한 영역에까지 그 영향력을

---

22) 이는 박조열 스스로도 "겁을 먹은 때문"이라고 고백하고 있는 데서 찾아볼 수 있다. 박조열, 앞의 책, p.355.

행사하고 있는 것이다.[23]

그러나 1970년대 알레고리적인 표현방식을 선호했던 대부분의 희곡 작품들이 작가 자신의 내부적인 검열의 결과라고 주장하는 것은 지나친 난센스일 수 있다.[24] 박조열의 경우 외적인 규제가 창작의 영역에까지 확대되어 알레고리 형식을 통한 글쓰기를 시도하고 있는 것이 일정 부분 사실이다.[25] 그러나 이는 그리 단순하게 판단할 문제가 아니다. 즉 박조열의 알레고리를 적극적으로 활용하는 글쓰기가 사실은 외부적 강제를 뛰어넘기 위한 작가적 전략의 일환으로 이해될 수 있기 때문이다. 모더니즘의 글쓰기 전략에서 객관세계에 대한 인식과 표현은 주관적인 형식을 띠는 것이 일반적이며, 이때 주관적 글쓰기 형식이 알레고리 형식의 선호로 나타났다고 볼 수 있다. 따라서 박조열의 작가정신이 치열하지 못했다는 지적[26]은 당대적 상황에 대한 모더니즘적인 현실인식과 대응이라는 관점에서 재고될 필요가 있다.

아도르노는 근대 이후 현실에서는 경험이 불가능한 미적인 경험을 실현가능성의 세계로 환원하는 것이 예술의 본래적인 기능이라고 주장한다.[27] 그에 따르면 자연미는 도구적 이성이 지배하는 현실에서

---

23) 이원균, 「연극과 국가권력」, 『한국연극』(1987. 8), p.20.

24) 여세주는 「박조열의 알레고리적 글쓰기」에서 알레고리의 이중효과에 대해 논하면서 알레고리가 "현실의 억압을 우회해 갈 수 있는 방파제 같은 구실을 수행하면서 동시에 관객들에게 상상할 수 있는 여유를 무한정 확산시키는 역할을 한다"고 지적하고 있다.
    『박조열연구』(서울: 국학자료원, 2001), p.139.

25) 졸고, 「박조열 희곡의 주제의식 연구」(조선대대학원석사논문, 2000), pp.41－42.

26) 위의 글, 같은 면.

27) T. W. Adorno, 홍승용 역, 『미학이론』(서울: 문학과지성사, 1984), pp.164－178 참조.

는 이미 사라져버렸으며, 이제 예술은 현실의 '모방과 재현'을 통해 이뤄지는 것이 아니라 오직 '가상'에 의해서만 경험될 수 있다고 한다. 이렇게 되면 예술의 지향점은 현실에서는 금기시되고 있는 '자연미'에 대한 갈망을 구체화하는 데에 모이게 될 것이다.

박조열의 현실인식은 다분히 '자기 인식'적이다. 그는 자신의 내면에 잉태되어 있는 오장군의 동화적 상상력의 세계와 같은 '이상'과의 연관 속에서 현실을 인식한다. 그는 사실주의 경향의 작품들에서처럼 현실의 발전법칙과 본질적인 연관관계를 중심으로 현실을 인식하지 않고, 폭력적인 집단권력이 행사되는 전쟁을 '객관화'함으로써 현실을 인식한다. 즉 '자기 인식'하는 것이다. 따라서 박조열의 현실인식과 대응을 전제로, 그의 글쓰기 전략인 알레고리는 미적 가상이 외부세계의 사물화 논리 속에 위기를 맞는 데 대한 특별한 구제전략으로 이해될 수 있을 것이다.

(5) 〈오장군의 발톱〉에 나타난 상징체계와 그 의미

오장군의 주변 세계는 '동화적 상상력의 세계'이다. 거기에서는 태양이 웃고, 나무가 걸어 다니며, 소가 인간을 사랑하는 일이 아무 거리낌 없이 그려지고 있다. 또, 그곳에서는 꽃들이 아장걸음 걷다가 나무 주위에 다소곳하게 앉기도 한다. 나아가 그곳에서는 원초적인 성의 세계가 아무 부끄럼 없이 펼쳐지기도 한다. 암캐와 수캐가 치근거리며 서로를 애무하는가 하면, 이를 본 고양이의 시샘에 찬 호통이 가해지기도 한다. 또 오장군의 세계는 수소의 울음소리에 암소가 정겨운 화답을 하는 곳이다. 이 동화 같은 풍경 속에 살아가는 오장군과 그 주변 인물들 또한 순박함 그 자체이긴 마찬가지이다.

오장군 (사타구니를 내려다보다가) 어! 으아 큰일 났네!

먹 쇠　……?! (뛰어간다)

오장군　봐! 빨갛게 부었지?(먹쇠, 머리를 처박듯이 들여다본다) 너 눈
이 나쁘구나, 이제 보니(먹쇠 끄덕인다.) 어젯밤에 빈대한테
물린 자리야.

먹 쇠　(머리를 들고 오장군을 빤히 쳐다보다가 나서 화난 듯한 몸짓
으로 제자리로 돌아간다.)

오장군　하필이면 거길 물어가지구……(잠시 뭔가 상상하는 표정, 느닷
없이 킬킬 웃어댄다.)

주인공 오장군이 잘못 전달된 편지 때문에 군대에 끌려가기 전
소와 대화를 나누는 장면이다. 오장군은 이처럼 자연과 완전히 동화
된 삶을 살던 순박한 농군이었던 것이다. 홀어머니를 봉양하면서, 사
랑하는 이와 더불어 흙에 묻혀 살아가는 삶이 바로 그의 것이었다.
이는 문명의 그늘에 지치고 소외된 이들의 꿈이 아닐 수 없다. 그들
의 건강하고 싱싱한 전원적 삶의 모습은 여기서 그치지 않는다. 그
의 어머니는 "비행기에 대고 욕하면 비행기가 말귀를 알아듣고 군인
을 보내 사람을 팬다"고 믿을 정도로 순박하기만 한 사람이다. 꽃분
이 역시 마찬가지이다. 그녀는 "군대 가기 전에 우리들의 아이를 만
들자"고 아무 부끄럼 없이 제안하는 사람이다. 이처럼 그의 주변 모
두는 마치 '자연의 일부'처럼 살아가는 동화적 순박함으로 드러나고
있다. 이런 그들의 주변 세계는 아도르노 식으로 표현하자면, 자연미
가 드러나는 세계라고 볼 수 있을 것이다. 주체와 대상세계가 비억
압적이며 화합적인 교감의 상태를 이루고 있기 때문이다. 자연 상태
의 모든 존재들이 보여주는 소통방식은 바로 이런 것이었을 터이다.
그러나 인간 역사에서 도구적 합리주의로 무장한 이성의 출현은 이
자연의 아름다움을 사라지게 한다.

오장군의 세계도 마찬가지다. 비극은 언제나 이런 동화적 세계를

그냥 지나쳐 가지 않은 법이니, 이들 순박한 주인공들의 머리 위에 갑작스럽게 나타나 마치 대지를 압사시킬 것 같은 둔중한 폭음을 쏟아 놓고 사라지는 폭격기들은 바로 그 비극의 전조이다. 오장군의 비극적 죽음을 몰고 오는 이 거대한 힘의 실체를 살펴보자.

> (오장군의 노래 소리는 두 음악가의 연주와 조화 않는다. 둔중스런 폭격기 편대음이 들려온다. 구음자의 소리가 사그라지고, 클라리넷 주자도 연주를 멈춘다. 오장군과 먹쇠도 불안스레 하늘을 쳐다본다. 편대음은 마치 대지를 잔인하게 압사하듯이 천천히 지나간다. 인간과 소는 편대음이 멀리 사라질 때까지 꼼짝 않고 주시한다.)
>
> **오장군**　망할 놈들! 꼭 우리 마을 위로만 지나간단 말이야. 잘못해서 폭탄을 떨구기라도 하는 날엔 우린 어떻게 되는 거야! (침묵. 상상)
>
> 　　　……수웃, 쾅! (침묵. 상상)
>
> 　　　……(사방을 크게 손 젓고 나서)
>
> 　　　조심해애! 이 망할 놈들아아……
>
> **먹　쇠**　뫼뫼에! 뫼뫼뫼에 (조심해 망할 놈들아!)

이어 집배원이 밭두렁에 잠들어 있는 오장군에게 잘못된 징집 명령서를 전달한다. 명령서의 역할은 분명하다. 바로 도구적 이성의 실천이다. 군대는 오장군 같은 사람이 있을 곳이 못된다. 그곳은 꽉 짜인 조직사회이다. 게다가 전쟁 중이다. '폭력적인 집단권력'만이 지배하는 곳이다. 개인의 희생 따위는 조직을 위해서라면 아랑곳하지 않는 곳이다. 그곳은 오직 합리적 이성만이 지배하는 곳이며, 도구화된 사고가 지배하는 곳이다. 그러므로 "야간 수색 중 이탈해 젖소 옆에서 잠"이나 자는 오장군이 이런 조직에 적응할 것을 기대하는 것은 애당초 불가능한 일이다. 동일성 논리의 도구적인 사고는 타자를 지배하는 힘을 지니고 있기 때문이다. 아도르노가 『계몽의 변증법』에서 일관되게 주장하고 있는 것도 역시 따지고 보면, 서양 역사에서 이러한 도구적 이성이 빚어낸 비극에 다름 아니다.

군대를 통해 도구적 이성의 논리가 가장 첨예하게 관철되는 것은 전쟁이다. 전쟁은 그 이유와 목적이 어디에 있든 참여 당사자와 그 지휘관으로 하여금 집단 구성원을 수단시하게 한다. 비록 그것이 선한 전쟁으로 미화되는 경우도 예외가 아니다. 부하들의 귀중한 생명과 안위를 책임질 최고 지휘관에게도 역시 부하들의 목숨보다는 자신의 명예나 공명심이 더욱 중요한 것으로 인식된다. 사령관은 현재의 전세가 불리하며, 설사 2개 사단이 '소모'되더라도 결코 물러설 수 없다고 생각한다. 이런 사령관의 현실인식과 표현은 인간에 대한 '사물화'의 극치를 보여준다. 그의 사고와 행동은 자신의 표현 그대로 '도박'과 같은 것이다. 나아가 "전쟁은 도박이야. 난 지금 도박을 하려는 거야. 세 끗밖에 안 쥔 놈이 팔 땡 쥔 놈의 기를 죽이는 수가 있지"라는 그의 강변은 자신의 사고가 어디에 머무르고 있는지를 극명하게 보여주고도 남는다. 그가 이처럼 무리한 작전계획을 밀어붙이는 단 하나의 이유는 이렇다.

사령관　현 진출선에서 방어 작전을 펼 때 아군의 손실은 어느 정도일 것으로 예상하는가?

작전참모　2개 사단이 소모될 것입니다.

사령관　B선에서 현 위치까지 진출하는 1개 사단병력이 소모됐다. 우리가 B선으로 철수했다가 다시 현 위치까지 진출하려면 또 다시 1개 사단이 소모될 것이다. 게다가 B선에서 방어를 한대도 또 1개 사단은 소모된다. 그럴 바에는 차라리 현 위치에서 2개 사단을 소모하길 원한다.

이 단순한 산술논리야말로 조직 속의 '사물화'된 개인에게는 그

어떤 인격도 있을 수 없고, 오직 소모품 정도에 불과하다는 비인간
적이며 폭력적인 집단권력의 사고를 대변하는 것이 아닐 수 없다.
이런 집단권력에 의한 인간사물화의 전형은 오장군에 대한 사령관의
태도에서도 찾아볼 수 있다.

동쪽나라 사령관은 불리한 전세를 만회하려고 오장군의 순박함을
역이용해서 '역정보공작'에 투입시킨다. 오장군을 계획적으로 '이용'
하기 위해 동쪽나라 사령관과 그의 참모들이 구사한 방법은 도구적
존재로서의 인간을 보여주는 데 부족함이 없다. 그들은 조작된 전략
회의에서 오장군에게 사령관의 어깨를 주무르도록 하고, 이 과정에서
자연스레 오장군이 동쪽나라의 전략정보를 얻도록 한다. 이어 오장군
은 서쪽나라 병사들에 의해 붙잡히고, 그가 제공한 '거짓'(?)정보에
의해 서쪽나라는 진군의 기회를 잃게 된다. 얼마 후 정보의 진위를
알게 된 서쪽나라에선 총살형을 집행하게 된다. 이제 조직사회의 비
인간적인 톱니에 무참히 희생된 순박한 사내, 오장군은 그가 출정하
기 전에 깎아두었던 몇 조각의 '발톱'으로만 남게 되는 것이다.

그러나 그의 비극적인 죽음은 여기서 끝나지 않는다. 아이러니컬
하게도 동쪽나라에서와 마찬가지로 서쪽나라에서도 그의 죽음이 미
화되기에 이른 것이다. 그의 죽음은 두 나라 모두에게 이용할 만한
가치가 충분했기 때문이다.

> **사령관**　　　(참모 A를 돌아보며) 그는 죽음까지도 연기(演技)로 장
> 　　　　　　　식했다. (흉내) 엄마야, 꽃분아아……아무리 무식한 시골
> 　　　　　　　뜨기라도 그보다 더 시골뜨기를 닮을 수는 없을 거야.
> 　　　　　　　(사령관 오장군에게 경례를 한다. 모두 그를 따른다)
> 　　　　　　　　　　　　　　　　(생략)
> **영현 하사관**　(전사통지서를 읽는다) 나, 동쪽나라 제5야전군 사령관
> 　　　　　　　은 더할 수 없는 슬픔으로 육군 일등병 오장군의 장렬

한 전사를 통지합니다. 오장군 일등병은 그 애국심과 군인 정신에 있어서 온 동쪽나라 군인의 으뜸이었습니다. 오장군 일등병이 남긴 유언은 단 한마디 "동쪽나라 만세에!"였습니다.

현실 문제에 대한 오장군의 대처방식을 생각하면 그가 미숙한 자아를 지닌 것으로 생각될 수도 있다. 작품 속에 형상화되어 있는 내용을 단순히 반영적인 관점에서만 수용한다면 충분히 그런 판단을 이끌어낼 수 있을 것이다. 반영이라는 관점에서 모더니즘적인 경향의 작품을 이해할 때 작품의 내용은 지나치게 비현실적이고 환상적인 것으로 보일 수 있으며, 주인공 역시 현실 문제에 대처하는 데 너무 미숙한 자아라고 이해될 여지가 많기 때문이다. 흔히 반영론에 근거한 리얼리즘과는 달리 모더니즘에서는 현실을 '변형'시키는 계기가 중시된다. 그리고 이때의 '표현'은 현실에 대한 반영과 전혀 무관한 것이 아니다. 제대로 된 예술이라면 객관적인 대상세계를 단순히 기계적으로 복제하기보다는 주체의 선택과 배열, 변형에 의해 형상화가 이뤄질 것이므로 위의 '반영'과 '표현'은 똑같이 중시되어야 할 것이다. 다만 여기서 전제되어야 할 것은 예술의 대상이 인간의 삶 그 자체인 것이 아니라, 미적 주체인 예술가와 연관된 인간의 삶이라는 점이다.

<오장군의 발톱>에서 박조열은 '수십 명의 등장인물 가운데 오장군을 빼고 몇 가지 역을 겸할 수 있으며, 또한 그러기를 바란다'고 '무대화를 위한 작가 협조'라는 형식의 발언을 가하고 있다. 이는 그가 자신의 인물들을 특정 인물의 성격을 부각시키기 위해 사용할 수 있다는 점을 인정하는 것이다. 실제로 훈련받는 장면에서 군인들은 오장군을 더욱 부각시키는 구실을 수행하고 있다. 오장군이 자신과 상반되는 다른 인물들로부터 소외·불안·고통을 겪으면서 희생되어

가는 과정에는 집단권력에 대한 작가의 남다른 사회비판의식이 잠재되어 있다. 여기서 박조열이 비판하려는 핵심은 무지하고 가난하다는 이유로 순수한 한 인간에게 모멸감을 안기며, 나라가 파멸을 강요하는 세계이다. 그 세계가 인간본성에 내재되어 있는 '자연미를 향한 열망'을 짓밟는 '도구적 이성'임은 더 말할 나위가 없다. 결국 <오장군의 발톱>에 나타난 설화적인 상징체계의 의미는, 인간 본래의 자연적 본성을 간직하고 있는 개인이 도구적 이성에 의해 지배되는 집단권력의 횡포에 고통받고 있는 현실을 고발하고, 나아가 원시 자연의 아름다운 세계에 대한 작가적 열망을 피억압자에 대한 사랑과 동정이라는 기제를 통해 드러낸 데에 있다고 할 수 있을 것이다.

2) 내러티브 전략으로서의 알레고리 구조

내러티브[28]란 일정한 '시간과 공간 사이에서 발생하는, 인과 관계에 있는 사건들의 연쇄'를 일컫는 말이다. 모든 서사적 구조물은 사실상 이 내러티브의 전달체라고 볼 수 있다. 한편 이 서사물들은 '이야기'라고 불리는 내용의 국면과, '담론'이라고 불리는 표현의 국면으로 나누어 생각해 볼 수 있다.[29] 그러므로 내러티브 전략이라 함은 내러티브(*what*)를 전달하는 방식(*way*)에 관한 것이다. 이 장에서 논의하려고 하는 점은 바로 이 내러티브 전략으로서의 알레고리

---

28) 이는 본래 N. Frye가 본격적으로 논의한 개념이다. 그는 동서고금의 스토리를 지닌 수많은 작품들을 통합하고 체계화하여 장르와 개별 작품을 넘어서는 보편적인 구조에 대해 연구를 통하여 이 개념을 이끌어내고 있다. 내러티브라는 말은 서사양식의 문학 장르에서 '이야기'를 흔히 지칭하는 말로 사용되고 있다.
임철규 역, 『비평의 해부』(서울: 한길사, 1982), pp.49－101 참조.
29) S. 채트먼, 한용환 역, 『이야기와 담론』(서울: 고려원, 1990), p.24.

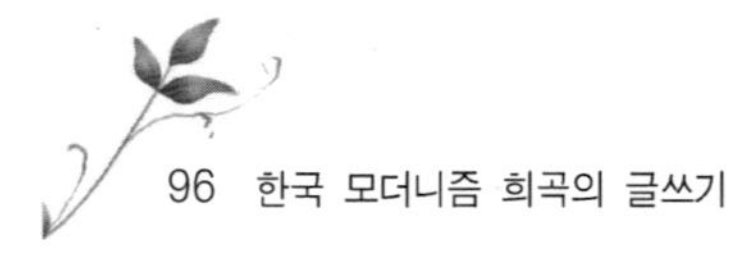

의 의미와 효용에 관한 것이 된다. 즉 이는 내러티브 전략으로서의 알레고리가 모더니즘적인 인식과 실천을 훌륭히 담보할 수 있을 것인가에 관한 질문들이 주가 됨을 의미한다.

(1) 〈흰둥이의 방문〉과 일상의 횡포에 대한 저항적 담론

인간은 자신의 주변을 이루고 있는 세계를 이해하기 위하여 다양한 방식을 이용한다. 그중 하나의 방식으로 '이야기'가 존재한다. 이야기를 통해 무엇인가 인식하고 전달하는 행위는 문자를 매개로 하기 훨씬 이전부터 구전의 형태로 전승되어 왔으며, 이후 문학(희곡)과 연극에서 공통적으로 발견되는 특징이다. 이야기를 통해 무엇인가 이해한다는 것은 해당 사건을 구체적인 시간과 공간 속에서 원인과 그에 따르는 결과의 형태로 파악한다는 것을 의미한다. 즉 어떤 사건을 인지할 수 있는 이유가 반드시 그 앞에 있으며, 그것의 결과로서의 사건은 또 다른 사건의 원인으로 작용한다는 것이다. 따라서 사람들은 특정의 사건이나 상황을 '무엇 때문에 그 일이 일어나게 되었나' 하는 질문의 틀 속에서 파악하고 이해하며, 또한 '이 일이 다음에 어떤 영향을 주변에 미칠 것인가' 하는 질문으로 다음에 올 사건을 미리 한 번 마음속에 그려보게 된다. 의식적으로 또는 무의식적으로 이루어지는 이와 같은 행위를 통해 인간은 주어진 스토리를 보다 분명하게 이해할 수 있게 된다. 그러므로 잘 만들어진 이야기 구조는 구조적으로 치밀한 인과 관계로 상호 복잡하게 얽혀 있으나, 이를 통해서 상대적으로 높은 수용도를 얻을 수 있다.

이야기는 두 가지 요소들로 구성되는데, 하나는 서사 체계 내에서 일어나는 모든 사건들의 조합, 즉 겉으로 명백히 나타나는 사건들이다. 또 다른 하나는 독자 / 관객이 추측하는 사건들이다. 결국 서사 체계를 통해 독자 / 관객들에게 직접적으로 전달되는 사건들에 관한

정보와, 이를 기반으로 독자 / 관객들에 의해 추측된 나머지 주변상황
이 결합하여 작품의 이야기를 구성하는 것이다. 따라서 이야기의 모
든 내용이 서사 체계를 통하여 전달되는 것이 아니라 미학적인 원칙
에 따라 선택된 일부분만이 관객에게 직접 전달된다. 모든 이야기
내용을 일일이 전달한다는 것은 한정된 공연시간에 구속을 받는 희
곡문학의 경우에 있어서 매우 비효율적인 일이기 때문이다. 나아가
미학적인 측면에서도 특정효과를 창출할 수 있는 기회를 포기한다는
의미를 지니고 있다.

　독자 / 관객이 느끼는 정서적인 반응 역시 내러티브 측면에서 설명
될 수 있다. 내러티브 구조의 특징 중 하나인 '예측성'은 이 부분에
서 중요한 의미를 지닌다. 일반적으로 내러티브 형식은 독자 / 관객에
게 미적 체험 과정에 있어서 어떤 기대감을 유발시키는 기능을 한
다. 따라서 형식 체계로서의 내러티브는 독자 / 관객에게 특정한 형태
의 기대 또는 예측을 발생시킨다. 독자 / 관객은 작품을 읽거나 보면
서 특정 등장인물이 나온 뒤, 이 인물들이 하나씩 엮어나가는 특정
의 이야기가 전개될 것이라그 가정하며, 일련의 사건들을 예상한다.
또한 이야기의 전개 과정에서 발생하는 문제와 갈등이 해결되거나
새로운 방식으로 전개될 것이라는 기대를 하게 되는 것이다.

　한편, 알레고리30)는 인물·행위·배경 등이 일차적인 의미층에 있어
서는 논리정연한 인과적 질서에 의한 의미망을 형성하고 있지만, 동시
에 이들과 의미상의 상관관계를 맺고 있는 2차적인 인물·행위·사건
의 층도 가리키도록 고안된 이야기 구조이다. 대개의 경우 알레고리
는 역사적인 사건이나 인물을 우의하게 되는 '역사적·정치적인 알
레고리'와, 실제의 인물이 어떤 추상적인 의미를 나타내고 플롯은

---

30) 이영섭 편, 『세계문학비평용어사전』(서울: 을유문화사, 1981), pp.326 –
　　327 참조.

특정의 교설이나 주장을 전달하는 데 쓰이는 '사상의 알레고리'로 구분된다.

내러티브 전략으로서 알레고리가 동원되기 시작한 것은 매우 오랜 역사적 전통을 갖고 있다. 모더니즘의 세계관에서 알레고리적인 방법이 동원되는 경우는 현실의 사실적인 재현을 통하여 '자연미'를 향한 작가적인 열망을 드러낼 수 없다는 인식에 기초한다. 모더니즘은 근대 이후 자본주의 발달 과정에서 파생된 지신인의 '세계-내-존재'로서의 날카로운 자의식과 밀접히 연관된 사조이다. 이 점을 감안할 때, 모더니즘은 작가의 세계와 자아에 대한 '인식'과 그 기반 위에서 이뤄진 '자기표현'방식과 연관된다. 1970년대적인 현실의 외피가 아니라 그 본질을 응시하며, 이를 바탕으로 문제 삼고자 하는 작가의 관심과 관련하여 알레고리를 이용한 내러티브 전략을 살피는 일은 작가 자신의 모더니즘적인 인식과 실천을 살피는 데에 긴요하다.

1970년대 전후의 시기는 동서 냉전이 가장 치열하던 시대였고, 이에 따라 박 정권의 강권적인 통치가 더욱 무섭게 휘몰아치던 시기이다. 한편 문단에서도 '문학의 사회참여' 문제에 대해 서로의 입장이 첨예화되던 시기였다. 김수영과 이어령의 대립적 논쟁[31]이 그 대표적인 사례이다. 바로 이런 시기에 <흰둥이의 방문>이 작가 스스로 자신의 문학을 통해 인간회복의 전열에 서기를 희망하고 있는지를 살펴보는 일은 시사하는 바가 크다. 이는 작가의 모더니즘적 현실인식과 실천이라는 측면에서 의미 있는 결론을 이끌어낼 수 있을 것으

---

31) 김수영, "지식인의 사회참여". 『사상계』(1968. 1), → 이어령, "누가 그 조종을 울리는가"(조선일보 1968. 2. 20), → 김수영, "실험적인 문학과 정치적 자유"(조선일보 1968. 2. 27), 등, '주장-반론-재반론'으로 이어진 두 사람의 논전은 그해 6월 김수영이 교통사고로 유명을 달리할 때까지 계속되었다. 김병걸, 『실패한 인생, 실패한 문학』(창작과비평사, 1994), pp.224-227에서 재구성.

로 기대되기 때문이다.

<흰둥이의 방문>은 작가가 자신의 방송극 <사이비 기적극>을 개작한 단막극이다. 먼저 이야기는 데모 진압을 업으로 하는 경찰관 남편과, 텔레비전만 보며 남편에게 쌀쌀맞게 응하던 아내가 자신들의 아파트 거실에서 단식 데모와 배고픔에 대해 이야기하다 난데없이 개의 방문을 받는 것으로 시작된다. 개는 무뚝뚝하게 들어와 남편이 먹으려던 라면을 열심히 먹어치운다. 남편은 자신이 먹으려던 라면을 먹어치우는 개를 멋쩍게 바라보고, 아내는 좀 전에 남편에게 굶주리는 자에겐 늘 '측은한 생각이 들곤 한다'던 것과는 반대로 '더러워' 하며 더욱 쌀쌀맞게 군다. 이어 개는 숭늉을 요구하고, '말하는 개'에 대해 아연해 하는 남편에게 '말을 못하는 것과 말을 하지 않는다는 것'의 의미를 구별하며, 온갖 짐승의 울음소리를 반복하고 마침내 울음을 터뜨린다. 남편도 개의 명령에 따라 개를 흉내 내다 결국 울음을 터뜨린다. 개는 떠나고 남편도 경찰서의 소집에 따라 준비를 서두른다. 그런데 남편은 경찰복을 입고 모자를 쓰고 권총을 차감에 따라 지금까지의 모습과는 정반대로 '호인스러운 인상'이 점점 가려지고, 욕을 해대며 포악해져 간다.

이러한 극적 상황과 스토리 전개를 통해 드러나는 작가의 현실인식에 대해 유민영은 데모를 정면으로 다루고 있음을 상기시키면서 작가의 주제의식은 "군사독재의 도구로 전락한 폭력적 공권력을 비판"하고, "인간의 우매성을 통렬히 비판하고 있다"[32]고 지적한다. 이러한 지적은 박조열이 군사독재 시대의 왜곡된 정치 현실을 매우 구체적으로 느끼고 있었으며, 거기에 적극적으로 대항하려 했던 작가정신의 소유자라는 평가이다. 이미원도 알레고리 설정이 가져다주는

---

32) 유민영, 「분단의 지적 정한적 탐구」, 박조열, 『오장군의 발톱』(서울: 학고방, 1991), pp.274－275.

애매성을 인정하면서도 조심스레 작품의 주제가 "사회적인 권력구조에 대한 비판"[33]이라는 견해를 피력하고 있다. 박조열 역시 <흰둥이의 방문>이 "10년에 걸친 박 정권의 강권정치가 빚어낸 사회 갈등에 대한 저항이 드디어 극대화되기 시작한 사회분위기를 표현"[34]하려 하였다고 하여, 자신의 관점이 '폭력적 집단권력'의 횡포를 고발하려는 데 있었음을 시사하고 있다. 한편, 김영학은 박조열 작품의 '모더니즘적 특징'을 살펴보는 논문에서 <흰둥이의 방문>이 "한 소시민 가정의 평범한 일상을 다루고 있는 것 같지만 상당히 일그러진 인간관계를 다루고 있는 작품"[35]이라고 평하며, 작가의 주제의식이 '인간관계'의 측면에 맞춰진 것이라는 견해를 피력하고 있다. 즉 주인공 남편과 아내의 냉소, 아내의 TV보기에 대한 집착, 남편의 변신 등이 자본주의적 일상 속에 파편화되고 소외되는 인간의 모습을 은유한 것이라는 지적이다.

이 작품은 앞서의 분석에서도 다루었던 <오장군의 발톱>처럼 추상성과 알레고리가 매우 두드러진 작품이다. 이상의 지적들에서도 한결같이 전제하고 있는 것은 <흰둥이의 방문>이 알레고리 형식을 지니고 있으며, 이는 작가의 현실 사회에 대한 비판적인 대응과 연관된다는 지적이다. <흰둥이의 방문>에서 알레고리적 의미망을 드러내는 핵심적인 요소는 인물이다. 따라서 남편, 아내, 개 등의 알레고리적인 의미망을 읽어내는 일은 작품 이해의 우선적인 선결과제가 된다.

현실 정치는 인간을 도구화하는 경향이 강하다. 특히 독선과 광기의 시대는 더욱 그렇다. <흰둥이의 방문>에서 '개'의 상징적 의미[36]는 바로 여기에서 찾아져야 할 것이다. '개'가 의미하는 바는 (1) 폭

---

33) 이미원, 『한국 근대극 연구』(서울: 현대미학사, 1994), p.403.
34) 박조열, "꼬리말", 앞의 책, p.359.
35) 김영학, 『한국 모더니즘 희곡연구』(조선대 박사논문, 2000), p.66.
36) 졸 고, 『박조열 희곡의 주제의식』(조선대 석사논문, 2000), p.43.

력적 정치권력에 의해 '개 취급'되는 민중, (2) 그들 민중을 탄압하기 위해 동원된 '권력의 주구(走狗)', (3) 소시민적 자유와 평온함을 빼앗아 가는 '누구', 즉 "개새끼들"이다. 그리고 이들 3자의 관계는 서로 적대적이다. 다음의 인용구를 통해서 이들 3자의 모습을 확인해 보자.

(1) 폭력적 정치권력에 의해 '개 취급'되는 민중
　① **개** (그동안 한 번 거들떠보지도 않고 후루룩 열심히 먹는다.)－p.199.[37]
　② **개** (그냥 먹기만 한다. 깡그리 먹고 나서 냄비를 거꾸로 들고 또 한참 여기저기 핥고 나서야 냄비를 놓는다.)－p.199.
　③ **개** ……전 쌀쌀한 부인네들을 좋아하죠. ……왜 그런지 아십니까?……전 너무 천대를 받아왔기 때문에 그것이 버릇이 되어 지금은 마조히스트의 비밀까지도 알게 됐습죠……－p.201.
　④ **개** 우리 개들은 말을 못하는 게 아니라 안 하고 있는 거예요. 하고 싶은 얘기가 바닷가의 모래알보다두 더 많은 데도 참고 있는 거예요.－p.203.
　⑤ **개** ……(소의 울음소리 흉내를 할 때쯤부터 진짜 울음소리가 섞여 있다. 드디어 개는 엄청난 슬픔을 감당 못하듯이 엉엉 운다. 어깨를 들썩들썩 하면서)……－p.204.
　⑥ (먼 곳에서 갑자기 개 한 마리가 짖어댄다. 점점 크게 짖어댄다. 그러다가 누구에게 얻어맞기라도 하는 듯이 비명으로 변한다. 그 비명은 점점 낮아지더니 드디어 들리지 않는다.)－p.208.

(2) 민중 탄압을 위한 권력의 주구(走狗) 혹은 또 다른 자아
　① **남편** ……하필이면 왜 내가 개의 방문을 받았을까?
　　아내 (TV를 보며) 당신은 그만한 값어치밖에 없다는 것을 아

---

37) 여기의 인용 페이지는 모두 '학고방'에서 간행된 『오장군의 발톱』에 따른다.

세요.─p.207.

② **남편** (……경찰복을 입기 시작한다. 그가 옷을 하나하나 걸칠
때마다 지금까지의 호인스런 인상은 점점 가려진다.)─
p.208.

③ **남편** 그러구 보니 우리 아직 인사를 안 나눴군요. 전 ㄱ씨라
고 합니다. 나이는 서른여덟이구요.

개 개띠군요.

남편 맞습니다.

개 난 흰둥이라고 하오. 나이는 열넷이구요.

남편 역시 개띠군요.─pp.201─202.

(3) 소시민적 자유와 평온함을 빼앗아 가는 '누구'

① **아내** (쌀쌀하게 다시 TV를 보면서) 그 냄비 다른 그릇하고
함께 씻지 않도록 하세요. 아이 더러워.─p.199.

② **아내** (그런 둘의 꼴을 쌀쌀하게 보고는 다시 TV를)─p.201.

③ (바로 이때 전화벨이 울린다. 남편이 받는다.)

남편 ……예, 예, ……예, 알겠습니다. 곧 떠나겠습니다. (수화
기를 놓고 입던 옷을 벗으며) 여보, 곧 경찰서로 나오
라는 명령이오.

아내 (TV를 보는 채) 몇 시면 돌려 보내주겠대요?

남편 (……그는 옷을 입는 동안 간간히 누구에겐가 대고 '개새
끼들' 하며 욕을 해댄다.)─p.207.

이렇듯 개의 상징 의미를 분석해 들어가면, 박조열이 지닌 현실인
식의 수준이 어디에 머무르고 있는지를 여실히 알 수 있다. 박조열
은 소위 '소시민'으로서 안온하고 여유 있는 일상을 지켜내고 싶어
한다. 아내가 남편에게 그토록 냉담한 것도 사실은 따지고 보면 TV
속에 펼쳐지는 데모대원과 진압경찰의 싸움 때문에 그곳에 남편을
빼앗겼다고 여기기 때문이다. 투쟁과 대립이 넘치며, 비명소리에 점

철되는 공적 세계와 대비되는 사적인 공간으로서의 안온하고 여유 있는 가정의 일상을 침해받고 싶지 않다는 소시민의 바람이 아내의 행동과 대사에 녹아 있는 것이다. 그리고 이 소시민적 바람이 무너지는 데 따른 분노는 남편의 누군가를 향한 '개새끼들'이라는 욕설에 고스란히 담겨 있다.

이때 욕설의 대상은 자신을 불러내서 '권력의 주구'로 삼으려는 공권력일 수도, 안온하고 여유 있는 일상에의 바람을 무참히 깨뜨리는 단식 데모대일 수도 있을 것이다. 그러나 그 대상이 누구이든 작가의 관심은 '안온하고 여유 있는 일상은 보호되어야 한다'는 것이며, 바로 그런 소시민적 바람이 이루어질 수 없게 하는 '집단권력'에 대한 분노의 표출이다. 여기서 공권력과 데모대 모두는 집단권력의 상징이라고 볼 수 있기 때문이다.

집단권력이 모더니즘적 세계인식에서 도구적 이성을 의미한다는 것은 주지의 사실이다. 그것이 객관적인 대상세계를 질서화하고 규율하는 것이기 때문이다. 따라서 <흰둥이의 방문>은 선행 연구자의 연구 결과처럼 '폭력적 공권력에 대한 비판'이나, 현대 자본주의 사회 속에 소외되고 파편화된 '인간소외' 혹은 '인간관계의 단절'을 의미하는 것일 수도 있지만, "안온하고 여유 있는 일상에 대한 소시민적 바람"이나, "그런 바람을 무너뜨리는 집단권력에 대한 분노"로 보는 것도 가능하다. 박조열은 확실히 진지한 역사의식의 소유자이다. 그는 언제나 당대적 문제들, 예컨대, 정치 사회적인 독재·인간성에 대한 억압 등에 대해 애써 외면하거나 덮어 두려하기보다는 문제를 안고 가고 싶어 했다. 나아가 이런 생각들을 작품 속에 반영하려고 애썼다. 이를 통해 인간의 순수성을 파괴하는 힘을 거부한다. 즉 그는 안온하고 여유 있는 일상적 삶, 어머니의 품속과도 같은 곳 또는 주술시대 이전의 인류가 누리던 비억압적 화해가 가능한 자연

상태에로의 회귀를 방해하는 일체의 힘을 거부한다. 그는 폭력적이며 집단권력화된 도구적 이성의 질서에 대해 거부의사를 분명히 하고 있는 것이다.

그러나 현실인식과 실천을 위한 작가의 진지한 노력이 지나친 알레고리와 상징에 뒤덮여 스스로 제 빛을 바래게 한 것은 그의 글쓰기가 지니는 한계라고 판단된다. 즉 <흰둥이의 방문> 경우, 극 구성의 알레고리와 상징·추상화가 지나쳐 그 의미를 구체화하지 못한 것이다. 역사에 대한 지나친 공포심으로 인하여, 이른바 "이성의 비합리적 근원을 천착하려는 깊이 있는 인식적 통찰력"38)이 명확하게 제시되지 못했다는 데 그의 한계를 지적할 수 있겠다.

(2) 〈흰둥이의 방문〉에 나타난 공간의 의미와 효과

무대는 작품 해석에 있어서 매우 중요한 구실을 한다. 특히 알레고리에 주로 의존하는 작품일수록 이런 특징은 강하다. 왜냐하면 그것은 단순히 삶의 현장이나 극의 공간적인 배경에 머무르지 않고 비유적·상징적 기능을 수행하기 때문이다. <흰둥이의 방문>에서 공간은 '소시민의 응접실'이다. 무대 위에서는 아내가 TV를 보고 있다. 우선 무대는 물리적인 차원에서 '현관문'을 사이로 거실 '안'의 세계와 거실 '밖'의 세계가 양분되어 있다. 한편, 독자 / 관객들의 상상에 의해 추상화가 이뤄져야 하는 것이긴 하지만, 무대는 TV 속에 펼쳐지는 객관세계와 TV 밖의 주관세계로 양분되어 있기도 하다. 이를 바꿔 말하면, '공적인 일상'과 '사적인 일상'에 의해 양분되는 구조라고 할 만하다.

여기서 중요한 것은 이들 서로 다른 두 세계가 서로 소통하지 못

---

38) Vincent Descombes, 박성창 역, 『동일자와 타자』(서울: 인간사랑, 1990), p.25.

하고 있다는 점이다. 다음은 개의 방문을 그리고 있는 부분이다.

> **남편** (어깨를 들썩하고 현관으로 간다)……누구요? (그러자 대답처럼
> 노크 소리)……(아내를 흘끗 보고 나서)누구냐니까요. (그러자
> 또 대답처럼 노크 소리)……(속삭)여보 권총 갖다 줘요.
> **아내** 왜요?
> **남편** 도둑놈인가 봐.
> **아내** 당신이 도둑놈이람 노크하겠어요?
> **남편** 참 그렇군. (하는데 노크 소리) 누구냐니깐요.(하는데 또 노크소
> 리) 하, 누근지 몰라두 되에게 고집불통이군. 이봐요, 누구라고
> 대답하기 존에는 나도 안 열어 줄 테니까 그리 알아요. (하는데
> 또 노크 소리)……허, 이 사람 내가 사람이 무르다는 걸 아는
> 모양이지?
> **아내** 그런 게 아닐 꺼예요.
> **남편** 그럼?
> **아내** 벙어리일 스도 있잖아요.
> **남편** 으음, 하지만 내 아는 사람 중에는 벙어리가 없는케.
> **아내** 나두 없어요. (하는데 신경질적인 노크 소리) 아유우 시끄러워
> 라 어서 열어 줘요.
> **남편** 잠깐 기다려요. (하며 열쇠를 열쇠 구멍에 넣고 돌린다. 문을 열
> 며) 자아 어서!(하다가 숨이 콱 맥힌다)……
>
> (밖에서 개가 들어온다. 현관문을 들어서서 무뚝뚝하게 서 있기만 한다.)
>
> **남편** 노크하신 분이 바로 당신이었던가요?
> **개** (끄덕)

위의 장면에서 개의 방문을 받은 부부가 최초로 대응하는 방식은
사뭇 적대적이다. 외부의 방문객에 대해 대답하지 않는다고 권총을

준비하도록 하는 남편의 행동은 사적인 영역에 대한 수호 본능이 그만큼 강하다는 것을 의미한다. <흰둥이의 방문>에서의 일상공간은 자신을 찾은 자가 누군지 알 수 없어서 안타깝고, 그래서 더욱 공허한 질문이 대답을 들을 수 없는 곳이다. 나아가 그곳은 도구적 합리성이나 자본주의적인 교환원리가 주체와 주체의 소통을 이룰 수 없게 하는 모더니즘의 일상을 드러내는 공간이다. 왜냐하면 그곳에서는 더 이상 논리적인 플롯에 의한 인물과 인물의 상호작용이 일어난다거나 인물과 환경의 교감이 이뤄지지 않기 때문이다. 그곳에서는 이른바 '사건이 없는 일상'39)만이 되풀이되고 있기 때문이다.

　부부 두 사람만이 있는 무대 공간은 바로 두 사람만의 사적인 영역이다. 그런데 <흰둥이의 방문>에서는 이 사적인 영역마저도 침해되고 있다. 우선 아내는 자신의 모든 관심사를 TV 속의 세계에 집중시키고 있다. 아내의 이러한 TV에의 과도한 집중은 남편에 대해 마땅히 보여야 할 최소한의 인간관계마저도 외면하게 한다. 그녀가 남편의 말이나 관심에 전혀 무심한 채로 '계속 TV을 보'는 것이야말로 관계단절의 극점을 반영하는 것이다. 동시에 TV 보기에의 집착은 그녀가 동일성 논리에 깊이 함몰되어 있음을 의미하는 것이기도 하다. 이들 부부의 이런 왜곡된 관계는 마침내 잠기지 않는 문을 애써 잠그려 하는 남편에게 "이불 속에서만 서툰 줄 알았더니 그게 아니군요" 하는 지경에까지 이른다. 침해되어서는 안 될 부부의 가장 은밀한 잠자리에서의 사적 경험마저도 까발려지는 것이다.

　왜곡된 부부관계 때문에 남편은 인물과 환경에 대해 정상적으로 관계를 맺을 수 없게 되어 마침내 '소외'를 경험하게 된다. 이런 남편의 소외는 아무런 사적 영역도 갖지 못한다는 점에서 '존재론적

---

39) Henri Lefebvere, 박정자 역, 『현대세계의 일상성』(서울: 세계일보, 1990), p.35.

소외'40)라고 볼 수 있을 것이다. 그에게는 모든 의미 있는 인간관계가 사라져 버렸기 때문이다. 그의 일상의 삶은 이제 무대 밖으로부터의 도래자인 '개'에 의해 지배되기에 이른다. 공적인 일상성의 세계인 무대 밖의 세계가 그에게 동일성의 논리를 강요하는 것이다. 그가 개를 따라서 온갖 동물들의 소리를 흉내 내는 것은 바로 그런 까닭이다. 이제 그 활동 영역이 자기만의 세계에로 축소된 남편이 선택할 수 있는 것은 소외된 자신의 위치를 근거로 일상을 '낯설게' 드러낼 수 있을 뿐이다. 대다수의 모더니스트 작가들의 경우, 외부는 '변경 불가능한 것'이므로 인간의 활동도 역시 '선천적으로 무능력하고 의미를 상실한 것'이 되기 때문이다.41) 관계를 맺지 못한다는 것은 인식과 실천의 주체가 어디에도 소속되어 있지 않다는 의미이다. 이제 그 어디에도 소속되어 있지 않다는 것이, 한 사적 영역의 주체를 홀가분하게 자유의 영역으로 풀어주는 것이 아니라, 세계에 대한 두려움을 끔찍스럽게 느끼도록 한다. 그리고 이 두려움은 주체를 아이러니하게도 그 세계에 동화되도록 하는 것이다.

> **남편**　……예, 예, 알았습니다. 곧 떠나겠습니다. (수화기를 놓고 입었던 옷을 벗으며) 여보, 곧 경찰서로 나오라는 명령이오.
> **아내**　(TV를 보는 채) 몇 시면 돌려보내 주겠대요?
> **남편**　그거야 데모대원들에게 물어봐야지.
> **아내**　또 데모가 일어났어요?
> **남편**　몰라. 그런 짐작이 들 따름이오. (하면서 팬티만 남기도록 벗고는 경찰복을 입기 시작한다. 그가 옷을 하나하나 걸칠 때마다 지금까지의 호인스런 인상은 점점 가려진다. 드디어 모자까지

---

40) Georg Lukacs, 「*The ideology of modernism*」, David Lodge, 『20th Century Literary Criticism』(London: Longman, 1972), p.476.
41) 위의 책, p.487.

쓰고 권총을 차자 오히려 정반대의 풍김이다. 그는 옷을 입는
동안 간간히 누군가에게 대고 '개새끼들' 하며 욕을 해댄다. 그
소리는 반복할 때마다 커져간다)……집 잘 지켜요. (지금까지의
어조와는 영 다르게 무뚝뚝하게 말하고 현관으로 가려다 말고
멈칫, TV에게로 간다. 볼륨을 높인다. 군중의 와글와글, 명령
또는 질타하는 소리, 그리고 간간히 비명……한참 보다가 현관
으로 간다. 나가 버린다.)

전면적으로 관리되는 사회에서 주체를 상실한 개인이 보여주는
'자학적 수동성', '자아의 포기' 및 '권위에의 복종'은 대중들이 가지
고 있는 '권위에의 열망' 속에 들어 있는 태고 또는 유아기에로의
퇴영이다.42) 그러나 <흰둥이의 방문>에서 보여주는 주체의 이 같은
객관적 대상세계로의 동화를 작가 전략의 한계를 드러내는 것이라고
비판할 필요는 없다. 더더구나 한편의 알레고리와 우의가 자칫 지나
치게 되어 그 메시지의 진폭이 지나치게 확대된 결과, 본래 추구하
려던 목표를 잃고 표류하게 되었다는 비판43)은 모더니즘적인 세계인
식과 실천에 대한 이해의 부족에 기인하는 것이다. 독자 / 관객의 주
의는 오히려 <흰둥이의 방문>에 나타나는 극작 방식이 테크놀로지
의 측면에서 얼마나 모더니즘적이었나에 맞춰져야 한다. 나아가 소
통이라는 측면에서 이들의 내러티브 전략이 연극성을 함께 담보할
수 있었을까에 모아져야 할 것이다.

아도르노의 모더니즘 미학에서는 독자가 '작품 자체의 미적 경험
속에서 현실에 대립하는 부정적인 인식을 얻게 된다'44)고 한다. <흰
둥이의 방문>에서 확인할 수 있는 작가의 내러티브 전략은 확실히

---

42) Eugene Lunn, 김병익 역, 『마르크시즘과 모더니즘』(서울: 문학과지성사,
   1986) pp.267-268.
43) 졸고, 『박조열 희곡의 주제의식 연구』(앞의 책), pp.22-33 참조.
44) T. W. Adorno, 홍승용 역, 『미학이론』(서울: 문학과지성사, 1984), p.350.

미학적 부정적 인식을 바탕으로 하고 있는 것으로 판단된다. 주체의 대상세계와의 단절을 드러내기 위한 내러티브 전략이 테크놀로지[45] 에 의존하고 있기 때문이다. <흰둥이의 방문>에서 작가의 내러티브 전략은 '작가-텍스트-독자/관객'의 의사소통을 방해하는 방식으로 나타난다. 벙어리 흉내를 내는 개의 등장이 그것이다. 부부의 사적 일상에 갑자기 뛰어든 개의 상징은 작품의 분위기를 다분히 탈일상적인 것으로 비추게 한다. 즉 독자/관객의 관념 속에 자연스레 이어질 것으로 생각되던 장면은 온데간데없고, 전혀 뜻밖의 상황이 펼쳐지게 되는 것이다. 당연히 이때, '독자/관객'의 작품에 대한 감정이입은 차단되게 된다. <흰둥이의 방문>에서 현실은 낯설게 하기에 의해 '뜻밖의 모습'으로 나타나기 때문이다. 그리하여 독자/관객은 이 낯선 현실을 통해 주체 내부에 은폐되어 있는 '자연미'에의 열망을 경험하는 동시에, 현실이 자신의 '자연미'에의 열망을 거부한다는 신호를 읽게 된다. 남편이 바라는 것은 아내와의 소통이거나 현관문 밖에 펼쳐진 객관적 대상세계와의 화해적인 소통이기 때문이다. 이런 주체의 특별한 경험은 '현실과 화해하는 동시에 실제로는 대립'하는 사태를 의미한다. 또 이는 주체의 인식이 현실에 대한 부정적인 인식에 다가가 있음을 의미하는 것이다.

확실히 테크놀로지가 강화된 작품에서는 '표현'적인 요소가 강조되어 나타난다. 그러나 주체와 대상세계가 단절된 상황에서 주체를 드러내는 것은 현실에 순응하는 것이 된다. 이제 주체가 현실의 부정적 요소에 대립하는 방식은 주체를 감추는 것이 된다. 아이러니한 것은 주체의 은폐가 노골화되면 될수록 오히려 표현적인 요소가 강

---

45) 아도르노의 미학 원리에 의하면, 구성이란 현실을 언어에 담아 테크놀로지에 의해 처리한 것이라고 한다. 이때 테크놀로지는 언어를 일정한 기법 등의 형식으로 표현하는 '기술'을 말한다. 위의 책, pp.344-348 참즈.

화되어 나타난다는 점이다. <흰둥이의 방문>이 모더니즘 희곡으로서 강한 연극성을 획득할 수 있는 것도 따지고 보면 이와 같은 까닭 때문이다.

(3) 〈셋〉이 드러내는 폭력적인 정치권력과 인간 존재의 비극성

<셋>은 1972년 6월 16일부터 23일까지 극단 가교에 의해 코리아나 극장에서 초연되었다. <셋>은 알레고리가 주된 표현방식으로 적용되는 작품이다. 그러나 <셋>의 알레고리적인 의미가 무엇인지에 대한 학계의 관심은 종종 그 모호함으로 인하여 쉽사리 그 실체를 드러내지 못하였던 것이 현실이었다. 따라서 <셋>의 알레고리적 의미 변별을 위해, 1970년대 전반기 이강백의 여타 작품들과의 연관관계를 파악하는 일이 필요하다. 또 나아가 작가의 창작 의도와 관련한 언급들을 살펴볼 필요가 있을 것이다.

애초에 이 작품의 의미에 대해 깊은 관심을 표명한 이는 김성희였다. 일종의 작가론이랄 수 있는 논문에서 김성희는 "<셋>은 인간 존재의 비극성을 가장 효과적이고 충격적인 그림으로 극화하여 보여준다"[46]고 지적하고 있다. 이에 대해 이영미는 이강백의 <다섯>, <셋>, <알>, <파수꾼> 등의 작품이 모두 "인위적으로 위기의식을 조장하여 권력을 유지하려는 상황을 큰 틀로 삼아, 이를 알레고리적 형상으로 그려내고 있다"[47]고 주장한다. 이영미의 이러한 주장은 사실 상반된 것처럼 보이지만, 결국 본질에 있어서 둘은 같은 것으로 판단된다. 이강백의 작품들이 지향하고 있는 것은 그 시대가 안고 있는 특징적인 모습을 극화하거나 개인적·구조적 차원에서의 병리

---

46) 김성희, 「우의적 기법으로 드러내는 시대정신-이강백론」, 『한국현역극 작가론 1』(서울: 예니, 1987), p.87.
47) 이영미, 『이강백의 희곡세계』(서울: 시공사, 1998), p.35.

현상 드러내기라고 보이기 때문이다. 다만 이를 표현하는 데 있어서 이강백의 관심은 그의 주제의식 자체까지를 변화시키는 방식으로 가기보다는 표현상에 있어서 알레고리의 형상화에 변화를 모색하고 있다고 보인다. 이강백 자신도 역시 자신의 작품이 개인의 실존적인 상황을 극화하기보다는 '시대'를 표현할 수 있기를 바라고, 또 당연히 그러해야 한다고 믿고 있다.

> 연극은 그 시대의 거울로서, 그 시대의 고통과 기쁨을 가장 먼저 민감하게 반영해 준다. 그런 점에서 연극은 다른 예술에 비해 사람들에게 강한 호소력을 갖지만, 시대가 변한 뒤에는 그때 씌어진 희곡의 호소력이 퇴색해버리는 일이 허다하다. 그래서 극작가들은 시대가 변한 뒤에도 오랫동안 생명을 유지할 수 있는 작품을 쓰고자 고심하고, 각자 나름대로의 독특한 방법을 개발해 낸다. 나의 경우는, 우화적인 방법을 통해 그러한 문제에 대응해 보고자 했던 것이다.[48]

1970년대의 한국 정치를 한마디로 말할 때 흔히 '유신체제'라는 표현이 동원된다. 그리고 이 박정희식의 유신독재는 곧 '폭력의 제도화'를 의미한다. 박정희의 군사정권은 그때까지 내걸었던 형식적 민주주의의 허울마저 거부한 채 정치·경제·사회·문화 등 전 분야에 대한 직접적이고 폭력적인 지배를 노골화하였다. 이후 한국 사회에서는 억압이 전면화되고 구조화되기에 이른다. 즉 한국 사회 전반을 왜곡시키고 사회 구성원 개개인의 일상생활과 의식구조에까지 그 영향력을 파급시키기에 이른 것이다. 1970년대부터 본격적으로 사회 구조의 전반에 걸친 권력의 자의적인 행사가 일상적으로 일어났고, 일반 대중은 정치로부터 소외되어 나갔다. 이강백의 희곡 작품 <셋>을 언급함에 있어서 우선 주목해야 할 일은, 왜 하필 1972년이라는

---

48) 이강백, 「지은이의 머릿글」, 『이강백 희곡전집 2』(서울: 평민사, 1985), p.3.

특정의 시점에서 '유신'이라는 새로운 지배형태가 등장하게 되었나를 살필 필요가 있다.

'유신'의 등장에 대한 여러 가지 해명이 있을 수 있겠으나, 1960년대 말 이후 나타난 한국사회의 기본적인 재생산구조에서 배태된 위기들[49]을 지적할 수 있을 것이다. 닉슨 행정부 이후에 본격화하기 시작한 미국의 세계 전략 변화와 국제정세의 변모의 결과물인 안보 이데올로기의 위기와 분단구조의 이완, 그간의 축적 과정에서 등장한 새로운 사회세력들과 기존세력 사이의 갈등으로 인한 위기, 독점체 중심의 종속적 자본축적구조의 내적 모순 표출에 의한 경제위기 등이 바로 그것이다. 이에 따르면, 70년대 초에 집권층이 직면한 체제 위기란 결국 기존의 종속적 재생산구조를 확대 심화시키기 위한 과정에서 필연적으로 파생된 측면이 강하고, 다시 체제 세력은 이를 자신들의 기득권 수호를 위해 왜곡 과장한 측면이 있다는 것이다. 위기 조장을 통한 대중 조작과 통제가 일상화되고 제도화된 현실이 바로 유신체제의 등장과 그 궤를 같이하고 있는 것이다.

기존의 연구에 따르면, 이강백의 희곡 작품들 가운데 특히 초기의 4작품(<다섯>, <셋>, <알>, <파수꾼> 등)은 모두 조작된 위기감으로 획일적인 질서와 행동을 조장하는 정치 현실을 풍자한 작품이라고 한다.[50] 즉 <다섯>, <셋>, <알> 등에서는 각각 '경보종', '공룡', '이리 떼'에 의한 위기 조장과 대중에 대한 통제가 이뤄지며, <셋>의 경우는 '살인 쇼'에 의해 위기감이 조장되고 그에 의해 대중 조작이 일어나는 현실을 반영하고 있다는 것이다. 이강백 자신도 이 점에 대해 다음과 같은 해명을 곁들이고 있어서 주목된다.

---

49) 한국정치연구회 편, 『한국정치사』(서울: 백산, 1990), p.356.
50) 이영미, 앞의 책, p.44.

초연할 때 <셋>을 보았던 연극평론가 김문환 씨는 카프카의 소설 <굶는 광대>와 흡사하다고 말하였다. 그래서 나는 <굶는 광대>를 일부러 읽었는데, 김문환 씨가 흡사하다고 말한 것은 내용의 유사성이 아니라, 인간을 파악하는 관점이 비슷하다 지적한 것이라고 받아들였다.[51]

<굶는 광대>는 카프카(Franz Kafka)가 1924년 그의 생전 마지막으로 펴낸 동명 작품집의 단편소설이다. 이 작품은 자신의 입맛에 맞는 음식을 얻기 위해 기꺼이 단식을 감수하겠다는 광대에 관한 이야기이다. 문제는 굶는 광대가 흥행주가 정한 40일을 훨씬 뛰어넘어 단식을 계속 이어가려 한다는 데에 있다. 광대의 이러한 태도는 '위대한 자기 부정의 정신'[52]으로 설명된다. 카프카가 인식하고 있는 인간의 본성은 결국 '일상적인 한계를 지양하려는 한계지양에의 갈망'을 드러내려는 데에 있었다. 이때 물론 인간이 자신의 한계를 뛰어넘기 위해서는 죽음의 문턱을 넘어야만 하는 것이다. 굶주림은 인간의 가장 원초적인 자기 보존욕구라고 볼 수 있는 생명 자체를 담보로 하는 것이다. 주인공 광대의 단식 행위는 자의적인 것이다. 따라서 그의 단식은 이 세계를 지탱하는 허위의 양식(糧食)을 단호히 거부하고 진실의 양식(糧食)을 동경한다는 상징의미를 지닌다. 바꿔 말하면 카프카가 부정하고 있는 것은 일상적 질서를 부정하고 초월적인 새 질서를 찾아가겠다는 의지의 표현인 셈이다. 다음 도표는 <굶는 광대>에 대한 박병덕의 분석[53]이다.

---

51) 이강백, 「지은이의 머릿글」, 『이강백 희곡집 1』(서울: 평민사, 1982), p.5
52) 박병덕, 「카프카의 작품에 나타난 Hunger-motiv 연구」, 『카프카연구 2집』(서울: 한국카프카학회, 1987), p.88.
53) 위의 책, p.85.

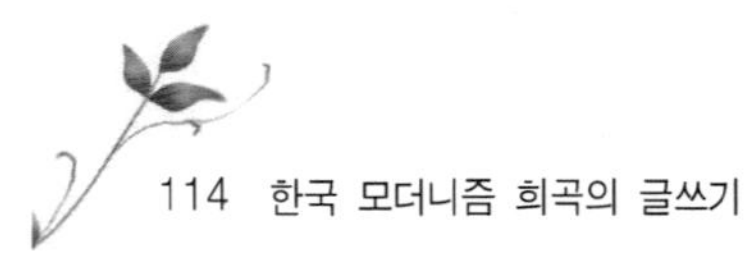

카프카의 인간 존재의 모순적인 상황과 비극성에 대한 이런 인식과 태도는 모더니즘적 세계인식과 태도를 드러내고 있다는 점에서 발터 벤야민(Walter Benjamin)에 의해 높이 평가되고 있다. 벤야민이 읽은 카프카의 현실[54]은 '곰팡내 나고 낡고 어두운' 세계였다. 이런 세계에서 카프카의 주인공들은 '모든 것을 대수롭지 않게 생각하고 마지막에 가서는 빈손으로 남게 된다'는 점에서 인간 존재의 비극성을 드러내는 전형이 된다.

그러나 이강백의 <셋>이 인간의 자기 한계를 극복하려는 의지의 표상이며, 그 도정에서 필연적으로 맞닥뜨리게 될 인간실존의 숙명적 비극성을 표현한 것인가 하는 문제는 좀 더 세심한 주의를 요구한다. 왜냐하면 작품의 내용적 국면으로서의 이야기의 측면과 이를 드러내는 방법상의 기교로서의 담론의 측면을 생각할 때, 그의 내러티브 전략으로서의 글쓰기 특징을 면밀히 검토해 보아야 할 것이기 때문이다.

> **나** 이젠 너도 알거야. 구경꾼이 싫증난 놀이에 얼마나 냉담한가를. 그래, 네 입으로 구경꾼의 표정이 어떠한지를 말해 보렴.
>
> **다** (관객을 바라보며) 표정이요? 표정……없어요.
>
> **가** 그렇다. 빨리 끝내자

> 또 다시 북소리. 그것에 맞추어 앉았다 일어섰다 동작 반복. 사격.

---

54) 발터 벤야민, 반성완 역, 「프란츠 카프카」, 『발터 벤야민의 문예이론』 (서울: 민음사, 1983), p.63.

죽음을 확인하러 다가가는 **가**와 **나**. 살아 있음을 알리는 **다**의 음성. 사기다, 협잡이다. 외치는 군중들. 여러 차례 똑같은 것이 되풀이 된다. **다**의 살아 있음이 재확인될 때마다 우스꽝스러움이 고조되고, **가**와 **나**의 **다**에 대한 증오는 더 잔인해진다.

<셋>의 줄거리는 비교적 간순하다. 셋은 등장인물 '가', '나', '다' 셋을 지칭한다. 이들은 든으로 사들인 아들 '다'를 구경꾼들 앞에서 총으로 쏘아 죽게 하는 '살인게임'을 벌임으로써 돈을 벌어 살아가는 맹인 '가'와 '나'이다. 그런데 이 게임은 무조건 사람을 죽이는 것이 아니라 마치 러시안 룰렛 게임에서처럼, '가'와 '나'가 북을 치고 그 신호에 따라 '다'는 일어섰다 앉았다를 반복하며, 만일 '다'가 일어섰을 때 무작위로 쏘아대는 총알이 그의 이마를 관통하는 날엔 마침내 죽게 된다는 식의 게임이다. 따라서 구경꾼의 입장에서는 서스펜스를 느끼면서 '다'의 죽음을 기대하게 된다는 것이다.

한 사람의 목숨을 담브로 하여 벌어지는 이와 같은 게임은 물질만능주의에 찌든 현대사회의 비인간성과 함께 인간본성의 어두운 측면을 드러내는 것이기도 하다. 그러나 기괴한 이런 식의 게임이 '있음 직한 현실'을 모사한 것이 아니라는 데에 특별한 의미 해석의 영역이 열리게 된다. 이강백이 그리는 극중의 상황은 다분히 알레고리적인 상황이라는 데에서 그 의미가 해석되어져야 한다. 이 경우 그의 알레고리는 당연히 어떤 '내러티브'(*what*)를 전달하기 위한 '전략'(*way*)으로서 기능한다.

(4) 〈셋〉의 내러티브 전략으로서의 알레고리 구조

<셋>의 내러티브 전략을 분석하기 위한 텍스트의 분석에서 고려해야 할 요소는 인물과 그들이 처해 있는 상황이다.

첫째, 등장인물 '가'와 '나'이다. 그들은 우선 맹인이다. 앞을 볼 수 없다는 것의 의미는 그들의 세계관적 인식이 '맹목성'에 함몰되어 있다는 것을 상징한다. 맹목성이 갖는 중요한 특징 가운데 하나는 스스로의 결백성을 바탕으로 한 자기과신과 질서에의 강요이다. 그들은 자신들의 행동과 사고에 그 어떤 제약도 부정하며, 동시에 그들의 행동과 사고에 있어서 어떤 목적을 향한 지향의식도 인정하지 않는다. 그래서 그들에게 중요한 것은 오직 자기 행동과 사고에 대한 높은 신뢰뿐이다. '가'와 '나'가 '다'의 죽음을 원하는 이유는 관중들이 식상해한다는 점과 계속적인 흥행을 위해서 '새 아들'을 고용해야 하겠기 때문이다. 여기서는 그들이 '다'의 죽음을 바라는 그 어떤 당위도 찾아 볼 수 없다. 다만 그것은 단순히 '희롱꾼'으로서 자신들이 관중들을 웃겨 주어야 한다는 어떤 사명감 같은 것으로, 아니면 자신들의 '화려했던' 과거를 되찾아 현재의 '낡아빠짐'을 구제받아야겠다는 것으로 이해될 수 있을 뿐이다. 한 인간의 '죽음'을 담보로 이러한 목적을 이루겠다는 그들의 생각은 인간의 인간에 대한 '타자화'의 전형을 보여주는 것으로 당위의 차원이 될 수는 없는 노릇이다.

또 등장인물 '가'와 '나'가 보여주는 모습은 매우 '폭력적'이다.

가 아들아, 이번엔 꼭 죽어다오.

나 우린 새 아들을 고용하고 싶거든.

가 대답해 봐. 어때, 죽을 수 있겠어? 없겠어?

다 지금 아버지들께선 작은 느티나무 아래 앉으셨습니다. 이 조그만 그늘을 던져 주는 나무 가지는 연초록색이구요. 파랑새가 알을 낳은 둥우리가 하나 얹혀 있습니다. 알이 몇 개나 있는지 헤아려 볼까요? (손가락을 하나씩 오므리며) 하나, 둘, 셋, 넷, 다섯. 보석처럼 하얀 알이 다섯 개나……

가   엉뚱한 소릴 하는군.
나   저놈은 항상 저래. 정신이 들도록 두들겨 패 !
　　가와 **나**, **다**를 때린다.

그들은 죽음을 강요하는 자신들의 요구에 애써 그 괴로움을 피하려는 '다'를 향해 폭력을 보여주고 있다. 연초록색의 작은 느티나무, 보석처럼 하얀 알을 다섯 개나 낳은 파랑새의 둥우리 등은 '다'가 추구하는 세계의 모습을 상징하고 있는 것으로 보인다. 그는 자기 세계의 순결함과 평화, 생명의 고귀함에 대해 이야기하고 있는 것이다. 폭력이 지향하는 세계는 물질세계이며, 그 물질적 가치에 의해서만 모든 것의 의미가 드러나는 세계이다. 자본주의 사회에서 현실 사회의 가치는 '교환'될 수 있는 상품에만 의미가 인정되기 깨문이다.

둘째, 등장인물 '다'이다. 주목할 점은 '다'의 행동과 사고에 관한 것이다. 극중에서 '다'의 역할을 분석하는 데에 있어서 주목할 점은 그가 시종일관 철저하게 헌신적인 모습으로 나타나고 있다는 점이다. 그는 '가', '나'의 맹목적 폭력 앞에서 한번도 저항하거나 거부의 몸짓을 보이지 않는다. 더구나 그는 '가', '나'처럼 앞을 보지 못하는 사람이 아니다. 그는 '가', '나'를 안내하거나 그들이 더워할 때, 스스로 그늘이 되어 두 팔을 벌리기도 한다. 이는 그가 맹인들과 달리 맹목적인 모습을 보이는 것이 아니라는 점을 드러낸다. 더구나 그는 자신이 살인게임의 희생물이라는 사실을 자각하고 있으며, 또 언젠가는 필연적으로 죽어야 한다는 점을 잘 알고 있다. 실제로 그는 번번이 자신이 죽지 않아서 지긋지긋해 하는 '가', '나'에게 미안해하며, 마침내는 스스로 자신을 헌신하고 있기도 하다. 이는 '다'가 작품 속에서 '희생양'으로 기능하고 있음을 의미하는 것으로 판단된다.

인간에게 사적인 이익에 대한 욕망은 개체 보존의 욕망이 왜곡된 형태이다. 자연 상태의 인간들은 자신들의 욕망을 조절할 수 있는 능력이 있었다. 자연 상태에서는 대개의 경우 '감각과 의식이 통일된 상태'[55]에서 욕망이 추구되기 때문이다. 그러나 지배와 피지배의 억압이 발생하고, 도시화된 현대에 이르러 감각과 의식이 행복한 결합은 금이 가기 시작했다. 자연 상태에서 개체는 자신의 보전을 공동체적 질서 속에 포함하여 추구하게 되므로 개체의 보전 역시 공동체의 고유한 의무이다. 그러나 지배와 피지배가 생겨난 이후 지배자의 의식은 복잡한 추상화의 길을 밟아 나갔고, 이에 따라 점차 감각의 구체성은 소멸되기에 이르렀다. 감각적인 구체성이 없이도 개체를 보존시키기 위해 필요한 것은 무엇일까? 그것은 구태여 자신들이 구체적으로 몸을 움직여 지배를 통해 개체 보존을 위해 필요한 것들을 마련하는 방법이다. 이런 상황에서 발생되는 문제는 감각의 토대를 떠난 의식은 늘 텅 빈 것으로 남아 있다는 점이다. 그런데 이 텅 빈 채로 남아 있는 감각을 직접 채울 힘이 지배계층에게는 없다. 이제 지배계층은 개체보존의 위험이 상시적으로 직면해 있을 수밖에 없게 된다. 그래서 그들의 이 불안감은 지배계급의 개체보존의 유일한 물적 근거가 되는 사적인 이익을 더 많이 확보해야 한다는 욕망의 왜곡으로 나타나게 되는 것이다. 사적인 이익에 대한 지배계층의 왜곡된 욕망은 보다 정교한 투쟁과 기만과 술수의 기술들을 낳게 된다.

---

55) 욕망은 결핍에서 생겨난다. 욕망은 '무'의 체험, 즉 '없다'는 느낌과 연관된다. 예를 들어, 자연 상태에 가장 가까운 존재인 갓난아이의 수준에서 '나에게 먹을 것이 없다'는 결핍은 우선 배가 고프다, 내 위장이 비어 있다는 '느낌'으로 나타나고, 그 느낌은 울음소리와 빈 위장을 채우려는 여러 가지 형태의 행동으로 표출된다. 이는 다시 배가 고픔, 위장이 비어 있는 느낌, 이 감각이 내가 살려면 먹이로 배를 채워야 하겠는데 내게 먹을 것이 없다는 의식으로 전환되고, 의식 속에서 이뤄지는 여러 추상의 단계를 거쳐서 마지막으로 '없는 것이 있다'는 언뜻 보기에는 모순되는 말로 표현되는 것이다. 철학사상연구회 편, 『삶과 철학』 (서울: 동녘, 1994), p.68.

이제 대다수의 사람들은 자본주의 상품 경제하에서 강제적으로 감각과 의식의 분리를 경험하면서 살아가게 되었다. 즉 다수의 사람들이 자본주의의 병든 욕망의 희생제물이 되어 가고 있는 것이다. 스스로 감각과 의식을 통일하여 생존의 문제를 해결할 길이 없는 사람들이 선택하는 것은 더 많이 갖는 것뿐이기 때문이다. 현대인이 보여주는 왜곡된 욕망의 모습들은 단순히 생존을 위한 차원에만 머물러 있는 것이 아니다. 이제 현대인들의 욕망은 생존을 위해 필요한 것들, 예컨대 '먹이'나 '잠자리'나 개체의 보존을 위한 '짝'과 같은 감각적이며 구체적인 대상들을 버리고 '부'나 '명예'나 '권력'과 같은 추상적이고 의식적인 것들로 채우는 데에 맞춰져 있다.

희생양의 등장을 필요로 하는 사회의 모습은 대체로 '집단 내부에 정치적 불만이 팽배하고 문명을 유지하는 순수와 불순의 차이가 소멸'[56]하는 지점이라고 한다. 그리하여 이런 위기에 봉착한 사회는, 위기를 수습하고 더 큰 혼란을 막기 위해 집단의 합의된 폭력을 희생양에게 집중하는 희생제의를 벌이게 된다. 이런 상황을 모더니즘 개념으로 표현하자면 '타자'(*the others*)를 억압하는 '동일자'(*the Same*)의 논리 혹은 '차이'(*difference*)를 제거하거나 억압 내지 봉합하려고 하는 '동일성'(*identity*)의 지배라고 볼 수 있다. 물론 이와 같은 권력의 희생제의장치는 지배의 효율을 높이기 위한 기제이다. 그런데 흥미로운 것은 근대 이후의 사회에서 이와 같은 제도 권력에 의한 이성적인 지배방식에 균열이 생기게 되었다는 점이다. 즉 정치 대상인 대중을 이성적 기제들로 구성된 '공적 질서'(*public order*)에 편입시키기 위한 '계몽'의 절대적 필요성이 약화되었다는 사실이다. 오히려 근대 이후의 사회에서는 지배의 효율을 높이기 위해서 대중을 우중

---

56) 김남석, 「1970년대 희곡어 나타나는 희생양 메커니즘 연구」, 『한국연극의 쟁점과 새로운 탐구』(서울: 연극과 인간, 2001), p.10.

화할 필요가 제기된 것이다. 이에 따라 지배 권력은 더 이상 '계몽'을 위해 이성을 강조할 필요가 없게 된 셈이다. 이제 대중의 말초적 감각을 자극하기 위해서 다양한 방법들이 강구되기에 이르렀다. 예컨대 이른바 3S정책이라고 명명되는 것들이 그것이다.

> **가, 나** (손을 내민다.)
> **다** (모자를 뒤집어 털며) 아버지 저를 드립니다.
> **다**는 총구에 이마를 댔다가 여섯 걸음 뒤로 물러난다.
> **다** 북을 치세요, 아버지.
> 북소리. **다**는 앉았다 일어나는 동작을 하지 않는다. 총성, 부동자세로 꼿꼿이 서 있던 그는 이마의 한 복판을 관통당하고 쓰러진다. 잠시 후 북소리가 멈춘다.
> **가** 지긋지긋한 놈, 또 살았겠지!
> **나** 물론이구 말구. (침을 뱉으며) 아, 무더워!

이강백의 희곡 <셋>에서 세 명의 희롱꾼들이 벌이는 살인게임이라는 기제 역시 이런 차원에서 이해할 수 있을 것이다. 군중들은 자신들의 본능적인 욕구인 '재미'를 위해서 한 생명의 죽음을 원하고 있다. 그런데 이들은 오직 '소리'로만 존재하고 있어서 그 실체가 없다. 실체가 없다는 것은 그들이 이미 자기 정체성을 상실한 채 동일성 논리에 함몰되어 있음을 의미한다. 스스로의 사고 능력을 거세당한 주체들의 위험하기 그지없는 요구는 바로 희생물을 '죽이라'는 것이다. 이는 권력의 간절한 요구사항을 우중화한 대중이 대신해 주는 것으로 이해된다. 따라서 권력은 '군중의 박수와 인기, 돈'이라는 자신들의 사적인 이익(*private interest*)을 위해 생명을 담보로 한 '쇼'를 벌이는 것이다. 이런 상황은 다분히 근대 이후 사회 현상과 밀접히 연관되었다고 볼 수 있다. 근대 이후 공적 질서들의 주관화는 두

드러진 경향성을 이루고 있기 때문이다.

<셋>에서 등장인물 '가'와 '나', '군중'들이 보여주는 '거짓 욕망', '병든 욕망'의 모습은 바로 근대 자본주의 사회의 이런 욕망의 왜곡 현상을 반영한다. 인간의 욕망이 감각 대상을 지향하지 않고, 무한정의 의식에 대한 것으로 향해 있을 때 파국이 오리라는 것은 자명한 일이다. 왜곡된 욕망이 인간과 인간의 관계에 부정적인 영향을 끼쳐 마침내 자신뿐 아니라 전체를 불행 속으로 몰아갈 것이기 때문이다.

2. '전망'의 두 가지 양상

일체의 예술적 창조 작업의 동력은 인간의 본성에 내재되어 있는 '의미형성의 욕망'에서 찾아질 수 있다.[57] 그것이 '사회 지향적'인 경우이든, '자기 지향적'인 경우이든 문학적인 방식을 통한 말하기 역시 인간 본성에 내재되어 있는 이 의미형성의 욕망에서 비롯된다 또 이 의미형성의 욕망이야말로 모든 문학적 창조 행위의 핵심적인 구성 원리이다.

의미형성의 과정은 먼저 주체의 '대상 인식'으로부터 비롯된다. 대상에 대한 인식은 주체와 대상 사이에 맺어지는 '관계'에 의해 구체화된다. 그런데 이 관계가 단절될 때, '소외'가 발생한다. 이 경우 주체는 객관적인 현실에서 유리되게 되는 것이다. 객관적인 현실은 인간관계의 총체성으로 짜인 사회 환경이다. 그러므로 주객단절은 인간관계의 '총체성'[58]이 상실되었다는 것을 의미한다. 이제 주체는 진

---

57) 김혜영, 「한국 모더니즘 소설의 글쓰기방법 연구」(서울대 박사논문, 2000), p.1.
58) 루카치는 '총체성'에 대해 "형식 그 자체로부터 배태되는 선험적인 거

정한 의미에서 그 어떤 '관계'도 경험할 수 없게 된다. 그리하여 총체성이 사라지고 파편화된 삶 속에서 주체는 고립되어 '소외'된다. 나아가 '소외'는 주체와 주체의 공동체적 유대를 상실하게 한다. 이른바 근대는 이처럼 대상 인식에 대한 주체의 욕망을 좌절시키고 그들 사이에 조성될 혹은 조성되어 왔던 공동체적인 유대를 파괴하면서 시작되는 것이다.

우리 역사에 있어서 지난 1970년대는 바로 이런 서구적인 의미의 근대화가 가장 급속도로 진행된 시기이다. 앞선 시기 주체를 억압하던 여타의 기제들, 예컨대 신분, 관습 등은 자유와 이성에 의해 대체되게 되었다. 이제 그들은 주체 스스로 판단하고 사유할 수 있다는 점에서 자유로울 수 있었다. 그러나 그들은 다시 타자와의 관계에 있어서 '소외'되어 부자유스러움을 경험하게 되는 역설적 상황을 맞이하게 되었다. 이제 주체는 이 역설적 상황에서 벗어나기 위한 노력을 전개하지 않으면 안 되게 된 것이다. 왜냐하면 '총체성'을 상실한 삶이야말로 사회 구조적인 모순에 다름 아니기 때문이다.

1960년대 말에서 1970년대 초에 걸쳐 연극계 내부에 일어난 일련의 변화양상은 바로 이런 노력의 일환이었다. 즉 아리스토텔레스적 리얼리즘 연극을 실천하려는 노력과 더불어 새로운 연극을 이루어 보겠다는 시도가 시작된 것이다. 유민영도 70년대의 연극계에 대해 설명하면서 "정통적인 리얼리즘 극이 주조를 이루는 가운데 아르토 스타일의 움직임 연극과 브레히트의 서사극 양식이 실험되었는가 하면 서양에서 때가 지난 부조리극이 유행했고, 민족극 창조라는 명목 하에 민속놀이와 전통극이 이질적인 서양근대극 양식과 융화를 꾀하

넘이 아니라 선험성과 내재성이 자기 내부에서 한데 합쳐지고 있는 경험적이고 형이상학적"인 것이라고 정의하고 있다. G. 루카치, 반성완 역, 『루카치 소설의 이론』(서울: 심설당, 1998 중판), pp.50−51 참조.

기도 했다"59)고 하여 전대와 다른 변화에 주목하고 있다. 물론 이런 변화의 기저에는 여러 요인들이 있을 수 있다. 우선 지적할 수 있는 것은 연극 내적인 요인과 외적 요인이 있을 수 있겠다. 전자의 경우 공연장 환경의 변화나 제도적인 규제와 지원 등의 변화, 정부의 공연예술에 대한 제도적 규제와 지원이라는 상반된 환경의 형성 등이 그것이다. 후자의 경우는 일부에 국한된 것이기는 하나 국제교류를 통한 연극인들의 질적 수준 향상, 신진 극작가들의 대거 진출이나 연출 조명 등 각 방면에서의 유능한 젊은 인재들의 진출에 의해 빚어진 결과였다. 그리고 이는 총체성 회복을 위한 주체 욕망과 연극계의 변화모색이 긴밀하게 연관되어 있음을 의미한다. 리얼리즘이 지배하고 있던 시대에는 '총체성의 상실'이라는 사회 체계의 구조적 모순에도 불구하고, 일상적인 삶에 미약하나마 인간 유대의 가능성이 남아 있었다. 소박한 민중의 삶이나 주체 상호 간에 부분적으로 확인할 수 있는 '의사소통적 합리성'60)이 그것이다. 이는 리얼리즘이 총체성을 상실한 사회 체계에서 구조적 모순에 저항하는 근거가 된다. 그럼에도 불구하고 인간적 유대의 요소들이 사회 체계의 구조적 모순에 의해 소멸되는 것을 피할 수는 없다. 이런 사태는 바로 모더니즘의 등장 배경이 된다.

모더니즘이 등장하는 사회적 배경은 자본주의의 체제 모순이 격화된 시기와 일치한다. 동시에 그런 사회체제를 통제하는 힘 또한 강

---

59) 유민영, 「방황과 모색 - 연극의 궤적」, 『예술과 비평』 창간호(서울신문사, 1984), p.204.

60) 벨머는 아도르노가 주체 - 주체 사이의 불평등하고 단절된 상태만을 지적하는 데 반하여, 주체 - 주체 사이의 평등하고 의사소통적인 관계가 언어에 연관된 정신의 영역에서 나타날 수 있다고 생각한다. 그리고 이를 하버마스의 개념을 빌려 '의사소통적 합리성'이라고 명명하고 있다. Albrecht Wellmer, 이주동 외 역, 『모더니즘과 포스트모더니즘의 변증법』(서울: 녹진, 1993), p.120.

력해져 가는 시기이기도 하다. 즉 타자를 지배하는 도구적 합리성이 폭력화되는 시기인 것이다. 그래서 한국 모더니즘의 성장 배경은 일제의 '식민지규율 권력'[61]이 보다 공고해진 시기와 연관되어 있기도 하다. 서구의 그것이 자본주의 체계의 분화 및 비대화와 연관되어 있다면, 한국의 그것은 식민지 권력에 의해 기형적으로 비대해진 도시공간의 확대와 그 속에서 살아가는 주체들의 일상생활이 피폐해진 상황을 배경으로 하고 있다는 것이다. 그런데 한국 모더니즘의 성장 배경을 이루는 이 같은 특징은 매우 독특한 조건으로 작용하고 있다. 그것은 한국 모더니즘의 성장은 그것이 충분히 성숙된 단계에서도 여전히 리얼리즘적 담론이 생산될 조건을 이루고 있다는 주장을 반영하는 것이다.[62]

지난 1970년대 이 땅의 모더니스트들은 스스로 이런 독특한 환경을 충분히 인식하고 있었다고 보인다. 그들은 자신들의 시대가 일상적 삶의 영역에서 다소간의 인간적 유대를 가능케 할 근거가 남아 있다고 생각하고 있었다. 이런 저간의 사실들은 그들이 스스로 총체적 삶에 대한 내면의 열망을 저버리지 못하는 이유가 된다. 그들은 비록 총체성이 파괴된 사회의 고독한 개인들이었지만 인간적 유대 속에서 행동함으로써 총체성에 대한 열망을 저버리지 못한 것이다.

그러나 총체성이 깨진 사회 내에서 그들의 그런 열망은 결코 실

---

61) 최근의 논의에 의하면 우리나라에서의 근대성은 이중성을 지닌다고 한다. 즉 우리의 경우 근대는 식민지 경험과 함께 시작되었으며, 이는 서구적 근대와 대비되는 개념으로 식민지체제의 형성과 더불어 비롯되는 이중성을 지닌다는 것이다. 나아가 이 주장에 의하면 식민지 체제의 본질은 '규율권력'의 등장과 함께 신체적 규율과 생체권력, 지식과 권력의 동맹이 이뤄진 데 있다고 한다. 김진균 외 편, 『근대주체와 식민지 규율권력』(서울: 문화과학사, 2000 재판), pp.21－23 참조.
62) 나병철, 『모더니즘과 포스트모더니즘을 넘어서』(서울: 소명출판, 2001), pp.169－176 참조.

현될 수 없다. 왜냐하면 그들이 총체성을 실현하기 위해서는 일상의 가치를 내면화하여 체제에 순응해야 하는데 그들은 여전히 일상성의 외부에 존재하고 있기 때문이다. 결국 그들은 고립되고 소외되어 있는 자신들의 상처를 드러내기만 할 뿐 체제에 맞설 수는 없다. 그들에게는 인간과 환경의 상호작용도, 사건과 플롯도 나타나지 않는다. 모더니즘의 일상에는 사건이 없기 때문이다. 그리하여 이런 독특한 상황에서 1970년대 한국의 모더니스트들은 일상적인 의사소통방식으로는 자신들의 열망을 효과적으로 표현할 수 없게 된다. 즉 리얼리즘적인 담론방식으로는 총체성이 사라진 세계를 담아낼 수 없는 것이다. 이제 그들에게는 자동화가 이뤄진 일상을 탈자동화시킬 수 있는 특별한 방법이 필요하게 된 것이다.

1970년대 한국 모더니스트 연극인들은 모더니즘 미학과 전통극의 극작술에 주목하고 있었다. 그것은 '총체성에의 열망'이라는 자신들의 주제의식을 담아낼 특별한 그릇으로 판단되었기 때문일 것이다. 70년대 한국 모더니즘은 리얼리즘과의 만남을 통해 총체성이 사라진 시대의 주체 내부에 지각된 총체성에의 열망을 드러내고자 한 것이다. 전통을 시대를 꿰뚫고 나아갈 '전망'으로 간주하고자 하는 이들의 관점은 크게 두 가지로 나눠 살필 수 있을 것이다. 전통유산의 현대화를 통해서 전망을 발견하려는 쪽과, 그것의 재현을 통해서 전망을 제시하려는 움직임이 그것이다.

1) 전통유산의 현대화

흔히 한국 현대 연극사는 1960년대 말에서 1970년대 초에 걸쳐 일어난 일련의 변화양상과 결부되어 있다고 한다. 여기에는 이 땅에서 신극운동이 일어난 지 60년 동안 끈질기게 이어지던 서구리얼리즘 연극의 실천 노력이 일단락되고 혹은 그것에 대한 자성과 함께 새로운 연극을 이루어 보겠다는 시도가 시작된 것이라는 인식이 깔려 있다. 1960년대 후반 한국 연극계는 각종 전통 연희의 재발견 내지 발굴활동이 활기를 띠었으며 그것들의 일부가 연극작품에 원용되는 현상이 두드러지기 시작했다. 이른바 '전통유산의 현대화'라는 비전이 당대 연극인들에게 상당히 설득력 있게 제시되고 추진되었다.

사조로서의 모더니즘은 전근대에 대한 극복을 전제하는 것이며, 이는 작가의 욕망과 그 맥을 같이한다. 동시에 그것은 전대의 사실주의 희곡에서 보여주는 극작술과는 다른 그 무엇임을 전제하는 것이다. 즉 작품세계에서 드러나고 있는 '전통적인 것'과 '현대적인 것'들의 대립이라든가, 모더니즘적 방법론이 바탕에 깔린 극작 태도 등이 70년대적 작풍에서 발견되는 말하기 방식을 따르고 있다는 점에 주목할 필요가 있다. 이런 방식의 작품 읽기는 연극사적 배경 위에서 개별 작품을 살펴보게 함으로써 작품에 대한 총체적 읽기를 가능케 할 것으로 기대한다.

(1) 〈초분〉과 잊혀진 먼 과거 들추기

오태석의 작품세계는 대개 과거에 관한 것들에 집착하는 경향을 보여준다. 그의 모든 작품들은 "잃어버린 과거의 그 무엇이든, 잊고 싶은 과거의 그 무엇이든 또는 다분히 관념화된 민족 공동의 그 무엇이든, 개인적인 신변사이든 간에 강력하게 과거를 맴돌고"[63] 있는 것이다.

작품 <초분> 역시 잊혀진 먼 과거의 사건을 다루고 있다. 1974년 미국 뉴욕의 '라마마'극장에서 <질서>라는 이름으로도 공연된 바 있

---

63) 김방옥, 「오태석론」, 『한국희곡작가연구』(서울: 태학사, 1997), p.384.

는 <초분>은 우리의 '현대와 전통'이 충돌하고, '동양과 서양'이 맞부딪친 연극이랄 수 있다. 또, <초분>은 작가가 몰리에르의 희곡 <스카펭의 간계>를 번안한 작품인 <쇠뚝이 놀이>를 계기로 우리말의 운율미, 단순미와 연희에서의 제의적 구조를 동원하여 만든 작품이라고 한다. <쇠뚝이 놀이>는 원래 몰리에르 탄생 350주년 기념하는 드라마 센터의 기획시리즈 참가작으로 준비되었다고 한다. 이 극은 당시 공연을 준비하면서 유치진이 "우리에게는 작가도 있고 하니 번안해 보는 게 어떠냐"고 해서 시작되었다.64) 그러다 오태석은 산대놀이, 판소리, 고전을 헤집고 다니면서 눈뜬 우리말의 그 현란한 연희성에로 빠져들게 된 것이다.

즉 오태석의 전통에 대한 관심은 무엇보다도 그것이 가지고 있는 스펙터클 또는 극장주의적인 계기를 바탕으로 하는 것이었던 셈이다. 오태석은 연극에서 움직임의 계기를 중시하며, 수직적 동작선과 빠른 연기, 춤사위의 음악적 요소 등을 십분 활용하여 연극의 본질적인 일면을 드러내고자 한 것이다. 그러나 그의 극작은 사실 전통극이 지니고 있는 갈등의 요소와 그것의 희극적 보여주기라는 전통극의 장기를 충분히 살리지 못하고 있는 한계가 있다. 그런데 아이러니컬하게도 그 이유는 바로 그가 지나치게 전통극이 지닌 스펙터클의 측면에 집착하고 있기 때문이다.

작품에서의 시대는 1970년, 배경은 어느 외딴 섬이다. '1970'번의 기결수가 모친의 상을 당해 뭍에서 섬으로 간다. 섬은 오랫동안 섬 자체의 관습이 있었고, 그것은 섬을 지켜 온 질서와도 같은 것이었다. 섬에서는 땅이 습해 한 자만 파도 물이 고여 시신을 매장할 수 없으므로 초분에 시신을 건조시키는 풍속을 지니고 있었다. 그전에

---

64) 오태석 외, 『오태석 연극: 실험과 도전의 40년』(서울: 연극과 인간, 2002), pp.54－59 참조.

이곳에서는 죄라도 짓지 않고서는 뭍으로 나갈 수 없다는 불문율을 가지고 있었기 때문에, '1970'번은 살인을 하고 뭍의 형무소에 수감되어 있는 기결수이다.

한편, 섬은 최근 폐수로 생활 기반인 미역밭에 병이 들어 섬사람 모두가 섬을 떠나지 않으면 안 되게 되었고, 섬의 치안관은 섬사람들로 하여금 초분의 시신을 뭍으로 옮기고 초분을 모두 불태워버리고 섬을 떠나라는 법령을 내린다.

임 자	뭣들이요.
네장정	미역밭에 열병이 돈다.
임 자	미역이요.
네장정	미역이 썩는다.
군자의소리	시신은 육지로 이장되거나 화장되어야 한다. 육지로 이장할 경우 최우선적으로 선편이 제공된다.
임 자	어디로 가요.
네장정	순회선으로.
임 자	뭍으로.
네장정	불에 탄다.
임 자	섬을 버리시오.
네장정	모두 간다.
임 자	할머니 장례를 지내요.
네장정	할머니도 같이 간다.
임 자	안 돼요. 초분에 눕는 것이 소원이셨죠.
네장정	미역이 썩고 있다.
임 자	초분은 섬의 질서죠.

이 작품에서는 '섬을 떠나라'는 질서와 '섬을 지켜야 한다'는 질서가 충돌하고 갈등을 유발하는 상황을 설정하고 있다. 이런 식의 상

황 설정은 현대적인 요소와 전통적인 요소를 모두 포괄할 수 있는 구성공간을 미리 확보하면서 연극적 형상화에서 독특한 지위를 확보할 수 있게 된다. 여기에 효과적인 장치로 부각되는 것이 바로 제의적인 형식이다. 마침 서구에서는 연극의 제의성 회복요구가 크게 일고 있었던바, 한국적 전통요소에서 발견되는 제의적인 요소에 서구의 현대적 요구를 담아낼 수 있었던 것이다.

가치관이 전혀 다른 질서와 법의 두 세계가 충돌하는 동안 합리적 사고와 원초적인 심성이 자연스레 노출되었으며, 음성을 포괄하는 토착적인 한국인의 소리와 전통적인 몸짓이 그것에 자연스레 동반될 수 있었던 것이다. 따라서 극의 기본구조는 서구적이지만 극 내용에서 비약과 압축은 한국적이기 때문에 부조화가 따르고, 관객의 이해를 차단하는 소외효과가 드러나는 부분이 나타나고 있다. 즉 한국인이라면 누구나 공감할 수 있는 비논리적, 비합리적, 초월적인 세계를 그와 정반대인 서구적 논리적이고 현실적이며 합리성이 드러나는 공간에 재현했다는 것은 이 작품의 가장 큰 특징이다.

이 작품에서는 어느 한 개인에게 초점을 맞추고 논리정연한 플롯을 전개해 가지 않는다. 그래서 스토리가 중심이 되는 연극에 익숙한 관객들에게 다소 생소하고 이해되지 않는다는 반응도 나타나게 된다. 그러나 이 작품은 기본적으로 제의극을 지향하고 있기 때문에 제의극이 당연히 그렇듯이 스토리를 통해 이해하려 하기보다는, 혼을 불러내고 어떤 정서적 정신적 분위기를 환기시키려는 데에 초점을 맞춰 이해해야 할 것이다.

<초분>은 보통의 다른 사실주의 극과는 달리 스토리 전개와 그것에 의한 서스펜스가 극적 효과의 중심에 놓인 것이 아니다. 대신에 스토리 자체보다 그 배후에 감춰져 있는 보다 큰 문화적 배경을 이해하는 것이 중요하다. 즉 한국적인 질서의 세계와 서구적인 법의

세계와의 충돌과 갈등을 통해 한국인의 정체를 드러내게 하는 것이 더 중요하다는 이야기이다. 오태석이 제의적인 형식을 취한 것은 바로 이러한 목적을 효과적으로 달성하기 위한 것이다. 제의를 통해 드러나는 한국인의 집단 무의식의 세계에 대한 관심이 바로 오태석의 작의였다고 보이는 것이다. 그래서 극에서는 개인보다는 집단, 이성보다는 감성, 언어의 논리성(의미)보다는 소리 그 자체—줄 특히, 초혼을 위한 주술적인 소리의 활용, 군무와 마임, 추상적인 도구와 장치에 전적으로 의존하게 되는 것이다.

한편, 오태석이 그의 작품을 통해 드러내 보이고자 하는 한국인의 집단무의식은 그의 경험에서 찾을 수 있다. 이는 오태석이 연극을 하면서 알리고 전해야 할 의무와도 같은 것이다. 그래서 그는 이렇게 말한다.

> 순수하고 소박한 마음을 가진 이들이 순식간에 엄청난 파괴에 직면하여 내질렀던 원초적인 소리, 몸짓들. '꾸어온 이데올로기' 때문에 그랬다 하더라도 땅이 반분될 정도라면 그 씨앗은 진즉에 마련되었을 것이다. 갑자기 자양이 모자라서, 갑자기 계절이 바뀌어서 죽거나 산다는 것은 이치가 아니다. 그렇게 거슬러 올라가다 보니 역사 속에 파묻고, 관용을 빌미로 넘겨버린 '나쁜 버릇'들이 나왔다. 하도 오래 묵어 눈에 뜨이지도 않는 능구렁이. 이 잊혀진 먼 과거를 다시 들춰 읽어내는 일을 하고 싶다.[65]

공연 텍스트로서의 희곡문학에 나타나는 현재는 과거와 미래와의 계기성 속에서만 의미를 획득할 수 있는 현재이다. 그리고 그것은 집단적 실존과 개인적 실존이라는 상이한 두 층위의 삶이 공존하는 환경으로서의 시간을 말한다. 극 속에서 과거와 연속선상에 있는 현

---

65) 동이향, 「비워라! 거둬라! 지워라!」, 『한국연극』 276, 1999. 6.

재가, 특히 현재의 문제 상황에 직면한 인간의 실존문제가 중점적으로 다루어지는 것도 이러한 희곡문학의 특징에서 비롯되는 것이다. 따라서 희곡문학에서는 항상 동일성의 문제가 제기되는 것이며 이를 통해 궁극적으로 개인적·집단적 동일성의 회복을 지향하는 것이라 할 수 있을 것이다.

<초분>은 바로 이러한 동일성의 문제를 공시적·통시적인 관점에서 다루고 있다. <초분>에서 오태석은 우리 민족의 잠재의식 속에 깊이 잠재되어 있는 정신적 체험인 전쟁의 기억과 그로 인한 집단무의식적인 정서, 그로 인한 상흔을 다루고 있다. 다만 그것을 다룸에 있어서 오태석이 즐겨 구사하는 말하기 방식은 한국적 심성과 정신적 뿌리로서의 제의, 서사적 구조의 말하기이다. 그러나 오태석의 그런 말하기 방식을 잔혹연극이니 혹은 공포극이니 하는 수사로 주박할 필요는 없다. <초분>이 철두철미 그런 수사의 범주에 드는 것은 아니기 때문이다. <초분>에서는, 특히 연출의 과정을 거치면서, 연극적 흐름의 어느 고비에서 풀어헤쳐진 잔혹이 관객들에게 충격으로 다가온다. 굳이 명명하자면 오태석의 잔혹은 '한국적'이라는 표현을 쓸 수 있을 것이다. 대개 그의 '잔혹'은 강력한 연출 의지에 의해 작열하는 이미지로 형상화되는 것이다. 다음은 그의 <초분>이 유덕형에 의해 연출되었을 때 관극체험을 기록한 글이다.

지금도 필자의 머릿속에는 윤소정의 육신을 최대한으로 활용했던 몇몇 장면들이 강렬한 조명과 함께 선명하게 남겨져 있다. 간결한 대사들 역시 인상적이었으나, 그것들이 무슨 뜻을 지니고 있는지는 막연하다. "Jilsa"라고 영어로 음역된 질서는 곧 관습을 뜻하는데, 전통적인 관례와 변화된 상황이 빚어내는 갈등을 그려내는 것도 같으나, ……필자로서는 유덕형의 연출이 오태석의 원작에 함축된 몇 가지 심상을 강렬하게 증폭시켜서 일종의 잔혹연극적 효과를 창출하는 데 초점이

놓여 있었던 것으로 짐작해 본다.[66]

위의 지적은 연출가의 연출이 본래 큰 의미를 지니지 않았던 몇 몇 사건들을 잔혹극의 수법으로 포장하였다는 지적이다. 즉 살인자만이 섬을 벗어나 뭍으로 갈 수 있다는 섬의 질서에 따라 아들을 누구나 원하는 뭍으로 보내기 위해 모친이 항해사를 죽이고 그 죄를 아들에게 씌운다거나, 그 모친이 죽자 "아들이 없는 시신은 태운다"는 질서에 대항하여 그 손녀가 시신을 초분에 숨겼다든가, 아들이 동행자와 함께 나흘 휴가를 얻어 섬에 돌아왔으나 시신을 찾지 못한 마을 사람들이 동행자를 죽여 대신 시신으로 만들었다는 식의 내용은 관객들에게 강렬한 인상을 주기 위한 장치로 활용된 측면이 있다는 지적인 것이다.

그러나 '잔혹연극적'이라는 용어를 올바로 이해하기 위해서는 그에 앞서 두 가지 사항이 고찰되어야 한다. 첫째, 아르토의 연극이론에서 '잔혹'이라는 말이 어떤 의미 영역으로 사용되었는가 하는 점이고, 둘째, '잔혹연극적'이라는 표현이 의미의 영역인가, 아니면 무대화 방법론을 지칭하는 개념인가 등이 그것이다. 아르토[67]는 '잔혹'을 다음과 같이 설명하고 있다. "삶의 불길, 삶의 욕망, 그리고 삶에 대한 불합리한 충동 속에 일종의 예정된 짓궂음 같은 것"이 존재하는데, 이는 "우주적 삶에 내재된 '필연성'과 '엄격함'"이다. 따라서 아르토의 잔혹은 철학적인 의미를 강조하는 것으로 이해되어야 할 것이다. 이 우주적 질서에 내재되어 있는 필연성이나 엄격함이 인간의 삶에 작용되면 인간의 삶은 오히려 고통의 질곡에 빠지게 된다는

---

66) 김문환, 「오태석론 – 비현실적 연극의 현실감각」, 『오태석 희곡집2』(서울: 평민사, 1999 제2쇄), p.344.

67) 조태준, 「앙토넹 아르토, 방황하는 연극인(1921 – 1935)」, 『계간 우리극 연구』 창간호(서울: 공간미디어, 1996, 가을), p.38.

것이 아르토의 생각이었던 것 같다.

　　잔혹은 형이상학적인 차원에서 우주적인 삶에 내재된 필연의 법칙과 그 지배를 받는 인간의 삶은 고통스럽다는 의미까지 포함된다. 따라서 잔혹은 원초적인 현실이자 구체적인 삶의 조건으로서, 그것을 인식하는 명석함이나 거기에 대처하는 일종의 '꿋꿋한 방향' 혹은 '필연에의 복종'을 함축하고 있다. 이러한 의미에서 삶을 둘러싸고 엄연히 존재하는 모든 것이 '잔혹'하다고 할 수 있다. "움직이는 일체의 것이 잔혹이며", "순환적이고 닫혀 있는 세계에서 일어나는 변화"도 잔혹이다. 또 "에로스의 욕망은 그것이 우발적인 것들을 불사르는 까닭에 잔혹한 것"이며 "노력이나 그 노력으로써 존재하게 되는 것도 잔혹"이라는 것이다.[68]

　　여기서 아르토의 '잔혹'이라는 개념은 불교철학에서 말하는 '삶은 고해와 같은 것'이라는 명제와 비슷한 생각을 담고 있는 것으로 판단된다. 불교의 설명에 따르면, 인간은 해산의 고통과 그 후 성장 과정에 대한 공포와 불안을 예지나 한 것처럼 어머니의 뱃속에서 이 세상에 처음 나오는 순간 울음을 터트린다고 한다. 이 세상을 향한 첫소리를 울음으로 시작한다는 것이다. 이렇게 출생의 고통에 이어 자라면서 그것은 질병의 고통으로 이어지고, 그다음은 젊은 시절의 건강이 사라지고 노쇠해진다. 그때부터는 남을 의지하게 되고, 앓고, 시달리다 보면 남의 짐이나 되지 않을까 하고 근심하게 된다. 이어 노쇠한 육체와 함께 정신적으로 자립의 의지가 약해지고 주위의 친구들이 하나씩 둘씩 이 세상을 떠나가는 것을 전송해야 하는 고통을 맛보아야 한다. 다시 말해서 이 세상을 떠난다는 그 죽음의 고통은 지금까지 살아온 발자취를 뒤돌아보면서 더욱 증폭되는 것이다. 그

---

68) 위의 책, 같은 면.

것은 고통이라기보다는 차라리 허무이며, 벼랑길의 막다른 골목 같기도 할 것이다. 지금까지 이루어 놓은 모든 것을 다 버려야 하며 사랑하는 가족까지도 다 버려야 하는 인생의 마지막 과정인 죽음은 '인생이 고(苦)임'을 증명해 준다. 아르토에게 있어서 연극이란, 바로 이러한 삶의 국면을 드러내는 것으로 이해되었다. 그리하여 그는 그의 일체의 연극적인 작업을 통하여 "잔혹한 우주적 필연성에 얽매여 있는 '잔혹한' 인간적인 삶의 조건을, '잔혹한' 연극적 엄격성에 의해 드러내어, 주술 행위에서처럼 관객을 '잔혹하게' 치유"[69]하고자 하였던 것이다. 결국 '잔혹연극적'이라는 수식에서 우리가 발견하게 되는 것은, 그것이 의미의 영역이라기보다는 무대화의 방법론에 보다 가까운 개념이라는 사실이다.

하지만 <초분>에서 이 같은 '잔혹'이 어떤 의미 작용을 하느냐 하는 문제는 보다 깊은 천착을 필요로 한다. 애초에 문학 텍스트로서의 <초분>은 연극적 형상을 얻어야 비로소 살아날 수 있는 막연한 가능성의 세계에 머물러 있었다. 이런 점에서 오태석의 작의는 어쩌면 한국적 사실주의에 대한 염증을 담고 있었을지도 모른다. 그래서 그의 <초분>은 해초나 안개를 시적 분위기 속에 짜 넣으면서 근원적인 질서와 문명적인 법이 어우러지는 가운데 전통으로의 회귀를 겨냥하고 있었던 것이다. 그런데 연출의 연극적 표현이 - 비록 그것이 탁월하다 할 지라도 - 역설적이게도 그런 작의를 가리고 있다고 보인다. 이상일의 지적은 이런 점에서 당연한 것이다. "우리는 <초분>을 통해서 연극언어라는 표현미를 발견하게 되며, 그를 통해서 희곡 작품의 세계가 오히려 퇴색되는 이변을 보았다. 아니면 그러한 시도 때문에 작가가 존재하지 않는 것처럼 숨을 죽인 이 공연은 그만큼 연출이 대담하게 무대를 지배함으로써 야기된 변이 현상이다."[70]

---

69) 위의 책, p.39.

　　이제 논의가 지향해야 할 방향은 오태석이 <초분>을 통해 드러내고자 한 것은 무엇이며, 또 그것은 과연 모더니즘적인 본질에 부합하는 것인지 살펴보는 일이다.

네장정　섬의 질서가 피로 물든 해는.
세장정　기해년 12월 4일.
네장정　그 피가 재앙을 불렀소.
세장정　피가 피를 불렀소.
소　자　그러나 여러분이 시신을 찾은 지금 여러분은 시체유기죄에 얽매이지 않게 되었고 따라서 뭍의 법에 따라 뭍으로 가게 됐습니다. 뭍에서 온 사람의 죽음은 헛되고 말았습니다.

(잠시)

사람을 죽이면 뭍으로 보내진다. 이것이 섬의 질서입니다. 바로 이 엄격한 섬의 질서에 의해 여러분이 뭍으로 보내지기를 바랐던 것입니다. 어째서 이런 일이 벌어졌습니까.
지난밤 지친의 시신이 없어졌습니다. 감추어졌던 것입니다. 여러분에게 섬의 질서를 이야기하고 섬의 질서에 의하지 않을 때에 여러분을 뭍으로 가지 못하게 하려고 시신이 잠적했던 것입니다. 감춰진 시신은 섬의 질서였습니다. 그러나 지금 이 시간 시신이 뭍에 떠올랐습니다. 누가 그 시신으로 해서 감추어진 곳에서 꺼내지도록 만들었습니까. 바로 여러분입니다. 여러분은 뭍의 법에 따라 섬을 떠나려고 했습니다. 오직 시체 유기죄에서 벗어나려고 버둥거렸습니다. 시신을 찾는 데만 급급했습니다. 시신을 스스로 만들지는 못했습니다. 그 대신 어린 처녀를 괴롭혔습니다. 여러분한테 질서를 상기시키려고 그토록 아타던 처녀를. 여러분은 질서를 버렸습니다. 섬은 누구의 섬입니까. 누가 섬을 지켜주었습니까. 질서입니다. 여러분의 숙브들의 질서인 것입니다. 그 질서를 여러분에

---

70) 이상일, 『한국연극의 문화 형성력』(서울: 눈빛, 2000), pp.27−8.

게 돌려주려고 죽은 자를 위해 조의를 드릴 시간입니다.

오태석의 <초분>이 지향하는 주제는 분명하다. 그것은 바로 우리의 먼 과거에 감춰진 그래서 능구렁이처럼 굳어진 '나쁜 버릇'인 이기심을 지금 여기에 들춰내는 것이다. 이 이기심이야말로 그동안 우리 자신들을 지켜주던 섬의 질서를 무너뜨린 장본인이다. 그것은 외부에서 들어온 뭍의 질서가 아니라, 우리 내부에 오래 전부터 잉태되고 키워져 왔던 것이다. 서로가 동기간임을 내세우며 일방적인 양보와 관용만을 요구하던 그 못된 버릇, '모두가 자기 생각만 하는' 그 나쁜 버릇을 들춰내어 밝음 속에 드러내는 것이 바로 <초분>을 통해 오태석이 지향하고자 하는 목표점이었던 것이다. 그리고 오태석은 이를 드러내기 위해 제의극적인 방법의 연극 언어를 선택했다. 오태석은 <초분>에서 한국전쟁을 통해 경험한 근대성의 야만을 드러내고, 근대 이성과 합리주의에 반대하는 제의극을 선보인 것이다.

이는 그가 데카르트의 단일 주체, 이성을 토대로 한 역사적 진보주의에 본질적인 회의를 보냄으로써 분열되는 관계의 내면을 파고든 것으로 이해된다. 그는 <초분>을 통해 민족적 정체성을 복원하고자 한다. 이때 민족적 정체성이란 질서에 의해 분열된 모습을 벗어나 원래의 하나로 통합된 상태를 의미한다. 그래서 처참한 전쟁의 상흔을 치유하려는 오태석에게 공간은 닫혀 있는 곳으로 느껴진다. 오태석은 이데올로기의 바다에 갇혀버린 전쟁의 암울한 공간 체험, 그 자체의 끔찍함에 주목하고 있는 것이다. <초분>에서 소자와 임자는 "거의 닫혀 있는, 그리하여 모든 가치들이 질서라는 굴레 아래 희미해져 버리고, 그 가치의 부재가 모든 판단을 없애버리는" 상황 속에 갇혀 있다. 즉 이때 질서의 '닫힘'은 한반도 상황에 대한 작가의 객관적 상관물인 것이다. 동시에 이 상황을 견뎌내야 하는 작가의 내면적 고통의

상징이다. 그리고 이 고통이 커질수록 '뭍의 법'은 멀리 달아난다.

소자와 임자에게 있어 공간의 닫힘과 막혀 있음은 그곳을 벗어나려는 기대가 절실하면 절실할수록 완고한 것이 된다. 이는 그들이 막힘과 닫힘에서 벗어날 해방이 강압적으로 지연되는 상황에 대한 은유로 보인다. 이러한 은유가 가능한 것은 지체된 해방 속에 갇힌 인물들의 존재 방식이 처절하기 때문이다. 이들은 미래에 대한 이성적 예측을 제대로 할 수 없고 다만 '질서'의 굴레에서 벗어나지 못하는 존재일 뿐이다. 인간의 왜소함과 비천함은 전망 부재의 폐쇄적 공간 구조에서 발생하기 쉽다. 물론 이러한 상황이 존재하기 위해서는 욕망의 결핍과 욕망 충족이 끊임없이 지연되어야 한다.

어부들 사라진다. 쓰러진 소자와 그물 속의 임자만이 남겨진다.

임자 누가 좀 와요. 여기에요. 살려줘요.
소리 나는 갈 수가 없소.
임자 누구에요. (허공을 둘러본다)
소리 동행자.
임자 여기에요.
소리 갈 수가 없소.
임자 왜.
소리 법이 그렇게 명령하오. 1970번과 동행해서 무사히 귀감할 것.
　　　　(霧笛, 짙은 안개. 불길.) 기결수 1970번.
임자 여기에요. 누구 좀 와요.
소리 기결수 1970번.
임자 삼촌.

霧笛.

결핍의 구멍이 크면 클수록, 그리고 그 결핍을 채울 미래가 불투명할수록 공간은 진공 속으로 미끄러져 내려간다. 공간이 어둠 속으로 잠겨 들어간 만큼 인간 존재의 가치도 가라앉을 수밖에 없다. 따라서 오태석에게 공간의 무거움은 곧 '섬 아닌 섬'으로 남아 있는 한반도 상황에서 뭍을 향해 뻗어가려는 힘과 아무리 어려워도 여기 이대로 머물러야 한다는 입장이 맞서게 되는 것이다. 이처럼 '막히거나 닫혀 있는' 공간에 대한 강박증은 모든 인간 모순의 상징으로 작용한다.

(2) 〈초분〉과 전통지향의 의미

아도르노에 따르면 예술이 자연에 대한 '모방'을 통하여 아름다움을 드러낼 수 있는 가능성은 이미 신화시대로부터 사라졌다고 한다. 주체와 대상 간의 비억압적이고 화합적인 교감이 가능하기 위해서는 대상에 대한 타자화를 배제해야 하는데, 인간 주체의 이성은 본질적으로 대상을 지배하는 억압적인 힘을 가지고 있기 때문이다. 따라서 그는 인간 역사에서 자연 상태에 있는 모든 존재의 소통방식이 비억압적이었던 때는, 유일하게 인간의 이성이나 개념적 사고가 형성되기 이전 – 신화시대 이전의 주술단계뿐이었다고 주장한다.[71] 결국 아도르노가 지향하고 있는 말하기의 주제는 '주체와 대상 간의 비억압적인 소통'이 소멸되고, 이성에 의한 계몽이 시작되면서 빚어진 서양 역사의 비극을 고발하는 일이다.

오태석의 전통에 대한 집착도 바로 이 '주체와 대상 간의 비억압적인 소통'을 다시 찾는 일이었다. 한편, 동양적인 사고방식은 근본적으로 주체와 대상 간의 비억압적인 교감방식을 모색하는 특질을

---

71) 호르크하이머·아도르노, 김유동 역, 『계몽의 변증법』(서울: 문예출판사, 1995), p.34.

가지고 있다. 물론 주객분리와 주체중심적 사고가 발달한 서양에서도 '주체의 내면'에는 이 비억압적인 소통에의 충동이 그대로 남아 있을 수 있다. 주체 내면에 남아 있는 비억압적 소통에의 갈망, 즉 자연에의 충동을 기억해 내는 일이 그것이다. 그리고 이는 예술이 지향하는 목표 가운데 하나일 수 있다. 그러나 주체의 내면에서 꿈틀대는 이 같은 자연미에 대한 열망은 현실적인 실천을 매개로 하여서는 도달할 수 없다. 그것은 언제나 '미적가상'을 통해서만 가능하다. 또한 그것은 객체와 분리된 주체의 내면적인 경험만으로 드러나므로 그것은 '정신적'이고 '주관적'이다. 아울러 비억압적 소통에의 충동이 예술작품 속에서 객관화되려면 합리화된 현실의 재료와 기법을 통해 생산되어야 하므로 예술 속의 이 충동은 '합리적 계기'를 갖는다. 결국 예술이란 '합리적 계기'와 '주체와 대상 간의 비억압적인 소통'에의 계기가 결합한 것이다.

한편, 이는 예술작품의 생산 과정에서의 복합적 매개 과정을 암시한다. 합리화된 세계를 넘어서려는 예술은 일방적으로 합리성을 부정하는 것이 아니라 바로 그 합리성을 매개로 '소통'에 이르려 한다. 이 점에서 예술은 합리성을 통해 합리성을 넘어서려는 시도라고 이해할 수 있을 것이다. 따라서 만일에 예술이 합리성을 부정한다면 합리화된 세계에서 모든 현실적 연관을 상실한 비합리적 경험으로 도피하는 셈이 된다. 이렇게 되면 그것은 '소통'에 도달하려는 주체 의지가 효과적으로 드러난 것이 결코 아니다.

오태석에게는 이 고순을 해결해 줄 수 있는 기제가 바로 '전통'이었던 것이다. 다시 아도르노로 돌아가 보자. 아도르노에 따르면 계몽은 주체의 이성적 사고이며, 주체가 대상으로부터 거리를 두고 지배의 힘을 행사하려는 일련의 작용이다. 이런 맥락에서 서양에서 인간의 문화는 계몽의 변증법이 수행된 산물이며, 인간주체가 타자를 지배해 온 역사라고 볼 수 있다. 이와 달리 '주체와 대상 간의 비억압적인 소통'은 주체가 '지배↔예속'의 상태를 넘어 객체에 동화되는 가부장적 신화 이전의 '주술'의 시대에서 찾아 볼 수 있는 것이다. 오태석이 전통에서 빌려 오려고 했던 것은 바로 이 주술의 역할을 수행해 줄 '제의'나 '잔혹'이라는 연극 문법이었다.

> 그래서 우리의 진정한 본성에 충실하기 위해, 그러니까 '전인'으로서 우리가 진짜 갖고 있는 잠재성에 자유롭게 도달하기 위해, 육체와 정신이라는 서양식 이분법에 찢기지 않기 위해 우리는 지금껏 '악'이라고 교육받아 온 것을 행해야 한다. 사회가 '선'이라고 간주하는 것에 우리 자신을 억지로 맞추려고 하는 것이야말로 궁극적인 전도인 것이다. ……또 어떤 때 잔혹함은 자연의 법칙처럼, 새디즘적인 다원주의로, 파괴를 통한 창조로 보이기도 한다. 그러나 어떤 경우이든 해결책은 원시적 삶으로, 논리 이전의 의식으로 복귀해야 하는 것이다.[72]

이러한 아르토의 생각은 '원시주의-제의-잔혹성-스펙터클'이라는 공식으로 나타난다. 오태석의 <초분>이 지향하는 말하기 방식 역시 이러한 아르토식의 연극문법이었다. 다만 오태석의 '원시-제의'는 기존의 우리 굿연희에 내재되어 있는 연극성으로부터 비롯된 것이라는 차이가 있을 뿐이다.

> **네장정** 우린 모두 동기간이다.
> **세장정** 질서를 지켜라.

어부들이 달려든다. 임자를 그물 속에 넣고 사방에서 기름 짜듯 잡아당긴다. 임자는 목 졸린 닭처럼 푸득거린다.

---

72) 크리스토퍼 인네스, 김미혜 역, 『아방가르드 연극의 흐름』(서울: 현대미학사, 1997), p.101.

모두　문지방을 타는구나
　　　가면가면 드로라
　　　니리니리 니리리
　　　가다가다 드로라
　　　애경지가면 드로라
　　　니리니리 니리리

소자와 군자, 나뉘어 들어온다.

군자　무슨 짓이오.
소자　섬의 질서요.
군자　죽잖아.
소자　질서요.
군자　살인이다.
소자　불가피한 일이요.
군자　(소자를 쓰러뜨린다. 소리친다.) 환경법이다. 불을 질러라 불. 순
　　　회선을 타거라. 초분을 태워라. 불 질러라. (뛰쳐나간다. 물보라
　　　치듯 불타오른다.)

　극도로 절제된 제의적 동작, '니리니리' 등 주술적인 대사는 무대
분위기를 한층 잘 드러내기에 충분하다. '살인', '불태움' 같은 잔혹
함이 무대 전면에 흘러넘치는 모습에서 독자가 읽을 수 있는 것은
다름 아닌 죽음이다. 그리고 그 죽음은 '1970'년대의 한국의 자화상
인 것이다. 그리고 우리는 유덕형의 지적[73]처럼 <초분>을 통해서 모
계사회의 미망에 개체로서의 독립을 이루지 못한 채 동기간이라는
안타까운 연대의식을 만날 수도 있을 것이고, 임자의 질서 혹은 사

---

73) 유덕형, 「70년대의 초상－상황적 고통의 확인」, 『오태석희곡집2』, 앞의
　　책, pp.269－276 참조.

랑에서, 그것도 아니라면 당자의 희생에서 혹은 군자의 법에서 읽는 다성성(多聲性)74)을 발견할 수도 있을 것이다. 더 나아가 이성적인 질서에 호소하지 않으면서도 한국적 정감을 통해 현실의 어떤 구속성을 뛰어넘기 위한 것이라고도 볼 수 있을 것이다.

그러나 중요한 것은 오태석의 글쓰기 방법이 오히려 이러한 특징들을 잘 드러나도록 하는 방법적인 모색을 통해서 나왔다는 사실이다. 즉 오태석 개인의 추체험인 전쟁의 기억 속에서 "일상적으로 주검들을 보러 다닌 세월"들이, 외래적인 이데올로기가 어느 날 우리네 삶 속에 불쑥 들어온 때문이 아니라 사실은 잊혀진 먼 과거의 '나쁜 버릇'들 때문이었음을 밝히고자 한 작가적 욕망의 표출이었다는 점이 지적되어야 한다는 것이다.

동시에 1970년대 유신이라는 그 숨 막히는 미망의 세월이 도사리고 있으며, 산업화 속에서 전통적인 것들이 서로 갈등을 빚고 했던 시대적 배경 등도 오태석식 글쓰기 방법에 영향을 준 것이라는 점이 지적되어야 한다. 결국 오태석은 이런 '주체와 대상 간의 비억압적인 소통'에 이르고자 하는 주체 의지의 열망을 가장 잘 담아낼 수 있는 그릇으로서 '전통'을 선택한 것이다.

(3) 〈태〉와 이성적 질서의 구속성 뛰어넘기

문학작품에 관한 여러 관점 가운데 하나는 그것이 본질적으로 무엇인가를 '표현'하기 위한 것이라는 생각이다. 그래서 어떤 작품이 특정 대상을 잘 표현하였다고 한다면, 대개의 경우 그 작품은 높은 평가를 받곤 한다. 문학작품이 어떤 특정의 역사적 사건을 다루는 데 있어서 그 사건을 잘 다루었다는 것의 의미는 대상에 대한 정확

---

74) 이화원, 「자전거, 그 多音性의 세계」, 『오태석의 연극세계』(서울: 현대미학사, 1995), pp.105−127 참고.

하고 공정한 해석과 의미부여를 위해 여러 역사적 사실들의 인과성에 주목하고 그것들 사이의 질서를 부여하였다는 의미일 것이다. 그런데 이처럼 역사적 사실에 대한 정확하고 객관적인 정보를 전달하는 데에는 문학이라는 말하기 방식보다 역사학이라는 과학적인 방법이 훨씬 유용하다. 이렇듯 특정 대상이 과학적인 설명을 통해 보다 정확하게 진술될 수 있음에도 불구하고 구태여 문학이라는 표현방식을 동원하는 데에는 나름의 의미가 있다.

문학이 무엇인가를 표현한다는 것은, 문학이 과학과 마찬가지로 일종의 설명적인 기능을 가지고 있음을 의미한다. 낭만주의적인 경향의 작가들은 문학작품의 목적이 대상에 대한 작가 자신의 생각이나 느낌을 전달하는 데에 있다고 생각한다. 그들의 생각은 문학작품의 존재의의가 '표현'에 있다고 여기는 것이다. 이런 차원에서는 문학작품의 목적이 과학과 질적으로 다르지 않게 된다. 과학이거나 문학작품이거나 간에 각각의 존재의의는 경험 세계에 대한 '질서 부여'에 있을 것이기 때문이다. 그러나 이런 유의 생각은 문학의 본질에 대한 심각한 오해를 담고 있는 것이다. 문학은 실재하는 어떤 대상에 대해 단순한 복사나 반영이 아니기 때문이다. 즉 작가가 아무리 역사적인 사건에서 소재를 취해 왔다고 하더라도 작품은 실재하는 사건과 상관없이 표현의 결과물로서 존재할 뿐이다. 그리고 이 결과물에는 표현하고자 하는 대상으로서의 역사적 사건뿐만 아니라 표현 과정을 통해 발견할 수 있는 대상의 궁극적 의미까지도 담겨지게 된다.

<태>를 신역사주의적 관점에서 해석하려는 시도[75)]는 이런 점에서

---

75) 이미원은 오태석의 작품들이 "작가 나름대로의 상상력을 통해 (원전에) 또 다른 의미를 부여"하고 있다고 설명하면서 이는 "기성의 역사를 부단히 재해석하여 그 주변적 의미를 발굴하여 역사 의미망의 폭을 다변화하는 신역사주의의 핵심"에 부합한다고 주장하고 있다.
이미원, 「오태석과 역사 패러디」, 『한국현대극작가연구』(서울: 연극과 인

나름의 타당성이 확보된다. 오태석이 작품 속에서 그리고 있는 '단종애사'라는 소재는 기존의 상식을 완강히 거부하고 있기 때문이다. 기존의 역사 해석에서는 폐위되는 단종을 위해 자신의 목숨을 바친 사육신의 충절이 강조되고 있다. 그러나 오태석의 해석은 다르다. 오태석은 신숙주를 통해 '산 자'보다 '죽은 자'를 두둔하는 기존의 역사 해석을 바꿔 놓고 있는 것이다.

> 오태석은 조선시대 군주와 신하라는 절대적인 상하논리를, 현대의 민주적인 평등논리로 펼쳐 보임으로써, 사육신 충절의 절대성을 훼절시키고 있다. 따라서 살아 있는 단종으로 인하여 계속될 정변시도를 감지하여 통탄하는 신숙주의 논리는 타당성을 얻게 된다. "열다섯 살 먹은 아이 하나로 수백 명이 죽었어. 그중엔 나라에서 고른 충신 여섯이 족멸하였고, 박팽년의 집안에서는 뱃속에 든 것까지 끌어내서 죽였네. 그것도 제 어미의 손으로, 자 보아!"라는 절규는, 충절을 앞세운 논리만이 옳지 않음을 단적으로 나타낸다. 이는 나아가서 절대적이거나 개인적인 정의를 앞세운 정치보다는 공리적인 정치라는 이면적인 주제를 부각하고 있다. 더구나 오태석은 세조를 인간적인 인물로 부각시킴으로써, 이들을 군신 관계의 일환이라기보다는 대등한 인간관계로 묘사하고 있다.[76)]

<태>의 주제가 '단종애사'라는 역사적인 사건에 대해 '살아 있는 다수를 위한 정치', '핏줄 잇기' 등과 같은 기존의 역사 해석에 대한 '새로운' 의미부여에 있다는 주장이다. 이는 <태>의 주제가 신역사주의적인 방법론에 입각해 있다는 점을 강조하는 것이다. 오태석의 세계인식에는 확실히 기존의 어떤 질서를 전도하고자 하는 의도가 담겨 있다. "지극히 실제적인 이야기가 뚜렷한 목적을 향해서 합리

간, 2003), pp.156-157 참조.
76) 위의 책, p.160.

적이고 필연적으로 전개되어야만 극이 된다는 생각에 회의를 느꼈다"77)는 그의 주장에 이르면 그의 문학 세계가 지향하고자 하는 세계가 어떤 모습을 지니고 있는지를 쉽게 확인할 수 있다.

미적 모더니티로서의 모더니즘은 근대성에 대한 비판 운동이며, 그 중요한 대상은 근대 이성적 주체와 그 담론에 맞춰져 있다. 물론 여기서 근대 이성적 주체란 명증한 의식과 선험적인 이성의 소유자를 말한다. 근대 이성의 대상 인식은 과학적 합리성에 기초한 인식이다. 또 근대 이성은 자신의 주체적인 능력에 의해 대상세계를 조정하며 지배한다. 근대 이성에 의해 이뤄지는 대상세계에 대한 이러한 조정과 지배는 당연하게도 근대적인 물적 풍요로움에 기여하게 된다. 그러나 근대의 진척에 따라 인간의 이성은 도구적인 이성으로 타락하게 되고 비인간화와 통합적인 개인의 주체 혹은 개성의 붕괴를 경험하게 된다.78) 이 같은 주체의 분열은 인간이 더 이상 객관적 대상세계를 지배하는 주체가 아님을 의미한다. 동시에 그가 그때까지 객관세계의 실재를 재현하기 위해 사용해 오던 언어가 재현 기능을 상실했음을 의미한다. 이제 분열된 주체가 객관적 대상세계를 재현하기 위해 동원하는 언술 전략은 '이성에 대해 비이성', '의식에 대해 무의식'이라는 형태를 취하게 된다. 그러므로 모더니즘의 세계 인식에서 이런 주체의 분열에 대한 주목은 근대의 이성적 주체에 대한 비판을 의미하는 것이다.

오태석의 기존 역사에 대한 해체와 새로운 의미부여는 바로 이러한 모더니즘적 세계인식을 드러내는 기제로 작용한다. 기존 역사의 의미를 해체하려는 오태석의 관심은 두 가지에 모아지고 있는 것으

---

77) 오태석, 『백마강 달밤에』(서울: 평민사, 1994), p.282.
78) E. Lunn, 김병익 역, 『다르크시즘과 모더니즘』(서울: 문학과지성사, 1986), p.49.

로 보인다. 첫째, 사육신의 충절 이데올로기로 대표되는 군신 관계에 대한 재조정과 전도, 둘째, 박팽년가의 가종이 보여주는 주종 관계에서의 충성심과 그 의미의 해체가 그것이다.

먼저 사육신의 충절 이데올로기는 조선 오백 년을 지탱시키고, 현대의 한국인들에게까지 그 의식 세계의 일단을 드러내고 있다. 일찍이 자신들의 됨됨이를 간파하고, 주군의 사랑을 아끼지 않은 선왕의 은혜와 이를 목숨으로써 뒷받침하겠다는 사육신들의 생각은 뿌리 깊은 것이다. 그래서 그들은 "집현전에 입적할 때 세종대왕께서 세손을 품에 안고 뜰을 거닐면서 과인이 만세 후에 그대들은 이 아이를 잘 보호하라"고 당부하던 주군의 옥음을 잊을 수가 없는 것이다. 말 그대로 '임 향한 일편단심'을 바꿀 수가 없는 것이다.

> **단 종** 양위교서. 숙부는 주공의 재질의 아름다움이 있고 또 주공의 큰 훈공을 겸하였으나 과인은 성왕같이 어린 나이에 또 다난한 처지에 있다. 과인은 성왕이 주공에게 구하는 것처럼 숙부에게 구하노니 숙부도 역시 주공이 성왕을 보좌했던 것같이 과인을 도우라.
>
> **사육신** (일제히 소리친다) 전하, 아니 되오!
>
> **소 리** 가마귀 눈비 맞아 희는 듯 검노매라. 야광명월이야 밤인들 어두우랴. 님 향한 일편단심 가실 줄이 있으랴.

사육신 중 유성원이 비수로 가슴을 치고 쓰러진다.

그러나 오태석의 생각은 다르다. 그는 비운의 주인공 단종의 폐위가 의미로운 것이 아니라, 세조의 등극이 중요하다고 생각한다. 숙부인 그가 '반역'을 도모한 것이 아니라, 어리고(혹은 어리석고) 다난한 처지에 있는 조카를 '도운' 것이라는 주장이다. 그래서 신숙주의

'살아 있는 자들로 전하의 종이 되게 하고', '단종으로 하여금 죽은 자들의 군주이게 하라'는 강변이 설득력을 갖게 된다. 이는 종실의 위엄과 국가적 안녕·질서를 유지하는 것이 현실적인 차원에서 더 중요한 것일 수 있다는 주장에 다름 아니다.

충절 이데올로기의 존재의미는 중세적 왕권의 유지를 통한 국가의 안녕·질서를 보장하는 데에 있다. 그런데 본래적 의미를 제대로 구현할 수 없는 상황 속에서조차 충절이데올로기를 기계적으로 적용하는 일이 오히려 국가적인 안녕·질서를 심각하게 위협하리라는 점은 불문가지의 일이다. 이는 근대 이성이 도구화하여 스스로 자기 모순 상태에 빠져 그 병폐를 드러내는 상황과 유사하다. 즉 충절이데올로기의 도구화로 말미암은 국가적 안녕·질서의 위기상황은 그 자체의 존재 의미에 심각한 의문을 제기하는 것이다. 그래서 왕조의 안녕을 유지하기 위해서 '양위'되어야 한다는 현실론이, '어리고(혹은 어리석고) 다난한 처지에 있는 조카를 지키는' 충절 이데올로기의 명분론을 밀어낼 근거를 마련하게 되는 것이다. 그것이 비록 조카에서 숙부로 거슬러 올라가는 것이라고 할지라도 왕실의 법통을 이으며, 국가적 안녕·질서를 유지하는 것은 변화된 상황 속에서 '선'이 될 수 있는 것이다. 이는 "열다섯 살 먹은 아이 하나로 수백 명이 주는" 상황이 더 이상 계속되어서는 안 된다는 신숙주의 주장을 통해 뒷받침되고 있다. 그리하여 마침내 군신 간의 수직적 상하 관계는 전도되기에 이른다. 그러나 오태석의 이런 식의 주장은 그 본질에 있어서 같은 것이다. 현실론이든 명분론이든 도구적 이성의 서로 다른 모습이기 때문이다.

<태>에서 발견할 수 있는 도구적 이성의 논리는 현실 정치의 논리에 따라 집단의 이익이 과거사 속에서 맺어졌던 개인적 의리의 개념보다 중요하다는 표면적인 주제의식과 함께 이면의 충절 이데올로

기를 바탕으로 하는 군신 관계의 절대성으로 드러나고 있다. 실제로 기존의 평자들 가운데에는 <태>의 주제가 '집단적 이익을 개인적 정의보다 앞세우는 정치 현실에 대한 조명'에 있다는 점을 강조하는 경우도 있다.[79] 이러한 해석은 최근 작가의 대담을 통해서 뒷받침되고 있기도 한다.[80]

> 너는 이렇게 쉽게 죽일 수 있을지 모르지만, 그 옛날에도 삼족을 멸한 중에 씨 하나가 살아남아서 어렵게 어렵게 자죽을 이으면서 살아남았다. 당신을 낳아준 자궁이 갖는 위대한 힘처럼 이쪽 의대생들을 낳아준 어머니들의 힘도 똑같은 거다. 얘네들도 그렇고 너도 그런데, 함부로 하지 마라. 젊은이들을 죽이더라도 생명은 위대하다. 그런 이야기를 하고 싶었던 겁니다.[81]

확실히 오태석의 <태>는 기존의 도구적 합리성을 뒤집기 위해서 (사건A) - '살아 있는 다수를 위한 정치', (사건B) - '핏줄 잇기'라는

---

79) 김문환, 「오태석론: 비현실적 연극의 현실 감각」, 『오태석 희곡집2, 심청이는 왜 두 번 인당수에 몸을 던졌는가』(서울: 평민사, 1994), p.347.
80) 오태석은 <태>의 창작 배경으로 유신 시기에 있었던 소급 계엄령을 지적한 바 있다. 그에 따르면 유신 시기 장준하 등의 명동성당에서의 시국선언을 빌미로 정치적 반대세력을 탄압하려는 정권의 시도에 대해 당시 대학생들의 반대 시위가 있었고, 여기에 동료 학생들의 시위에 참여하는 것이 같은 학생으로서의 도리라고 생각한 연대의대학생들의 자의반타의반의 시위가 있었는데 정권은 장준하 등의 재야인사와 함께 연대의대의 주동자급 학생 몇 명을 함께 붙잡아 갔다고 한다. 오태석은 이러한 연대의대학생들의 시위와 구속은 성삼문 등의 단종복위운동에 따라 아무 관련이 없는 '삼족 멸하기'와 같은 것으로 인식하고 그들을 위로할 목적으로 작품을 창작하게 되었는데 우연히 사상대계라는 백과사전에서 각주의 야사를 보게 되었고, 이것이 작품 창작의 직접적인 계기가 되었다고 한다. 오태석·서연호 대담, 『오태석연극: 실험과 도전의 40년』(서울: 연극과 인간, 2002) pp.69-73 참조.
81) 위의 책, p.70.

두 가지 이야기를 씨줄과 날줄로 삼고 있는 것으로 보인다. 즉 <태>는 기존의 여러 논자들의 주장처럼 두 가지 이야기가 보는 각도에 따라 드러나는 서로 다른 이야기가 아니라, 치밀하게 짜여진 극 구성 속에 서로가 얽혀 있는 이야기이다. <태>는 인과율의 파괴에 의한 모호성을 특장점으로 하는 작품이라는 기존 논자들의 주장과 달리 매우 치밀하게 고안된 극작설계[82])에 의해 펼쳐지는 이야기인 것이다. 이를 극사건 A / B를 중심으로 검토해 보면 다음과 같다.

구 분	사 건 A	사 건 B
도구적 이성의 논리	세조의 단종 폐위	손부에 의한 시부 살해
	신숙주의 단종 시해 주장	가종의 아이 바꿔치기
	세조의 단종 시해 수용	가종의 사실 고백
감각적 경험의 논리	세조의 단종 시해 반대	여종의 모성 발동
	왕방연의 단종 시해	손부의 종자 살해
	세조의 실성	여종의 실성

각각의 대응되는 사건들은 위의 표에서 알 수 있는 바와 같이 모두 뚜렷한 지향점을 가지고 있다. 주종 관계의 주장이나 현실 논리가 그 첫째요, 여기에 맞서 핏줄에 대한 애착과 집념이 둘째이다.

---

82) 김길수는 <태>가 초현실주의적 극 문법 내지 극양식을 지니고 있지만, 극창작 설계 과정에서 핏줄 이어가기를 중심으로 변증법적인 인과율에 의해 창작되었다고 주장하고 있다. 그에 따르면, 문제제기(박팽년 가문의 핏줄 이어가기를 위한 집념과 가종의 제안) — 1차 방해물과 대응(바꿀 수 없는 어명과 세조의 단호함) — 2차 방해물과 대응(불확실한 미래와 바꿔치기 작전) — 3차 방해물과 대응(실성한 여종과 핏줄에 대한 애착) — 4차 방해물과 대응(비정상의 사랑과 무반응의 비극성) — 예측불허의 결말과 급전의 묘미 등으로 극설계가 이뤄져 있어서 '변증법적인 사건 전개 구조'를 잘 드러내고 있다고 한다. 김길수, 「<태>의 극창작 설계미학」, 『드라마논총』 14집(한국드라마학회, 2001), pp.11 — 23 참조.

전자는 외래적인 것이며, 충절 이데올로기를 바탕으로 도구적 이성의 동일성 논리가 발현된 것이다. 후자는 한국인의 무의식 속에 내재되어 있다고 믿어지는 전통적인 것이며, 감각적 경험 세계의 논리가 표출된 것이다. 오태석은 자신의 모더니즘적인 세계인식을 드러내고 실천하는 데 있어서 사건 A / B를 교직하는 방식으로 풀어내고 있는 것으로 보인다. 다만 이 치밀한 인과율의 적용이 관객과 독자의 서사적 맥락에 대한 이해를 전제로 '점에서 점으로' 건너뛰는 방식을 취하고 있어서 모호함과 함께 난해함이 배가 되고 있는 것으로 여긴다.

(4) 〈태〉와 모더니티로서의 시·공간 해체

인과율은 현대에 있어서 문학적 글쓰기의 가장 기본적인 원리이다. 포스터(E. M. Forster)에 의하면 "모든 인간의 행복과 불행은 행동의 형식을 취하지 않거나, 플롯을 통하지 않은 다른 표현 수단을 찾거나, 억지로 연결시키려 해서는 안 된다"[83]고 하여 문학적 글쓰기의 가장 중요한 요소로 인과율을 지적하고 있다. 인과율은 객관적 대상세계의 모든 사건들을 인과 관계에 따라 해석하고자 하는 근대 이성을 바탕으로 하는 것이다. 대부분의 현대 문학에서 인과율은 가장 중요한 글쓰기의 바탕을 이루는 것이다. 그것은 인과율이 문학적 글쓰기에서 동일성과 정체감, 의미의 연속성을 유지할 수 있는 기본적인 구성형식이기 때문이다.

그러나 인과율에 대한 과도한 주장은 이 인과적 질서의 체계에 포섭되지 않는 현상들을 무질서하고 비합리적인 것으로 배제하거나 동일성 논리의 체계에 강제적으로 편입시키고자 한다는 점에서 타자

---

83) E. M. Forster, Aspects of the Novel, New York; Penguin Books, 1977, First pubished in 1927, p.93.

화의 논리로 이해할 수도 있다. 그것은 세상의 모든 것을 인간 이성의 합법칙성으로 도구화할 때 사물화의 기제가 되기도 한다. 또 인과율의 세계는 기본적으로 하나의 목소리, 하나의 관점만이 존재하는 독단성의 세계이다. 이곳에는 다른 단위와의 관계가 존재하지 않는다. 따라서 인과율은 보편적인 진리를 생산한다기보다는 오히려 당대적인 진리를 생산한다고 볼 수 있을 것이다.

오태석의 글쓰기에서 선적(線的)인 시공간 논리로 연결되는 인과적 질서의 파괴는 그의 중요한 형식생산의 원리이자 글쓰기 전략이라고 볼 수 있을 것이다. 이는 주로 단위 사건들을 분절시키는 방법을 통해 구현되고 있다. 즉 유기적인 전체에 대한 의미추구를 포기하고 각 부분에 독자성을 부여하는 구성 논리이다. 이는 대개 선적인 형태로 전개되는 전체 서사 체계의 구속을 받지 않는 방법이면서, 점(點)의 논리로 전체 서사 체계의 의미맥락으로부터 분절하여 이른바 ‘종합 없는 합’[84]을 지향하는 방법이다. 그리하여 그의 희곡 작품에서는 모더니즘적 인과질서라 할 ‘독특한 결합원리와 새로운 시야’[85]가 확보되는 것이다. 다음은 <태>의 서사적인 요소들을 장면과 사건을 중심으로 분절한 것이다.

장면 1) 사건 ①　단종의 양위와 사육신의 반대 (어전)
　　　　사건 ②　유성원의 자결 (〃)
장면 2) 사건 ③　세조의 사육신 신문 (형장)
장면 3) 사건 ④　박중림의 기원 (박중림의 가묘 앞)
　　　　사건 ⑤　가종의 아이 바꿔치기 제안 (〃)
　　　　사건 ⑥　여종의 기함과 쓰러짐 (〃)

---

84) Peter Burger, 최성만 역, 『전위예술의 새로운 이해』(서울: 심설당, 1986), p.117.
85) T. Adorno, 홍승용 역, 『미학이론』(서울: 문학과지성사, 1985), p.67.

장면 4) 사건 ⑦ 신숙주에 의한 사육신 족멸 포고 (형장)
　　　　사건 ⑧ 세조에 대한 박중림의 간청과 조롱 (〃)
　　　　사건 ⑨ 손부의 박중림 살해와 간청 (〃)
　　　　사건 ⑩ 세조의 윤허와 손부의 기원 (〃)
장면 5) 사건 ⑪ 세조와 신숙주의 대립 (어전)
장면 6) 사건 ⑫ 왕방연에 의한 단종 시해 (영월)
장면 7) 사건 ⑬ 신숙주와 왕방연의 대립 및 신숙주의 왕방연 살 (궁)
장면 8) 사건 ⑭ 여종의 실성 (어전)
　　　　사건 ⑮ 세조의 실성과 사육신과의 대립 (〃)
장면 9) 사건 ⑯ 세조와 신숙주 / 사육신의 갈등, 세조의 단종시해추인
　　　　　　　　(들판)
　　　　사건 ⑰ 아이 바꿔치기에 대한 종의 고백 및 세조의
　　　　　　　　윤허 (〃)
　　　　사건 ⑱ 여종의 실성 (〃)

　일상적인 시간의 질서를 무시하면서 진행되는 극 시간의 전개는 특정의 의미형성을 위해서 제공되지 않는다. 이는 작가 스스로 대상에 대한 인식이나 의미부여를 지향하지 않음으로써 오히려 대상 인식에는 새로운 시야와 의문을 제기하게 하는 효과를 갖게 된다. 따라서 그의 작품이 "기존의 시공간의 파괴와 잔혹극적인 효과"에 의해 어떤 "의미망보다는 오히려 강력한 감각의 체험에 주력하고 있다"86)는 평가는 일면의 진실만을 지닌다. 이미원의 이런 지적은 오히려 그가 희곡 텍스트의 의미 영역과 연극 텍스트의 그것을 뒤섞어 해석함으로써 일으키는 혼란으로 판단되기 때문이다. 이미원의 지적처럼 오태석의 작품이 "본래의 의미뿐만 아니라 구성 자체도 해체하고, 이후 어떤 메시지나 의도로 메우려 하지 않은"87) 것은 아니라고

---

86) 이미원, 「오태석과 역사 패러디」, 『한국현대극작가연구』(서울: 연극과 인
　　간, 2003), p.161.

여긴다.

오태석에 의해 이뤄지는 일상적인 시공간질서의 파괴는 완결된 체계나 연속성의 논리가 아닌 순간적으로 떠오른 느낌이며, 그것은 어떤 개념이 개입하기 이전에 진행된 인식 주체의 순간적인 반성활동에 의한 것이다. 이 반성활동은 순간적인 대응으로 말미암아 각 지점들에서 사물에 대한 각기 다른 인식 내용을 갖게 된다. 예를 들어 세조의 손부에 대한 태도에서 처음 "내가 네 권속을 사사로운 감정으로 죽이는 게 아니다"라는 생각은, "옛사람이 말하기를 천균(天鈞)의 활은 작은 쥐를 보고 쏘지 않는다 하였다. 원컨대 아들을 낳도록 해라. 대역신이 아니오 충신의 손이니라. 가거라. 아들을 낳거든 죽여 바치고 계집이거든 모녀가 연명하여도 좋다"는 생각으로 바뀌고 있다. 이는 인식 주체가 특정의 관점에 얽매이지 않음으로써 동일 대상에 대해 다양한 관점을 보여주는 것이라 할 수 있다. 이는 작가가 세조 스스로 '위로는 상왕의 위를 찬탈하고 밑으로는 충신의 삼족을 멸하는 자신의 기구한 운명을 한탄하는' 방식을 통하여 삶의 진정성에 대한 새로운 시야를 창출하는 것과 연관된 것이다. 즉 특정 이데올로기를 매개로 하여 대상에 대한 명료한 인식 내용을 제공하기보다, 순간적인 사고의 변화를 보여줌으로써 독자에게 사건들 간의 다양하고 유연한 결합을 통한 의미발견 기회를 제공하는 것이다. 따라서 분절된 각각의 사건들 사이의 개방성이나 병렬은 무질서나 몰가치와는 근본적으로 그 성격을 달리하는 것이다. 장면 단위의 비인과적 질서는 단순한 의미의 '해체'가 아니며, 그 자체로 다른 방식으로 이뤄진 재구성이라고 생각해야 한다. 즉 오태석의 점적인 인과질서는 분절된 단위 사건들의 '몽타주(montage) 원리'의 원용이라고 보아야 할 것이다.

---

87) 위의 책, p.163.

몽타주 원리를 통한 사건 전개는 시공간 구성에 있어서 기존의 극 문법을 무시하고 있다. 위의 장면과 단위를 중심으로 한 서사단위의 분절에서 발견할 수 있는 것은 극 시공간의 몽타주이다. <태>는 전체 18개의 사건단위들이 9개 장면 속에 펼쳐지고 있는데 각각의 시공간 영역이 다르다. 이들은 기존의 선적 인과질서에서 파악될 수 없는 구성상의 변화이다. 적어도 서구의 사실주의 무대관습에 익숙한 1970년대의 연극무대와 관객들에게는 대단히 생소한 방법이 아닐 수 없다. 그러나 전통연극의 관습으로는 대단할 것도 어색할 것도 전혀 없는 극 구성이다. 앞 장에서 살펴보았던 것처럼 오태석이 도구적 이성의 논리를 극복하기 위해 원용하고 있는 것이 전통의 감각적 경험의 논리였던 사실을 감안하면, 그의 극 구성상의 특징인 시공간 해체가 결국 전통연극의 형식논리를 받아들인 것이며 동시에 그것으로서 모더니즘 정신과도 통하게 된다. 왜냐하면 몽타주의 원리는 일상생활에서 대상을 이해하는 인식 체계를 위반하고 새로운 방식의 인식 체계를 만들어냄으로써 자동화된 이데올로기 체계를 파괴하는 데에까지 나아가고 있기 때문이다. 일상의 인식 체계는 대개 위계질서를 갖춘 체계이다. 이는 일상적 사유방식의 가장 기본적인 틀로, 각기 다른 이데올로기 체계는 각기 다른 방식의 위계질서를 갖는 것이 보통이다.

오태석은 몽타주의 구성원리를 통해서 위계질서 속에 갇혀 있던 일상의 질서를 재조정하고 재구성하여 관습화된 동일성 논리의 체계에 유연하고 새로운 해석을 시도하고 있는 것이다. 결국 오태석에게 있어서 전통은 서구식의 근대 이성적 사고가 갖는 동일성 논리를 극복하게 하는 기제로 작용한다. 예를 들어보자. <태>에서 손부가 할아버지 박중림을 살해하는 것은 자식의 생명을 보존하기 위한 것이다. '살인'이라는 이미지는 '탄생'이라는 이미지와 의미 영역에 있어

서 유사성으로 묶여 있다는 사실은 이율배반적인 이미지들의 충돌 양상을 보여주는 것이 된다. 이처럼 동일 의미 영역에 내재해 있는 두 가지 이미지의 충돌을 몽타주함으로써 표면과 달리 이면에 숨겨져 있는 의미를 드러내고자 하는 것이다. 이는 에이젠슈타인(Sergei Eisenstein)이 말하는 '충돌 몽타주'[88]라고 볼 수 있다. 이를 통해서 오태석이 노리는 효과는 확실히 우리가 몸담고 있는 상식 세계의 인식 체계가 갖는 허위성을 폭로하는 데에 모아진다. 그는 이성적 질서의 체계 속에서만 의미를 찾던 우리로 하여금 현재와 전통을 통관하는 이미지들의 관계를 재구성하게 함으로써 그것이 갖는 폭력성을 부각시키고, 그 역으로 생명의 끈질김을 부각시키고 있다. 이런 차원에서 몽타주 기법은 기존의 일상적 세계가 지니고 있던 완강한 확정성에 도전하는 오태석식의 모더니즘적 극 문법이 될 수 있는 것이다.

> **세 조** (고함친다) 귀양 보내지 않았나. 여기서 영월이 천리.
> **신숙주** (고함친다) 그럼 영월로 내통하는 자가 있어도 가만 두시오.
> **세 조** 삼족이 당할 줄 알면서 누가 영월로 가.
> **신숙주** 신도 가오.
> **세 조** 경은 못가.
> **신숙주** 가만 두시오.
> **세 조** 단종을 가만 두어. 성삼문, 박팽년도 그 애를 가만 두어야 했어. 그 애는 과인을 따르고 있지. 그 애는 그저 살아가게 놔두어. 그 천진한 것을 이용하려는 자는 죽어 마땅해. 절대 용서 안 해. 이 점에는 경도 포함돼.

위 장면은 국왕인 세조와 신하인 신숙주 간의 대화이다. 그러나 둘의 관계는 전도된 듯한 착각을 불러일으키기에 족하다. 특히 신숙

---

88) Patrice Pavis, 신현숙 외 역, 『연극학 사전』(서울: 현대미학사, 1999), pp.149－150 참조.

주의 어투는 마치 세조를 꾸짖고 책망하는 듯한 느낌을 주고 있다. 이는 언어 사용자의 태도를 재문맥화함으로써 상식화된 인식 내용에 충격을 가하는 방식이다. 오태석이 노리는 것은 이를 이용하여 관습적 의미 도식에 혼란을 주고, 상식 세계의 인식 체계가 갖는 질서를 탈경계화함으로써 새로운 인식적 계기를 만들어 내는 방법이라고 볼 수 있다.

이런 오태석의 글쓰기 방식은 전통적인 연극문법을 부정하고 경험적인 현실 세계와 비동일성을 유지하려는 미적 주관성의 산물이라고 판단된다. 이 미적 주관성은 우리 사회의 현존을 구성하는 제반의 것들, 언어·제도·도덕·가치규범들과 서로 길항함으로써 새로운 세계를 지향하는 것으로 범주화할 수 있다. 그러나 이런 오태석의 인식 내용이 그대로 비판적인 주체라고 볼 수는 없다. 이 부정과 대립의 근원이 이성적 판단의 합목적성에 기반을 두고 있는 것이 아니기 때문이다. 이보다 오태석의 그것은 탈중심화된 의식에 따른 감성에 기반하고 있다. 자기반영성과 같은 인위적이고 주관적인 문맥을 구축함으로써 경험 세계를 위반하거나 전통적인 연극문법을 해체함으로써 스스로의 인식 지평을 확대하고 있는 것이다. 결국 오태석의 글쓰기 원리가 놓여 있는 자리는 전통적인 것에 '부정하는 방식'이거나, '반작용하는 방식'에 그 중심을 두고 있다고 판단된다.

여기서 문제되는 것은 이런 오태석식의 글쓰기 원리가 항상 새로움을 불러들이는 창의적인 것일 수 있는가에 모인다. 텍스트에 대한 연구에서 '글쓰기 차원의 접근'은 문학 텍스트를 영구불변의 어떤 가치를 가지는 것으로 파악하는 것이 아니다. 그것은 문학 텍스트를 당대적인 문맥 속에서 어떤 문화적인 가치를 소통시키려는 장으로 보려는 관점이다. 즉 텍스트가 생산되는 당대의 사회 문화적인 가치들을 반성하고 평가하며, 재구성하려는 장으로 보려는 관점인 것이

다. 실제로 많은 문학 텍스트들이 일상의 관습화된 의미제도를 부정하고 변형하여, 그것에 대해 메타적 인식 기회를 제공하고 있다는 관점에서 그것에 대한 '글쓰기 차원의 접근'은 각별한 문화적 의미를 지닌다. 앞서의 고찰에서와 같이 <태>의 연극언어들은 이성적 주체에 의해 관습화된 연극문법을 전면적으로 다시쓰기(rewrite)함으로써 이뤄진 것이다. 그리하여 <태>의 연극언어들은 심미적인 주관성을 통해 '동일성 원리'를 바탕으로 하는 전통적인 연극제도에 대한 반성의 계기를 제공하고 있다.

한편, <태>의 결말구조는 미종결의 형식을 띠고 있다. 이는 작품 전체의 서사전달을 통하여 기대되는 어떤 확정된 의미를 거부하고, 또 다른 가능성의 세계를 열어 놓는 것이다. 서구적인 극 형식에서는 대개 닫힌 결말 구조를 갖는 것이 일반적이다. 즉 시작, 중간, 끝의 명료한 해결 과정을 거치는 것이다. 그러나 모더니즘의 글쓰기 방식은 이미 옳다고 주어져 있는 이데올로기 혹은 합리적인 사고에 의해, '반성에서 새로운 자아의 형성에 이르는 통일된 과정'을 드러내기보다 '해결되지 않아 분열된 채로 있는 상태를 그대로 객관화하는 방식'을 택하게 된다. 즉 모더니즘의 글쓰기에서는 해결되지 않는 갈등을 무리하게 화해시켜려 하지 않는 것이다.

들판

여종 창지……내 창지, 오장 내 오장, 내 창지를 내놓아, 창지야……
소리 심의산 서너 바퀴 감도느니, 오뉴월 낮게 즉만 살얼음 집힌 위에 보았느냐, 님아. 온 놈이 온 말을 하여도 님이 짐작하소서.

위의 인용문에서 여종 창지의 울부짖음은 공감을 주기에 충분하다. 그는 애초에 자신의 남편이 일방적으로 주인댁 손을 잇기 위해

'아이 바꿔치기'를 하자고 제안했을 때에도 선뜻 동의할 수가 없었다. 사실 그 누구도 자신의 자식을 죽이고, 대신 다른 이의 자식을 살리는 일에 선뜻 동의할 수는 없을 것이다. 따라서 여종의 갈등은 그 누구도 해결하기 어려운 문제가 된다. 이제 작가의 글쓰기 전략은 갈등의 해결을 드러내기 위해 노력하기보다 그 갈등의 과정을 부각시키는 데에 모인다. 갈등의 과정을 부각시킨다는 것은 '갈등 중이거나 갈등하고 있는 인물을 그리는 것이다. 이렇게 함으로써 얻어지는 것은 갈등의 과정을 지속시킬 수 있다는 점이다. 이 경우 대개 갈등을 해결할 수 있는 어떤 구체적인 행동을 유보함으로써 미해결의 구조를 갖게 되는 것이다. 모더니즘의 글쓰기 방식에서 이처럼 작품의 서사구조를 완결시키지 않음으로써 얻어지는 효과는 완결을 요구하는 기성 질서에 대한 거부로 판단된다. 이는 모더니즘 작가들의 세계인식이 가진 특징이기도 하다. 즉 그들은 이 세계가 더 이상 통일적이거나 완결된 형태로 표현될 수 없게 변화되었다고 인식하고 있기 때문이다. 결국 오태석의 글쓰기는 현실의 균열을 반영하는 글쓰기 방식인 것이다.

2) 전통유산의 재현

(1) 〈노비문서〉와 서사극적 방법론의 자각

1970년대 극작 방식상의 변화는 서구 아방가르드연극의 충격과 전통에 대한 인식으로부터 비롯된다. 아방가르드란 그 선구자 랭보(Rimbaud, Jean‒Nicolas‒Arthur)가 그러했듯이 원래부터 정치적인 의미를 많이 내포하고 있다. 그래서 그것은 모더니즘의 한 분파로 인식되고 있으면서도 보다 더 파괴적이며, 반항적인 개념으로 통한

다. 그러나 아방가르드가 비록 영미 모더니즘과 매우 다른 성격적 특징들을 내포하고 있기는 하지만, 20세기 전환기의 동일한 역사적 조건하에서 그들이 합리주의적 근대성에 저항하는 전략을 구사한다는 사실을 주목할 필요가 있다. 이런 관점에서 이 둘은 미적 모더니즘의 개념 속에 포괄하여 이해할 수도 있을 것이다. 다만 영미 모더니즘이 과도한 형식주의적 특징을 지니고 있는 데 반하여, 아방가르드는 형식 파괴적 속성을 드러낸다는 등의 차이점을 발견할 수는 있다.

사조로서의 모더니즘은 서구의 합리주의적 근대성이 병폐를 드러내는 일정한 역사적 시기의 산물이다. 그러나 이 모더니즘을 모더니티의 형성 초기인 초기 자본주의의 산물이라고만 이해하는 것은 잘못이다.[89] 왜냐하면 합리주의적 근대와 함께 형성되고 발전해 온 것은 리얼리즘이었기 때문이다. 즉 모더니즘은 근대의 시작과 함께 등장한 사조가 아니라 '합리주의적 근대성'에 근거한 '예술적 관습'에 대한 저항으로부터 비롯되었다는 것이다. 그러나 실제 창작 과정에서는 아방가르드와 모더니즘의 이러한 특징들은 종종 뒤섞여 나타난다. 예컨대 입체파와 구성주의는 극단적인 형식주의를 보인다거나, 영미 모더니즘이 형식적 혁신을 전제로 한 형식주의에 매달리는 것이 그것이다.[90] 그러므로 이들이 추구하는 것은 관습적인 것을 파괴

---

[89] 일부의 논자들은 "19세기 말엽 상징주의 이후에 전개된 특정한 역사적 문화 현상을 지칭하는 것으로 한정지을 필요가 있다"고 주장한다. 그러나 모더니즘이라는 용어로 통칭되는 개념 속에는 매우 다양한 흐름 등 — 예컨대 미래주의, 표현주의, 다다이즘, 초현실주의, 주지주의뿐 아니라 1940년대 이후의 후기모더니즘까지 — 을 포괄하고 있기 때문이다. 최유찬, 『문예사조의 이해』(서울: 실천문학사, 1995), pp.306 – 307 참조.

[90] 예를 들어 회화에서 영향받은 시인 아폴리네르가 '비'라는 시에서 그림을 그리듯 시어를 배열한 것 — 그는 시에서 비가 내리는 형상을 연상할 수 있도록 하기 위해 시어의 배열을 위에서 아래로 내려쓰는 방식을 구사했다 — 은 이런 형식주의적인 특징을 드러내는 것이라고 할 수 있을 것이다.

하면서 다른 한편 새로운 내적 질서를 모색하는 것이었다.

1960-70년대 한국에서의 모더니즘 연극 운동은 리얼리즘이라는 기존의 관습에 도전하면서, 비언어적 연극을 실험하고, 제의 및 의식에 대한 관심을 극대화시키는 한편, 배우와 관객의 관계 및 공연공간의 중요성을 강조하는 특징을 갖는다. 이런 흐름 속에서 '서사극의 수용'은 일정한 역사적 배경을 갖는다. 따라서 연극의 서사화 경향은 전면적이고 포괄적인 묘사를 연극에서도 이뤄내려는 욕구에서 비롯된 것이다.[91]

윤대성은 1970년대 한국 모더니즘의 이런 특성을 잘 보여주는 희곡작가 가운데 한 사람이다. 윤대성이 그의 작품을 통해 '인생과의 대결'을 실천하려 했던 사실이나, 청년기에 '마르쿠제에 심취'한 사실은 그의 문학적 지향점이 어디를 향하고 있는가를 잘 보여준다.

그는 서서히 자신(개인)의 불행과 좌절을 사회 속에다 놓고 객관화시켜서 응시하기 시작했다. 그리하여 부조리한 현대에서 개인은 불행할 수밖에 없고 그것은 순전히 정치권력과 물질이라는 결론을 얻게 된 것이다. (……) 사회비리를 해부하고 고발하자니 궁극적으로 정치와 만나지 않을 수 없었을 것이고 우리 상황의 벽에 부딪히지 않을 수 없었을 것이다. 그는 서서히 자유의 문제를 심각하게 생각하기 시작한 것이다. 그는 곧 역사를 통해서 우회적으로 자유의 문제를 제기했다.[92]

위의 지적은 윤대성의 극작세계가 '전후의 격동하는 정치권력과 경제비리에 대한 공격'을 지향하고 있다는 점을 뚜렷이 하고 있다. 그가 초창기 자기 내면을 향하고 있던 목소리를 사회로 향하여 발하기 시작한 것은 자신의 시대에 대한 철학적 성찰을 반영한 것으로

---

91) 정지창, 『서사극, 마당극, 민족극』(서울: 창작과비평사, 1989), p.308.
92) 유민영, 「좌절과 비극의 작가」, 『신화 1900』(서울: 예니, 1986), pp.356-357.

보인다. 그리고 그가 경험한 근대는 한국의 독특한 시대적 상황을 반영한 것이다.

그가 한때 경험한 낭인체험은 일상의 동일성 논리에 순응했다면 결코 경험할 수 없는 것이다. 체제에 순응하는 자는 결코 이상을 소유할 수 없기 때문이다. 역설적이지만 총체성에 대한 열망은 오히려 일상으로부터 '소외'된 자만이 가질 수 있는 것이다. 윤대성이 '서사극'의 형식을 빌려온다거나 전통극의 극작술을 원용한 것은 이들 형식이 바로 자신의 이런 총체성에 대한 열망을 무대 위에 펼치기 위해 가장 효과적인 말하기 방식이라고 인식한 때문으로 보인다.

1970년대 윤대성과 같은 실험적 극작술을 추구했던 이들이 리얼리즘과 같은 관습적인 것의 파괴와 새로운 내적 질서를 모색하면서 주목한 것은 바로 이런 '연극의 서사화'라는 비전이었다. 즉 그들은 낡은 형식의 파괴와 새로운 형식의 창조, 예술적 관습에 대한 비상한 관심을 서사적 극양식에서 찾고자 했던 것이다.

윤대성의 이런 노력은 '튼튼한 역사의식과 성실한 탐구적 자세로 리얼리즘적 연극의 맥을 이어가고 있다'거나, '모더니즘의 수렁에서 빠져나와 새로운 리얼리즘적 연극의 전통을 향해 전진하고 있다'[93]는 식으로 평가되고 있기도 하다. 이는 한국 모더니즘의 독특한 환경을 고려한 지적이다. 왜냐하면 윤대성에게는 아직 총체성에 대한 열망을 저버리지 못할 리얼리즘적 상황이 남아 있었고, 이런 주제의식을 효과적으로 전달할 글쓰기에 대한 방법적 고려가 전통극의 극작술을 원용한다거나 '서사극의 수용'이라는 형태로 나타난 것이기 때문이다.

브레히트의 '소격효과'는 슈클로프스키의 낯설게 하기나 모더니즘의 비동일성의 의식처럼 일종의 자동화 과정(동일성 논리)을 파괴하는

---

93) 정지창, 앞의 책, p.71.

방식이다. 그러나 소격효과는 단순히 지각의 증폭(슈클로프스키)은 동일성 이면의 부조화의 인식(모더니즘)을 위한 것이 아니라 역사적 변화의 운동을 드러내려는 목적을 지닌다. 소격효과는 비판능력을 상실하게 하는 감정이입을 차단함으로써 역사적 과정에 대한 비판적 인식을 가능케 한다. (……) 즉 브레히트는 부조화의 세계에 대한 부정적 인식보다는 역사적 현실의 총체성 인식을 지향한다. 흥미로운 것은 '소격효과'가 그런 리얼리즘적 인식을 위해 탈자동화(동일성의 파괴)라는 모더니즘적 방법론을 사용하고 있는 점이다. 말하자면 브레히트는 모더니즘적 예술기법을 활용한 현대적 리얼리스트였다.[94]

이는 서사극이라는 방법론을 꾸준히 보여주고 실천한 윤대성에게도 그대로 적용될 수 있다. 앞서 유민영의 지적에서처럼 윤대성의 주제의식은 정치권력의 부도덕함을 질타하고 새로운 해방의 가능성을 모색하는 것이다. 그러나 윤대성은 자신의 그런 저항적 인식을 담아내는 그릇으로서의 사실주의 극작술에 회의하고, 서사극이라는 방식을 스스로 선택했다. 이는 그가 극중 장면에 대한 감정이입을 주로 하는 아리스토텔레스적인 연극으로서는 자신이 생각하는 비판 기능을 제대로 수행할 수 없다고 판단한 때문이다.

1970년대 한국 연극계가 모더니즘적인 극작술을 적극적으로 도입하고 실천한 것은 재현원리 대신 자기 인식적 방법을 사용한 결과이기도 하다. 그런데 이런 모더니즘의 자기 인식은 주체의 우위에 의한 것이라기보다, 현실을 반영하는 방법으로는 자신의 총체성을 드러낼 수 없다는 강박관념에 의한 것이다. 왜냐하면 현실은 파편화되어 있으며, 사물화되어 있기 때문이다. 윤대성의 희곡 <노비문서>가 해설자의 등장이나 언어의 일상성, 가무, 희화적 성격묘사 등 생소화 효과를 유발하는 기법을 통하여 과도한 극적 긴장이나 몰입을 차단

---

94) 나병철, 앞의 책, pp.199-200.

하는 것 역시 정치·사회적인 모순을 변증법적으로 해결하여 총체성을 드러내고자 하는 주체의지의 반영이라고 보아야 할 것이다. 아리스토텔레스적인 극작술에서 인간의 주변 세계는 고작 외부세계에 지나지 않는다.95) 그것이 파편화되어 있는 까닭이다. 그러나 비아리스토텔레스적인 연극의 극작술은 그렇지 않다. 이제 인간의 주변 세계는 그 성격을 달리하여 총체성의 회복에 대한 주체의지의 반영을 효과적으로 드러내는 기제가 될 수 있다. 비아리스토텔레스적인 연극에서 '낯설게' 된 주변 세계는 관객들에게 모순으로 가득한 사회의 현실에 대해 올바른 비판의식을 제공하여 그것을 극복할 수 있도록 하는 계기로 작용하기 때문이다.

고려시대 대몽항쟁의 과정에서 충주성 방호별감이었던 김윤후의 투쟁과 승리96)라는 <노비문서>의 창작 모티프는 주변부에 머무를 수밖에 없는 노예들의 투쟁과 좌절을 통해서 지배 권력의 위선과 주체의 세계에 대한 인식능력의 한계를 펼쳐 보이고자 하는 것이다. 이를 통해 역사적 과정에 대한 올바른 인식 능력, 즉 비판정신의 고취라는 작가의도의 관철 노력이 전통극의 극작술을 도입한다거나, 서사극 같은 모더니즘적 글쓰기 방법의 도입으로 나타난다고 볼 수 있다. 전통극과 모더니즘의 여러 극작술은 상당 부분 사회모순에 대한 관객들의 비판적인 인식을 전제로 하는 것이라는 점에서 공통점이 있다.

---

95) Bertolt Brecht, *Schriften zum Theater 1*, trans by Manfred Brauneck, Frankfurt, 1967. 김미혜 외 역, 『20세기 연극』(서울: 연극과 인간, 2000), p.358.

96) 작품의 배경에 대해 유민영 교수는 '만적의 난'을 역사적 배경으로 지적(유민영 앞의 글, p.359.)하고 있지만, 이후 정낙현의 연구에서는 작가의 말을 인용하여 작품의 배경이 "김지하의 자료제공에 의해 김윤후의 사건을 민중적 입장에서 재구성했다"고 확인하고 있다. 「윤대성 희곡에 나타난 서사극적 특성」, 한국극예술학회 편, 『한국극예술 연구』 제2집 (서울: 태학사, 1995 재판), p.255.

(2) 〈노비문서〉와 비억압적 화해를 향한 '탈자동화'

지난 1970년대의 한국 사회 역시 식민지적 근대의식이 엄존하는 가운데 기만적이고 이중적인 근대의식이 동시에 작용하고 있었다. 한국에서의 근대성의 의식은 일제 식민 지배와 밀접히 연관되어 있으며, 식민적 근대의 경험은 지배자였던 일본 제국주의에 '대립하면서 닮는' 과정이었다.[97] 이런 인식은 현대에도 여전히 이어져 인간의 다양성을 은폐하거나 배제하는 지배양식이 청산되지 못하는 주요 원인으로 작용하고 있는 것이다.

연극이 인간정신의 위대한 혹은 휴머니즘을 옹호하고 사회모순을 바로잡는 제도적 장치로서 기능해야 한다는 생각은 비단 리얼리즘만의 전유물일 수 없다. 모더니즘 역시 그 사유의 뿌리에 있어서는 '총체성' 회복에 대한 열망을 공유하고 있기 때문이다. 1970년대 한국 연극계 내부에서 모더니즘과 전통연극 문법에 대한 관심과 집중은 서구의 영향하에 진행되어 왔던 리얼리즘 연극이 이 땅에 뿌리를 내리는 과정의 또 다른 양상이었다.

서구적인 의미의 사실주의 연극이 발달하면 할수록 역설적으로 내면에서는 다른 양식의 연극문법에 대한 관심이 싹터 왔다. 지식인 중심의 리얼리즘 연극이 발달하면 할수록 오히려 연극은 민중으로부터 멀어져 간 때문이다. 비록 앞선 시기의 리얼리즘 연극이 엘리트주의적인 계몽성을 지니긴 했지만, 아직은 시민적 관점의 공동체에 대한 열망을 통해 관념적으로나마 대중들과 유대할 수 있었다. 대중들의 내면에 잠재되어 있는 공동체에의 염원을 허위적이거나 통속적인 방식으로나마 일정 정도 달래어 줄 수 있었다는 얘기다. 그러나 리얼리즘 연극문법이 공고하게 되어 갈수록 연극은 그만큼 더 대중

---

97) 김진균 외 편, 『근대주체와 식민지 규율권력』(서울: 문화과학사, 2000 재판), p.23.

으로부터 유리되는 현상이 나타날 수밖에 없었다.

<노비문서>는 시민 사회의 공동체에 대한 열망을 나타내고자 하는 작품이다. 작품의 주요 공간인 충주성은 먼저 외적 몽고의 침입으로 풍전등화의 위기상황에 처해 있다. 더구나 지금까지 온갖 혜택과 억압적이며 차별적인 권력의 양지에서 살아 왔던 지배세력은 일신의 안녕만을 바라고 몰래 야반도주를 감행함으로써 성안의 질서를 혼란에 빠뜨리고 있다. 민족존멸의 위기 앞에 그들은 자신들의 계급적 이해를 더 우선시한 까닭이다. 그들에게 민족의 존멸은 관심 밖의 일이었다.

다른 한쪽에서는 노예들의 신분적 질곡으로 인한 고통스런 삶이 있다. 그들이 꿈꾸는 것은 자유를 향한 소망이다. "나라와 왕을 위해 (외적과 맞서) 싸워야" 한다는 권력자들의 주장에 지금껏 "자기를 혹사한 주인을 위해 죽"을 수는 없는 일이며 "자신의 자유를 위해 싸운다면 기꺼이 목숨을 내던질 수 있다"는 것이다.

비억압적 화해의 세계는 일체의 억압과 차별이 사라진 세계이다. 그곳에서는 인간의 존엄성과 다양성이 지켜지고 존중되어야 한다. 그러나 폭력적 정치권력에 의한 일시적이며 기만적인 화해는 지속적이며 진실된 화해를 가장하는 것이다.

> **판 관** 후일이 걱정되지 않는 바가 아니나 지금 처한 위기를 막기 위해서 그렇게라도 해야 한다면 딴 도리는 없겠습니다. 중요한 건 싸움에 나서 주는 것이니까요.
>
> **이자헌** 나도 그렇게 생각하오. 부사의 생각은 어떻소?
>
> **부 사** (할 수 없다) 여러분의 의견이 그러시다면 저도 쫓는 수밖에 없지요. 허나 후일을 위한 대비가 있어야 할 줄 압니다.

노예군의 별동대를 구성하여 외적의 침입에 대비하는 것만이 유일한 현실적 방책이라는 주장에 대한 기득권 세력의 대화 내용이다.

이들의 의식에는 진정한 화해에 이르고자 하는 열망이 없다. 오직 자신들의 기득권이 어떻게 하면 유지될 수 있을 것인가에만 관심이 쏠려 있다. 이는 다시 이들의 일시적인 화해가 결국 비극적인 결말을 예비하지 않을 수 없는 상황으로 내몰리는 결과를 초래하고 있다. 이런 상황은 강쇠와 지영의 사랑에서도 그대로 드러난다. 즉 지배 권력의 반격이 격화되고 노비들을 다시 잡아들이는 급박한 상황에서 투쟁의지를 다지는 강쇠에게 함께 멀리 도망하여 개인적 행복을 추구하자는 지영의 요구에 강쇠의 결심이 흔들리는 것이다. 말하자면 이들의 신분을 초월한 사랑 역시 일시적인 것이었으며, 진정한 화해에는 이르지 못하고 있음을 드러내고 있다고 볼 수 있다.

여기서 주목되는 점은 외적의 침입이라는 상황의 설정은 이들 화해할 수 없는 두 집단 간의 비억압적 화해를 드러내기 위한 작위적 장치라는 점이다. 즉 역사적 소재는 현실모순을 보다 비판적으로 조망하면서 그 해결방도를 찾고자 하는 작가의식의 발로에 의해 선택된 것이다. 왜냐하면 역사적인 소재 원천이나 전통극적인 연극문법이 관객들로 하여금 비판적 거리감을 갖게 하는 데 유효하다고 판단한 때문이다. <노비문서>에 나타나는 모더니즘 연극문법으로서의 서사극적 요소[98]나, 전통극적인 분위기의 춤과 노래, 언어적·비언어적 표현들은 바로 작가가 견지해 온 저간의 관심과 경향성에 기초하고 있다.

---

[98] 정낙현은 서사극적 요소로서 코러스의 역할에 주목하고 집중적인 분석을 행하고 있는데 그 내용은 다음과 같다. 첫째, 음악적인 역할뿐 아니라 등장인물을 소개하고 그들의 방향을 설정한다. 둘째, 과거의 객관적인 사실을 드러내고 모순 속에서 진실을 밝힌다. 셋째, 중개적인 의사전달 체계로서 관객을 대신하는 질문자이며 등장인물과의 대화를 통해 관객이 극중인물의 상황과 대면하게 한다. 마지막으로 비판적 거리를 둔 해설자로서 기능을 수행하여 관객의 극적 몰입을 막는 데 기여한다. 정낙현, 「윤대성 희곡에 나타난 서사극적 특징」, 『한국극예술연구 제2집』(서울: 태학사, 1995 재판), pp.257-258 참조.

(가)
횃불을 든 코러스 서서히 무대 양쪽으로 등장한다.

코러스1 쉬! 조용히, 누가 있어.
코러스 노승 길을 닦는 노승.
코러스1 허무한 일, 부질없는 일.

(나)
서서히 코러스, 노승 사라지며 압도하는 듯한 북소리 들리기 시작
한다. 리드미컬한 북소리에 맞춰 회초리 소리가 들리면서 긴 밧줄,
돌을 어깨에 멘 노예들 신음에 가까운 소리[唱]를 내며 등장한다.
감시하는 군졸 1, 2, 3의 회초리 소리 요란하다.

합 창 어이 어이 어이여하.
선소리 어느 때나 해가 지나.

위의 인용문에서 (가)와 (나)는 각각 서사극적 요소와 전통극적 요
소에 상응한다. 이들의 공통점은 모두 관객에 대한 소외효과를 유발
하여 현실 사회의 모순에 대한 비판기능을 효과적으로 수행하게 한
다는 점이다. 특히 코러스나 취발이 등 '서사적 자아'[99]의 등장은
<노비문서>가 서사극의 연극문법을 도입하여 생소화효과를 극대화
하여 비판기능을 효과적으로 수행하고 있다고 판단된다. 이는 윤대
성이 스스로 꿈꾸어 온 이상, 즉 비억압적 화해의 세계에 대한 열망
이라는 주제의식을 효과적으로 전달하기 위해 자동화된 소통 방식을
구사하지 않고, '탈자동화'[100]된 소통 방식을 구사하고 있다는 사실

---

99) Peter Szondi, 송동준 역, 『현대 드라마의 이론』(서울: 탐구당, 1994), p.17.
100) 자동적으로 전달되는 정보는 미학적인 가치로서는 큰 결함을 지닌 것
    이다. 어떤 대상이 자동적으로 전달된다는 것은 미학적인 표현과 인식

을 의미한다.

브레히트(Bertolt Brecht)의 "완전한 감정이입을 추구하는 연극 기법이 관객의 비판력을 마비시킬 수밖에 없다는 것은 자명한 일이다. 감정이입이 이루어지지 않거나 나타나지 않을 때에야 비로소 비판이 일어난다"[101]는 선언은 윤대성의 경우에도 그대로 적용될 수 있다. <노비문서>에서 비억압적 화해에의 열망을 드러내기 위한 방법론으로서 '탈자동화' 기법은 다음과 같다.

첫째, '시간의 공간화' 기법이다. 예컨대 지영과 강쇠의 첫 만남 장면이 그것이다. 강쇠가 '불만을 터뜨리고 명을 거역'한 죄로 회초리에 초주검이 되어 있을 때 나타난 지영이 강쇠에게 운명적 이끌림을 느끼며 반응하는 장면들은 마치 영화의 몽타주 기법처럼 몇 개의 장면들로 분절되어 있다.

(가)

지 영 (나서며) 아버님.

이자헌 뭐냐?

지 영 저 노예의 말에 일리가 있사옵니다. 사람 하나 죽이는 거야 어렵지 않사오나 튼튼한 일꾼을 하나 더 구하긴 어려울 줄 압니다. 징계하는 의미로 혼을 내주되 목숨만은 구하심이 성을 보수하는 일에도 도움이 될 줄 압니다.

(나)

이자헌 (딸에게) 너도 오려느냐.

지 영 전 예 있겠습니다.

에서는 정보적인 가치가 결여된 것을 의미한다. 결국 '탈자동화'는 언어예술의 본질이 된다. 나병철, 앞의 책, p.225.

101) B. 브레히트, 김기선 역, 『서사극 이론』(서울: 한마당, 1990), p.92.

강쇠를 본다. 이자헌, 부사와 함께 판관에게 고개를 끄덕인다.
부사, 판관 먼저 퇴장한다.

이자헌   (딸에게) 무엇이 볼 게 있다고?
지 영   (군졸에게) 자! 어서 쳐라!

군졸1, 신나게 강쇠로 때리기 시작한다. 무릎을 꿇었다가 다시 일어나
는 강쇠, 뚫어져라 보는 지영. 아씨 곁에서 공포에 질려 몸 둘 바를
모르는 향아.

이자헌   지영아.
지 영   (태연히 노예를 보며) 사람이 아픔에 견디는 힘이 대단하옵
            니다. 아버님. (계속되는 회초리)
이자헌   (딸을 보기 민망하다) 그만해 두어라!
군 졸1   (회초리를 거두며) 예!

강쇠 드디어 스르르 미끄러지듯 쓰러진다. 지영 다가간다. 강쇠 등허
리의 매 자국을 손가락으로 만져 본다.

(다)
강 쇠   그 손, 짐승이나 만지듯 손가락 끝으로 내 등을 찔러보던 그
           나긋나긋한 손. 평생 일을 해 보지 않은 그 손가락이 나를
           때리던 매보다 더 아팠다.

위의 (가), (나), (다)로 분절되어 드러나는 정보 내용은 강쇠와 지
영 사이에 운명적 이끌림이 있었고, 이는 후에 두 사람의 사랑으로
발전되는 계기가 되고 있음을 반영한다. 이를 계기적 시간 속에 드
러냈을 때는 단순히 '지영이 강쇠의 남성성(주체성)에 이끌렸다'는
의미 내용만을 전달할 수 있을 것이다. 그러나 강쇠가 회초리질을

당하는 순간부터, 지영의 태도나 심리적 반응, 조명 등에 의해 강조
되게 될 강쇠의 고통스러워하는 표정, 나긋나긋한 손가락의 감촉들
을 담아냄으로써 인물을 둘러싼 다양한 인식, 정서적 정보 내용들을
전달하고 있는 것이다. 이 경우 탈자동화된 말하기를 통해서 자동적
으로 전달될 수 있는 정보의 의미 내용은 파괴되어 자동화된 지각
내용을 지연시킬 것이 분명하다. 즉 짧은 동안의 시간의 흐름을 몇
가지 공간적인 장면들과 접합시킴으로써 은밀한 감정의 끈이 만들어
지는 것이다. 다시 말해 탈자동화된 연극언어를 통해 다양한 인식적,
정서적 의미를 담은 예술언어가 생겨나는 것이다.

둘째, '방해의 미학'이다. 의사소통의 미학은 의사소통적 합리성과
감정이입에 의존하여 작품의 의미를 전달한다.[102] 반면에 방해의 미
학은 낯설게 하기 기법을 사용하여 감정이입을 방해한다. <노비문
서>에서 의사소통을 방해하는 전략을 구사하는 이유는, 작가 스스로
그렇게 하는 것이 합리성의 지배를 넘어 비억압적 화해를 드러내는
데 보다 효과적인 방법이라고 생각하기 때문이다. <노비문서>가 감
정이입을 방해하기 위해 주로 사용하는 방법이 전통극적인 요소의
도입과 서사화 전략이다.

(가)
농악소리. 막 열리면 코러스 양쪽으로 도열해 섰다. 타령으로 노래를
부른다.

코러스1   관군 모두 달아났네.
합　창   벼슬아치 도망가네.
코러스1   노비군들 거동 보소―
합　창   이리저리 잘도 뛰네. (……)

---

102) 나병철, 앞의 책, pp.245―246.

코러스1   (대사로) 여보게 얼마 동안이나 싸웠나?
합 창   (대사) 두 달 하고도 열흘 동안이었다네 - (……)
코러스1   들과 산은 온통 핏빛.
          오랑캐의 뿌린 펄세. (……)

(나)
이때 노승 지나간다.

노 승   여보게들, 이겼어, 이겼네, 내 뭐라든가? 난 지름길로 가네.
코러스   (예시하듯 톤tone을 바꾼다) 그러나 길은 있으되 어디에나 없
          는 것이, 뜻은 있으되 그 뜻이 남지 못하리로다. (……)

노승 퇴장하면서 장면은 장터 놀이판이 된다. (……)

취발이   내가 이래 뵈도 이렇게 제자들을 쫙 - 거느리고 있어. (구경꾼
          을 가리키며) 이게 다 내 제자들이야. 저놈 보게, 웃어? 내가
          사장(師丈)질 할 가치가 있나 없나 죽 - 읽어보랴? 뭐, 어예
          됐나 싶으면 첫째 우리 집 서당문을 떡 열고 보면 거기 뭐
          있는가 하면 산호책상, 유리필통, 괴목경상, 수마네 연적, 만
          폭벼루 (……) 또 내가 갈치다 갈치다 갈칠 게 없으면 어떤
          걸 가르치느냐 하면 요새 흔히 하는 화투 도리짓고땡, 나이
          롱뽕도 가르치고 장기 도박도 가르치고 혹간 심심하면 소리
          도 한 고장(長短) 쓱 가르치고 춤도 한 고장 가르치고 가르
          치다 가르치다 가르칠 게 없으면 욕도 한 고장 가르친다.

(다)
남자들   (후창) 오며 가며 빛만 뵈고 대장부 간장 다 녹인다.
취발이   (선창) 초롱초롱 청사초롱 님의 야방에 불을 밝혀라.
여인들   (후창) 님도 눕고 나도 눕고 초롱의 불은 누가 끄나.

위의 인용문에서 전통극의 음악·춤과 해학적인 민중 언어, 나아가 탈 등의 표현 요소들을 확인할 수 있다. 또 이중적 관객으로서의 코러스에 의한 서사극적인 생소화효과 등도 함께 읽을 수 있다. 이러한 글쓰기 전략은 관객들로 하여금 극적 현실에 대한 일정한 거리감을 유지하도록 함으로써, 보다 원활한 비판효과를 거둘 수 있게 하는 것이다. <노비문서>에서 극의 2부 1장은 전체 극에서 거의 유일하게 등장인물들의 비억압적 화해가 이뤄지고, 거기에 공동체적인 유대 속에서 신나는 놀이판이 펼쳐지고 있다.

그러나 이러한 놀이판의 신명은 일시적이며 기만적인 질서에 의한 것이다. 따라서 관객들이 거기에 동화되어 놀이판의 신명을 느끼게 된다면 이후 극 전개에 적지 않은 부담으로 작용하게 될 것이다. <노비문서>는 결국 강쇠의 사랑과 투쟁이 좌절되는 비극으로 끝나기 때문이다. 물론 이 부분의 일시적 화해가 결말의 비극성을 더욱 두드러지게 표현하는 장치라고 이해될 수도 있을 것이다. 그러나 이렇게 되면 이는 지배 체계 내의 의사소통코드를 사용하는 것이 되어, 모더니즘적인 글쓰기의 주된 특징인 탈자동화에 실패, 즉 동일성 체계에로 동화하는 것이 된다. 따라서 관객의 극중 현실에로의 몰입을 방해할 수 있는 글쓰기 전략을 필요로 하게 되는데, 여기에 효과적인 글쓰기 방법은 바로 위에서와 같은 방해의 모더니즘적 미학 원리를 구사하는 것이 된다.

서사극에서 다양한 수단을 동원하여 관객의 정신적 활동을 촉진하는 것은 결국 관객의 복합적인 관찰을 연습시키는 것이다.[103] 즉 현실모순에 대한 관객들의 비판적 인식을 촉진하기 위한 연극적 전략으로 서사극이 선택될 수 있다는 것이다. 또 서사극은 일종의 정치극 중에서도 가장 논증적인 계몽극으로서 전통적인 의미의 연극제도

---

103) 이원양, 『브레히트 연구』(서울: 두레, 1988 증보판), pp.37-38.

가 갖는 여러 의미 내용에 대한 새로운 인식을 요구하고 있다.

앞에서 이미 <노비문서>가 이상의 비판효과를 위해 전통극적인 요소의 도입과 서사극적 요소를 도입하여 '탈자동화'를 시도하고 있음을 살폈다. 이제 <노비문서>가 비판하고자 했던 사회적 모순은 무엇이며, 이들을 통해 확인할 수 있는 작가의식은 무엇인지를 내용과 형식의 측면에서 살펴볼 필요가 있다. 나아가 실제로 이런 목적을 어느 정도 달성했는지, 그 의미와 한계를 함께 살펴볼 필요가 있다.

행동을 통해 작가의식을 구현해 가는 것은 결국 인물이다. <노비문서>에서 등장인물에 의해 구현되고 있는 작가의식은 다음의 몇 가지로 지적될 수 있다. 첫째, 사회모순에 대한 비판과 폭로이다. 이는 다시 지배계층의 비겁하고 나약한 현실 대응과 계급적 이해에 기초해 나타나는 이중적인 태도로 나누어 질 수 있겠다. 둘째, 자유를 향한 인간의 원초적 욕망과 그 좌절을 통한 삶의 본질 알리기이다.

<노비문서>에서 사회모순에 대한 비판적 작가의식을 대리하는 인물은 노승과 강쇠이다. 그런데 노승은 자신의 개혁적 사고를 현실 속에서 펼치기 위해 강쇠와 그의 친구 돌무치 등의 손발이 필요하다. 즉 작가의식이라는 소프트웨어를 하드웨어라 할 강쇠를 통해 구현하고 있는 것이다.

(가)

노 승 부사, 저들이 무엇 때문에? 누구를 위해서 싸우길 기대하겠소? 자기를 혹사한 주인을 위해 죽어달라고 말할 수 있소?

부 사 나라와 왕을 위해서 싸워야 합니다.

노 승 나라와 왕이라고? 나라가 누구의 것이오? 나라는 왕의 것이 아니라 백성의 것이오. 왕이 지금 하고 있는 것이 무엇이오? 섬에 피난하여 궁녀의 치맛자락에 둘러싸여 있소. 그런 왕을 위해 싸워달라고 빌겠소?

(중략)

노 승 성내의 관민이 모두 죽기로 작정하고 싸움에 나선다면 막아
낼 수도 있을 듯한데……

판 관 모두들 몽고군 말만 들어도 무서워 도망하려 하고 있습니다.
이미 일부 부호들, 사대부 집안에서는 은밀히 가재도구를 정
리하여 성을 빠져나가고 있습니다.

(나)

부 사 대감, 진정 노비들을 방량하십니까?

이자헌 이미 저들의 신분을 규정한 노비문서를 태우지 않았소?

부 사 다시 만드는 수도 있습니다.

(중략)

부 사 그놈을 하옥하되 심문한 후 반란군과 같이 처형하라. 그리고
충주성 목사 이자헌은 반란군을 진압하다 장렬한 최후를 마
쳤다고 나라에 장계를 올려라. 이자헌 목사와 그의 딸 지영
의 장례식은 반란군의 처형이 끝난 후 성대히 거행하라.

위의 인용문 (가)에서 나타나는 지배계층의 현실인식과 대응은 한
심하기 그지없다. 나라가 풍전등화의 위기 상황에 직면해 있지만, 왕
은 일신의 안녕을 위해 도망 중이고, 귀족 사대부 역시 자기 한 몸
살리기 위해 야반도주를 서슴지 않는다.

이런 상황에서 노승이 인식하고 있는 현실의 본질 모순은 풍전등
화의 위기상황에 직면한 나라이다. 즉 민족 모순인 것이다. 그래서
그는 "잘 살든 못 살든 누구에게 원한이 있든 외적은 물리쳐야 한
다"고 외친다. 노승에게는 국가 존망의 위기상황이야말로 계급모순
이나 인간의 본질적인 한계 등의 모순에 선행하는 것으로 인식되고
있다.

인용글 (나)는 외적의 침입 앞에 양반 토호와 사대부 할 것 없이

심지어 관군들까지 모두 달아난 상황에서, 자신들의 자유를 위해 목숨 바쳐 싸움을 승리로 이끈 노예들에게 결국 지배집단이 보여주는 이중적인 태도는 그들이 얼마나 인간 존엄성과 다양성을 짓밟는 데 익숙한가를 잘 보여준다.

한편, 국가의 존망이 개인의 행복보다 우선할 수 있다는 노승의 사고 역시 국가주의 이데올로기에 다름 아니다. 국가주의적 사고는 바로 근대의식의 산물이다. 근대의 합리주의적 사고 속에서 싹튼 것이 바로 국가체제이기 때문이다. 이는 더 나아가 파쇼적 동원 체계를 정당화하는 논리가 될 것이라는 점에서 비판의 대상이 될 수도 있다.

그러나 <노비문서>에는 국가주의와 개인의 자유가 하나의 모습으로 나타난다. 즉 개인의 자유를 되찾기 위한 투쟁에 나서는 것이 곧 국가권력을 보존하는 일도 된다고 보기 때문이다. 이제 자유를 향유할 사람은 이 투쟁에 기쁜 마음으로 나서야 한다. 그리고 그들의 의구심 없는 투쟁, 즉 자유의 보장은 노승의 몫이 된다. 전쟁의 공포를 극복하고 자신의 생명을 보존하는 일이 자신의 자유를 찾는 일일 수도 있는 상황의 밑자리에 노승의 역할이 있는 것이다.

강　쇠　누구를 위해서? 무엇을 위해서.

노　승　자신을 위해서지. (……)

강　쇠　우린 살아도 살아 있는 목숨이 아니오, 우린 종이오, 물건이오, 상전의 재산이오.

노　승　싸움에서 이기면 모두 방량해 주겠다면?

(중략)

노비들　없소! 우린 양민이오!

돌무치　왕후장상에 씨가 따로 있소?

노승은 또한 강쇠와 지영의 결합에 산중인으로 참여하기도 한다. 강쇠와 지영의 결합은 바로 참자유를 향한 '비억압적 화해'를 상징한다. 그런데 이 비억압적 화해의 증인이 곧 노승이라는 사실은 중요하다. 작가의식의 구현자인 노승이 전체 서사를 지탱해 가는 강쇠와 지영의 사랑 이야기에 직접적인 연관을 맺고 있기 때문이다. 강쇠와 지영의 사랑 이야기는 '신분의식이 완전하지 못함을 드러내는 성격적 결함'이며, 그래서 '사랑에 연연해하는 결말'[104]로 이어지는 것이 아니다. 오히려 그들의 신분을 초월한 결합, 즉 비억압적인 화해를 이루지 못한 주인공이 여전히 '억압적'이기만 한 현실을 절규하며 죽어감으로써 역설적으로 비억압적 화해에의 열망을 드러내는 것으로 이해해야 한다.

그보다 <노비문서>의 한계는 비억압적인 화해에의 열망이라는 작가의식의 전달자가 노승, 강쇠, 지영, 코러스 등으로 분산되어 집약적인 주제의식의 강조로 이어지지 못했다는 형식적인 측면에서도 찾을 수 있다. 이는 전통연극적인 요소와 서구 모더니즘 연극적인 극작술이 접합되면서 효과적인 메시지 전달에 무리가 따른 때문이다. 여기에 주요 인물일 수 있는 노승과 취발이를 극 도중에 서둘러 퇴장시킴으로써 탈자동화된 말하기를 통해 조성된 비판적 거리 두기 효과가 상당부분 약화되는 결과를 초래하고 있다는 점이 지적될 수 있다. 노승은 비억압적 화해에의 열망이라는 작가의식의 대변자로 이해할 수 있는데, 이런 그가 서둘러 퇴장[105]함으로써 결말에서의 주제 제시라는 구성적 안정감에 물의를 가져오게 되는 것이다. 여기에 전통극적인 캐릭터인 취발이는 극중 역할에서 벗어나 자신의 생각과 감정을 밝히며, 보고하고, 요약하며, 소개한다.[106] 이 취발이 역

---

104) 정낙현, 앞의 책, p.263.
105) 그는 2부 4장에서 부사가 보낸 군졸들에 의해 죽임을 당한다.

시 노승과 함께 운명을 달리한다는 점에서 작가의식이 효과적으로 전달되는 데 약점으로 작용하고 있다.

그러나 강쇠와 지영의 좌절만은 비억압적 화해에의 열망이라는 작가정신을 효과적으로 드러내는 기제로 작용하고 있는 것으로 보인다. "노비문서가 지영을 죽이고 사람들의 희망과 양심을 죽이고" 말았다는 강쇠의 절규는 인간본연의 밑바닥에 깔려있는 자유에의 열망과 통하는 것으로 문학사가 지속되는 한 영원히 지속될 목소리이기 때문이다.

3. 중심에의 도전, '해체'하기

1970년대의 한국 사회는 국가적인 동원 체계의 완성과 함께 대량생산이 확대되고, 이어 공급이 수요를 촉진하는 경제구조로의 이행이 시작되었다. 사회조직의 기계적 제도화 등이 물질위주의 몰개성적이고 비인간적인 소비사회를 형성하게 된 것이다. 이제 지식이나 문화 역시 교환될 수 있는 '상품'으로서 인식되기 시작하였다. 문화예술 분야에도 상품화의 논리가 아무 저항 없이 받아들였고, 전대와는 달리 문화·일상·성(*Sexuality*)에서 비가시적 권력기제들이 개인의 욕망과 무의식의 세계에까지 파고들어 사회 전반에 영향력을 발휘하기 시작한 것이다. 이처럼 1970년대 한국사회의 특징은 국가적인 장치나 규율권력을 수단으로 하여 개인의 의식 세계를 동일성세계에로 이끌어 들이는가 하면, 보다 순치된 형태로 개인 스스로가 그 세계에 예속되게 하는 데에 있었다.

---

106) 정낙현, 앞의 책, p.258.

그리하여 이성과 합리성에 근거한 세계관, 과학만능주의로 대변되는 근대적인 가치관은 몰락의 도정에 서게 되었다. 즉 합리주의에 근거한 과학발전을 통해서 인류는 영원한 행복과 번영을 이루고 모든 문제를 해결할 것으로 여겼지만, 과학의 발전은 오히려 물질만능의 가치관을 유포시켜 인간 영혼의 차원에서 일어나는 소외를 막을 수 없으며, 과학만능주의로 인한 인간성의 상실 등의 폐해를 피할 수 없게 되었다. 이성과 합리성을 전제로 한 물질만능주의나 과학만능주의는 스스로 근대성의 한계를 드러낸 것이었다. 이제 객관적 대상세계의 모습은 도구적 합리성의 중심에 위치하는 '중심'과 그렇지 못한 약한 '주변' 혹은 '타자'로 나뉘었다. 그리하여 중심은 주변을 자신들이 갖고 있는 권력을 통해 배제하거나 지배하게 된 것이다. 이는 문화예술을 통해 '동일성 세계'를 지탱하고자 했던 모더니즘적 노력이 더 이상 성과를 거둘 수 없게 되었음을 의미한다.

이 같은 현실은 '예술'의 개념에 대해 지금까지의 일상적 사고 내용에 수정을 가하도록 요구하고 있다. 예술이 새로운 미디어를 매체로 하는 이상, 생산과 수요·이윤의 문제를 따로 떼어 생각할 수는 없다. 그나마 기술 복제의 시대에는 원본과 모사품이라는 분류가 가능해 오히려 '진짜 예술'이 더 대접을 받을 수 있었지만, 전자의 켜짐과 꺼짐(*on-off*)으로 운용되는 이분법 속에서 모든 정보가 포자로서만 숨어 있는 TV시대에 이르면, 모사품이 원본이 되고 인공의 상황이 현실이 되며, 문화적 성과물이 상품으로 거래되는 세계에 진입한다. 이제 문화예술은 자본의 이윤추구논리에 따라 상품과 직결되는 것으로 인식되며, 기존의 산업 또한 은연중에 문화 예술의 향유 방식을 본뜨고 있다. 물론 이 둘이 연결되는 데는 취향집단으로서 대중이 자리잡고 있다. 과거 대중들이 단지 생물학적인 욕구를 충족하기 위해 의식주를 바라보았다면, 오늘날의 소비자들은 살아가면서

교육과 문화제도 속에서 형성된 자신들의 '취향'으로 의식주를 선택한다. 이런 방식은 문화 분야에도 마찬가지로 적용된다. 대중은 성장 과정과 사회생활에서 경험한 문화제도를 통해 일정한 취향을 갖게 되는데, 문화 창작자들은 이 취향집단들의 기호(嗜好)에 작품 창작을 맞추기도 하고, 그들의 기호를 조작하기도 한다. 이제 문화예술은 극소수의 예외를 제외하고는 이런 방식의 창작과 향유의 틀을 벗어날 수가 없게 됐고, 예술과 산업일반의 연결은 피할 수 없는 현실이 됐다.

희곡의 존재 이유가 되는 연극은 속성상 대중과의 만남을 전제로 하다. 이는 희곡장르가 여타의 문학 장르보다 훨씬 더 대중적 취향에 묶여 있으며, 흥행성과 같은 자본주의적 논리에 보다 더 많이 노출되어 있음을 의미한다. 이는 그대로 작가의 의식 세계에 영향을 주어 자신의 창작 결과가 잠재적 독자 / 관객의 요구에 부응할 수 있는가를 골몰하게 하는 이유가 된다. 여타의 문학 장르에서 창작은 철저하게 사적인 영역에서 이뤄지게 마련이고 작품의 질이나 가치가 도서의 판매량에 의해 좌우되지 않는다. 그러나 희곡의 경우는 반드시 그렇지 않다. 공연되지 못하는 혹은 공연을 염두에 두지 않는 창작이란 사실 무가치한 것이며, 이때 잠재적인 독자 / 관객의 요구에 부응하지 못하는 작품은 존재의미에 심각한 상처를 받게 되는 것이다. 즉 희곡문학은 앞서 지적한 잠재적인 독자 / 관객의 요구에 민감하게 반응할 수밖에 없는 특수성을 갖고 있다.

이런 상황 속에서의 작가는 대상세계와의 원만한 교호작용을 통하여 이룰 수 있는 역동적인 일상 체험을 제시할 수 없다. 모더니즘시대의 작가는 그나마 탈자동화나 낯설게 하기와 같은 방식으로 비동일성의 의식을 '낯선' 것으로 와해시키는 전략을 구사할 수 있었다. 그러나 비가시적 권력기제들이 작가 개인의 무의식에까지 틈입해 들어오면 이마저 여의치 않게 된다. 작가 개인의 무의식은 도구적 이성이 주도하는 동일성 이데올로기를 피하여 쉴 수 있는 마지막 보루와 같은 곳이기 때문이다.

'해체'하기는 이처럼 모더니즘을 통해 수립된 중심과 주변 혹은 타자의 엄격한 구분과 같은 도구적 이성의 동일성 논리에 대한 반발로부터 시작되었다. 따라서 '해체' 전략[107]은 도구적 이성의 지배가 전면화된 만큼 그에 대한 반항 역시 전면화되어야 하며, 동시에 '동일성 이데올로기가 보이지 않는 미시전략을 구사하는 만큼 반항력 역시 비가시적인 미시전략을 사용해야 한다고 주장한다.

1) '사유'로서의 해체와 '표현'으로서의 해체

플라톤 이래의 서구철학은 이른바 로고스 중심주의(*logocentrisme*)였다. 이는 대체로 문자에 대해 음성언어의 우위를 인정한다거나, 인간 본성에 내재한 감성보다 이성의 우위를 인정하는 질서 체계를 의미한다. 이는 적어도 서구적 영향권에 있는 세계에선 객관적 대상세계에 대한 이해가 이성을 중심으로 이루어져 왔다는 사실을 뒷받침한다. 예컨대 이를 연극을 중심으로 설명하면, 지난 시기 서구의 경우나 우리의 근대 이후 무대형상화의 방식이 대체로 프로시니엄 무대를 통한 사실주의적 연극관습으로 일관되어 왔으며, 이렇게 하는 것만이 연극으로서의 절대적인 권위를 인정받을 수 있었다는 사실과 연관된다.

이성 중심적인 인식 체계에서는, 연극이란 인과율을 바탕으로 한 언어로 표현되어야 하며 움직임이 중시되는 연극은 그 절대적인 가치를 인정받을 수 없다고 생각한다. 그러나 세계에 대한 이해가 이

---

107) 나병철, 앞의 책, p.257 참고.

성적 사고에 의해서만 이루어질 수는 없다. 인간 존재 자체가 부조리하다고 보는 관점에선 이성중심적인 세계 이해의 틀이란 사실 다른 일체의 가능성들을 모두 배제하고 만들어 놓은 가상에 불과한 것이다. 즉 서구에서 플라톤 이러의 로고스 중심주의란 결국 이성적·합리적이라는 수사를 붙일 수 있는 어떤 절대성의 체계나 진리를 기준점으로 하여 쌓아올린 '허구'라는 것이다.

해체란 바로 그 '중심'을 허물어뜨리는 것이다. 그래서 해체에는 어떤 중심도 인정될 수 없으며, 설사 중심이 있다고 하더라도 그것이 고정되어 절대성의 공간에 머물러 있는 것이 아니라 비위치적인 상태만이 인정될 뿐이다. 이런 식의 해체 전략은 어떤 고정된 중심도 거부하고, 오로지 잠정적으로 정해진 위치들만 끊임없이 떠돌아다니게 만듦으로써 자유로운 '놀이'가 가능한 공간을 만들게 된다. 즉 모든 것들이 고정되지 않고 타자와의 관계에 의해서만 그 의미를 드러내게 되는 가변적인 위치를 가져야 한다는 것이다. 이제 필요한 것은 중심의 논리에서 벗어나 타자성을 인정하고 차이의 논리에 따르는 것이다. 차이란 그 자체로서 존재할 수 있는 것이 아니기 때문이다. 그것에는 언제나 타자성이 포함되기 때문이다. 차이의 논리에 따르면 그 어떤 것도 자신 속에 타자를 지니지 않을 수 없다. 타자의 존재와 그 외피가 곧 자신이기도 하기 때문이다. 희곡 작품의 글쓰기가 동일성 논리를 해체하기 위한 실천으로 이어지기 위해 동원되는 방식에는 철학적 사유 체계 자체에 대한 것과 기성의 연극적 방법론에 대한 저항적 담론으로서의 해체가 있을 수 있겠다. 여기서 전자를 '사유'로서의 해체라고 일컬을 수 있다면, 후자는 '표현'으로서의 해체라 일컬을 수 있을 것이다.

(1) 〈누구세요〉와 '주변'으로 '중심'에 저항하기

흔히 문학작품을 비유나 상징으로 해석하려는 데서 발생하는 오류는 이른바 난해하거나 그 의미가 모호한 경우에 더욱 가중된다. 그러나 모든 문학작품, 특히 그 의미가 모호하거나 난해한 문학작품의 모두가 비유나 상징으로만 점철되어 있다면 그것은 더 이상 문학작품이기보다 난수표나 암호문 정도로 취급되어야 할 것이다. 당연히 이런 차원에서 문학 연구자는 암호 해독자로 대우받게 된다. 이현화의 작품에서 독자／관객이 느끼는 당혹스러움이나 난해함은 그것이 일상의 통념을 뒤엎는 여러 가지 양식상 해체나 문학적 혹은 연극적 언어의 코드를 위반하는 데서 오는 것들이다.

<누구세요?>는 모두 6경으로 이뤄진 희곡 작품이다. 극에서는 익명의 두 인물, '남자'와 '여자', 그리고 그 옆집에 사는 것으로 그려지는 '남자 A'와 '여자 A'가 등장한다. 극이 전개되는 공간은 어느 아파트이며, 이곳에서 남자와 여자 등의 인물은 각각 자신 또는 상대방의 '아내 혹은 내연남', '남편 혹은 정부'로부터 전화를 받는다. 그러나 이런 복잡한 상황의 전개는 등장인물이나 독자／관객 모두를 혼란으로 빠뜨리는 구실을 한다. 이들은 극중 장소인 아파트가 자신의 소유인데, 이를 상대방에게 무단으로 점유당하고 있으므로, '어떻게 하면 그를 쫓아낼 것인가?'에 관심을 집중하고 있다. 동시에 상대방의 정체가 누구인가를 밝히는 데에 골몰한다. 비정상적이며 비상식적인 이들의 이런 관계 혼란은 곧이어 등장한 남자 A에 의해 더욱 가중된다. 그러다가 한바탕 소동이 끝나고 남자와 여자 둘만이 남게 되자, 그들은 갑자기 가학적인 섹스에 빠져든다. 다시 한바탕의 폭풍우가 지나고 다음날 아침이면 두 사람은 다정한 부부의 모습이다. 이제 인간관계의 혼란은 종지부를 찍은 듯이 보인다. 그러나 남자가 목욕하러 들어간 사이, 시장 보러 나간 여자를 대신하여 들어

온 것은 여자 A이다. 돌연한 여자 A의 등장으로 다시 인간관계의 혼란은 원점으로 돌아가게 된다. 누구 진짜이고 누구 가짜인지 또다시 미궁 속에 빠지고 만 것이다.

물신적 가치와 원리가 지배하는 현대사회에서는 개인이나 집단 등 모든 차원에서 그 구성원들에게 존재론적인 방법과 사고가 요구되고 있다. 즉 모든 구성원은 경쟁력 있는 개체로 성장해야만 그 존재 가치를 인정받을 수 있는 시대가 된 것이다. 이는 개별적 존재가 서로 관계하기보다는 경쟁하고 승부하는 관계, 즉 다른 것들의 희생 위에서 자신의 존재를 신장해 가는 존재론적인 구조와 운동 원리에 의해 맺어지는 관계이다. 이것이 물신주의가 지배하는 사회에 나타나는 인간관계의 기본적인 구조이다. 이런 사회에서는 관계 자체가 보이지 않기 때문에 자행되는 비극이 얼마든지 있다. 다른 존재, 즉 자신과 타자와의 관계를 보지 못하기 때문에 개인과 개인 간이든, 집단과 집단 간이든 비극적인 일들이 끊이지 않는 것이다. 그것은 주체의 사고가 존재론적인 데 갇혀 있기 때문이며, 승리만 보고 패배는 보지 못하기 때문이다.

이현화는 처음부터 등장인물 ‘남자’와 ‘여자’가 서로를 알아보지 못하는 남이라는 가정에서 “누구세요?”라고 묻는다. 일상에서 “누구세요?”라는 질문은 상대방의 정체를 밝히기 위한 가장 기초적인 질문이다. 동시에 그것은 타자성에 대한 질문이기도 하다. “누구세요?”가 근원적인 질문임과 동시에 매우 피상적인 질문일 수 있다는 얘기다. 왜냐하면 이는 다만 상대방이 쓰고 있는 가면을 지칭하여 묻는 물음일 수도 있기 때문이다. 그러나 이현화의 “누구세요?”는 단순히 ‘나는 남편’이라거나, ‘나는 이 집의 주인이다’는 식의 답변을 요구하는 질문이 아니다. “누구세요?”는 보다 근원적이며, 부부라는 피상적 관계의 너머에 있는 본질적인 인간관계를 묻는 질문이다. “누구세요?"는 바로 앞서의 물신주의적 가치와 원리의 지배를 받으며, 존재론적 사고 체계에만 갇혀 있는 주체가 타자를 인식하기 위해 던지는 질문인 것이다.

<제1경>

기분 언짢은 전화벨 소리와 함께 막이 오르면,
텅 빈 거실―.
무겁게 닫혀 있는 커튼.
자기 꽃병.
꽂혀진 생화는 이미 시들어 버린 지 오랜가 보다.
그 속의 물이 말라 있겠지.
괘종시계.
물론 멈춰져 있다.

폐쇄된 공간으로서의 아파트와 시간마저 정지해 있는 공간이라는 상황 설정은 처음부터 극적 현실에서의 리얼리티를 거세하고 있다. 여기에 반복되는 듯한 장면들의 나열로 이뤄지는 극 구조,[108] 등장인물의 익명성에 기대고 있는 인간관계의 설정 등은 부조리극적인 요소를 잘 보여주고 있다. 또한 인간존재가 일상의 현장에서 느끼는 '삶의 공포'와 연관하여서는 헤롤드 핀터의 극작세계를 연상시킨다[109]는 지적도 가능할 것이다.

세계에 대한 인식과 표현이 결국 표리의 관계에 있다는 점을 고

---

[108] 이현화에 대한 주목할 만한 연구성과를 보여주고 있는 기존의 연구자들인 심정순, 손화숙, 박혜령, 이상우 등은 한결같이 이현화의 희곡이 '순환적'이거나 '회귀적'인 구조를 취하고 있음을 지적하고 있다.

[109] 유민영, 「전환기에 선 한국 연극: 창작극과 번역극 공연의 문제점」, 『70년대 연극 평론 자료집 Ⅱ』(한국연극평론가협회 편, 영인본), p.49.

려할 때, <누구세요?>는 일상성의 이면에 감춰진 야만과 폭력성을 우울한 반복과 유희적인 짝짓기 놀이를 통해 보여주고 있다고 판단된다. 따라서 <누구세요?>에서 사건의 거대한 후경으로 드리워지는 이 일상의 야만과 폭력성을 간과한 접근은 역으로 그가 해체하고자 하는 중심의 논리에 휘말려 엉뚱한 해석을 낳게 할 수도 있을 것으로 판단된다. 즉 배후에 드리워져 있는 이 역사 현실적 공간을 읽어 내는 것이 이현화의 작품에 접근하는 모더니즘적 관점이 될 수 있는 것이다. 이러 관점이 배제되어 버리면 그의 작품은 이상심리적 변태 놀이로 전락하게 된다.[110]

그러나 검열과 통제를 무기로 하는 문화정책이 자행되었던 70년대적 상황 속에서 작가가 자신의 도덕적 순결성을 지키면서 미학적 완성도를 추구하려 할 때, '해체'를 통한 모더니즘적 세계 이해의 방식은 효율적인 방식이 될 수 있다. 이현화가 일상성의 이면에 감춰진 야만의 얼굴을 드러내어 '해체'하기 위해 구사한 방법은 바로 그 야만의 폭력성을 맨살로 드러내는 것이었다. 이른바 "타락한 세계는 타락한 방식으로 반영하고, 부조리한 존재양식은 상식과 이성적 통용을 뒤엎는다"[111]는 발상법이 이현화의 글쓰기 전략이었던 것이다. 여기서 이현화가 '중심'을 해체하기 위해서 동원하는 전략은 '주변'의 성담론이다. 남자와 여자, 남자와 여자 A가 벌리는 뒤틀린 애욕

---

110) 이현화의 극은 세태풍자적인 요소와 코믹 스릴러적인 요소, 부조리극적인 요소가 혼재하여 무질서한 극 구성을 보인다거나(김방옥), 장난에 가까운 놀이적인 측면이 부각되어 진실감이 부족해 보인다(서연호)는 지적은 이런 관점을 반영하고 있다.
    김방옥, 『「약장수」, 「신의 아그네스」, 그리고 마당극』(서울: 문음사, 1989), p.285 참조.
    서연호, 『동시대의 삶과 연극』(서울: 열음사, 1988), p.326 참조.
111) 이윤택, 「어두운 시대의 우울한 경고 - 이현화론」, 산울림소극장 개관 15주년기념 우수창작극 특별초청공연팜프렛.

은 일상에 내재되어 있는 야만의 폭력성이라고 봐야 한다.

남자 비장한 낭만이지요. 피곤한 전투태세이기도 하고.

여자 전투태세라니요? 누구하고 싸움이라도 벌이나요?

남자 악어하고.

여자 악어?

남자 아내는 늘 옆구리에 악어를 끼고 다니죠. 날카로운 비늘이 번 뜩이는 커다란 악어 핸드백을−.

여자 ……

남자 그 놈은 삼키지 못하는 게 없어요. 서슬이 퍼런 이빨을 드러내 놓고 그 커다란 아가리를 벌려 손거울, 크림, 화장지, 피임약…… 게다가 묵직한 곗돈까지 꿀꺽……

(중략)

남자 (시선을 두 손으로 움켜쥐며 시선을 흩뜨리기 시작한다) 난, 난, 밤마다 샤넬로 카버한 아내의 침대에 파묻혀 아내의 두 손에 서, 두 다리에서 섬찍한 악어의 비늘을 느끼곤 했죠. 아내는 한 없이 자라나는 커다란 입을 가지고 있어요. 시뻘건 혓바닥을 널름거리며 쩍 벌리는 커다란 악어의 아가리를……. 난, 난, 그 흉물스런 혓바닥에 시달리며 위축된 몸뚱이를 바둥바둥……(비 틀하며 두 손으로 탁자를 짚는다. 깨어지는 술잔−)

여자 (벌떡 일어선다)

남자 (두 손을 천천히 들여다본다)

여자 (탁자 위에 흩뜨려진 유리조각을 조심스레 모은다)

남자 (손바닥에 흘러넘치는 피, 피, 피……그 핏줄기에 붙들린 시선이 점점 열기를 띠기 시작한다. 그 어떤 희열 같은 미소가 솟아오 르며 가쁜 숨을 몰아쉬기 시작한다)

여자 ……? (점증돼 가는 남자의 핏빛 반응에 본능적인 경계를)

남자 (천천히 두 손을 움직여 온 몸에 피를 묻히기 시작한다. 뻘겋게 물들기 시작하는 팔뚝, 목, 얼굴−)

> **여자** ······! (질린 듯 숨을 들이마신다)
> **남자** (풀어진 시선으로 여자를 본다. 숨 가쁜 미소가－)
> **여자** (아슬아슬한 뒷걸음질)
> **남자** (갑자기 폭발하듯 달려든다)
> **여자** 아－!
> **남자** (여자의 몸에도 피를 묻히기 시작한다)
> **여자** (겁에 질려 운다. 꼼짝없이 묻혀지는 피, 얼굴에, 목에, 어깨에······) 제발, 제발 절 좀 놓아주세요.
> **남자** (여자의 블라우스를 거칠게 뜯어버리고) 이 집, 이 집, 이 집은 지금 두 사람의 알몸을 필요로 하고 있어.
> **여자** (몸을 뒤채지만 벗어날 수가 없다)
> **남자** (기쁨에 넘치는 듯)······난, 난, 난, 지금 당신에게 욕망, 욕망, 갈증 같은 욕망을 느끼고 있단 말야!

아내가 아닌 다른 여성과의 관계는 비정상적인 것이다. 뒤틀린 성적 욕망의 분출이라고 볼 수 있을 것이기 때문이다. 같은 차원에서 아내에게서 '섬찍한 악어의 비늘'을 느낀다면, 그 같은 아내와의 관계를 정상적이라고 할 수 없을 것이다. 이는 결국 이현화에게서 '일상과 비일상', '정상과 비정상'의 대립항이 말소되어 버렸다는 의미이다. 뿐만이 아니다. 밖에서는 비록 업무를 수행하고 있는 중이라고 할지라도 문득 문득 '그 뜨거운 고집'을 달래기 위해서 팬티 속에 손을 집어넣어 쓰다듬던 남자가 아내 앞에만 서면 '위축된 몸뚱이를 바둥거리는' 수준이 되어 버린다는 것은 그가 중심의 정상성 논리에 대해 어떻게 인식하고 있는가를 잘 드러낸다고 하겠다.

이현화의 해체 전략은 일상에 내재되어 있는 폭력과 야만에 그 초점을 맞추고 있다. 따라서 이들 '중심'으로서의 일상 세계를 지배하는 도구적 권력의 야만성과 폭력적인 기제들을 폭로하기 위해서는 특별한 전략이 필요하게 된다. 이를 위해 이현화가 선택한 전략은 전통적인 문학적 담론에서는 무시되어 왔던 영역, 즉 인간 본능의 '성'(*sexuality*)에 눈을 돌리는 것이었다. 이는 '주변'의 것에 대한 의미부여를 통해서 그것이 텍스트의 결정적인 구성 요소가 됨을 보여준다는 점에서 데리다(J. Derrida)의 해체 전략과 맞닿아 있다.

이런 이현화의 해체 전략은 일종의 게릴라적 전략이라고도 할 수 있다. 총체적 저항이 아닌 주변부를 통한 국지적인 소규모 게릴라전을 통하여 그는 도구적 이성이 지배하는 일상에서 '중심'의 결점과 한계를 적나라하게 노출시키고자 하기 때문이다. 이렇게 해서 드러나는 것은 사실상 '중심' 권력의 공백이다. 모든 지식이나 사상, 나아가 사회적 제도는 확고한 '중심'을 바탕으로 체계화된 것처럼 보이지만, 그러한 체계성 속에 있는 '중심'은 사실상 존재하지 않는다. 결국 존재하지 않는 허상의 중심으로 짜인 체계가 기존의 사상 체계인 것이다. 따라서 '중심'이 지닌 논리의 허구성을 그대로 반영하거나 재현하는 것은 그것이 지닌 이분논리의 고착화를 의미할 뿐이다.

이현화가 바라보는 중심의 논리는 바로 일상성의 세계가 드러내는 야만과 폭력이다. '악어'의 비유는 그것을 잘 보여준다. '악어'의 비유를 통해서 드러나는 중심의 논리는 탐욕이다. 그것은 마치 블랙홀과 같은 위력을 발하는 것이다. 여기서 중요한 것은 아내의 본질이 악어의 그것과 동일한 것이라는 점이다. 아내는 바로 일상이 갖는 야만이나 폭력과 같은 차원에서 인식되고 있기 때문이다. 그런데 아내의 탐욕스러움에 대한 등장인물의 저항이 아내의 그것과 동일한 방식으로 이뤄지는 것은 이현화식 해체의 중요한 방법이다. 그것은 그의 해체 전략이 동일성 세계의 야만성을 드러내고 폭로하는 방법으로서 동일성 세계에서와 똑같은 방법으로 이뤄지게 함으로써 동일성과 비동일성 세계의 차이를 없애버리는 것이기 때문이다. 이제 둘 사이에 드러나는 차이는 그 의미를 잃거나 의미 확정의 지연이 이뤄

지게 된다. 이른바 데리다식의 '차연'이다.

한편, 남녀의 관계를 '폭풍우'라거나 '태풍'이라고 명명하는 것도 성행위의 격렬함을 드러내는 것보다, 관계의 일방성이나 폭력성에 그 초점을 맞추고 있는 것으로 판단된다. 이제 그 '중심'의 폭력은 일상 세계의 부분인 '주변'에까지 침투해 들어온 것이다. 부부간의 애정과 같이 사적인 비밀스러움으로 남아 있어야 할 공간에까지 그 야만적인 모습을 침투시켜 온 도구적 이성의 동일성 논리가 개인의 욕망과 무의식의 세계에까지 파고들어 사회전반을 지배하기에 이른 것이다. 그러나 동일성 논리의 특징은 폭력을 수단으로 하여 개인의 의식 세계를 '중심'에 이끌어 들이는 대신, 보다 순치된 형태의 방법으로 개인 스스로가 그 세계에 예속되게 하는 데에 있다. '남자'의 사디즘이 그 야만적인 본질을 겉으로 드러내 보이는 방법은 '여자'에 대해 잔인할 정도의 폭력을 구사하는 것이다. 그런데 정작 폭력의 희생자에게는 가죽벨트를 내리치는 '남자'의 폭력이 '매서운 혀끝의 짜릿한 애무' 정도로 받아들이는 사태는 이를 잘 보여주는 것이다. 그것은 폭력의 실체가 그 야만성을 스스로 감추고 인간 본성에 내재해 있는 성적 욕망을 통해 구현되기 때문이다. 과거 민중들의 건강한 성적 담론이 지배세력의 허위성을 드러내는 데 사용되었던 것과는 반대로, 이제 도구적 이성이 지배하는 일상 속에서 그 모습을 드러내는 성적 욕망은 뒤틀린 것으로서 오히려 동일성 이데올로기의 폭력을 은폐하고 정당화하는 데 기여하게 되는 것이다.

그리고 <누구세요?>의 등장인물들은 동일성 논리의 권력기제에 의해 대상세계를 인식하고 있기 때문에 스스로 분열되고 고립되어 있다. 그들은 자신을 존재론적 차원에서만 대하기 때문에 타자와의 원만한 관계의 설정에 노력하기보다, 자신의 존재를 확인하기 위해서만 모든 노력을 집중한다. 그들에게 타자의 존재는 관심 밖의 둔

제일 뿐이다. 오로지 자신의 존재의미를 타자에게 강요하고 확인시
키려고만 하기 때문이다.

여자 (옷을 입고 있다)

남자 ……도대체 당신 누구요?

여자 옷을 다 입고 나면 전화 걸 사람이에요.

남자 전화?

여자 경찰서로-.

남자 경찰서?

여자 당연하잖아요?

남자 자수할 셈이오?

여자 자수?

남자 주거 침입에 대해서-

여자 내가요?

남자 그럼……?

여자 네, 맞아요. 내가 이 집 주인이란 걸 자수할 거예요.

남자 당신이 이 집 주인이라구?

여자 당신이 이 집 주인이 아니듯 명확한 사실이죠.

남자 경찰서보다 우선 정신병원으로 전활 해야겠구만.

여자 아니, 역시 경찰서가 먼저일 거예요. 당신 같은 뻔뻔스런 환잘
        정신병원으로 운반하려면 경찰의 도움이 필요할 테니깐.

남자 참 재미있는 의사인데? 여자로선 좀 배짱 좋은 오진을 해서 탈
        이긴 하지만.

여자 오진인지 아닌지 경찰이 궁리할 문제겠죠.

남자 용감한 수다꾼이기도 한가?
        걸핏하면 경찰을 들먹이려 드는…….

여자 틀림없는 이 집 안주인이기도 해요.

남자 게다가 철저하게 미친 여자, 아니면 치밀한 사기꾼이겠지.

여자 뭐라구요?

> **남자** 이제 그만 나가주쇼. 옷도 다 입은 모양인데.

이들의 대화는 '누구세요?'라는 물음만 있고, 정작 상대가 누구인가에는 애당초 관심이 없다. 상대는 오직 자신의 영역이라고 생각하는 집 '안'에서 '밖'으로 쫓아내야 할 존재로만 인식될 뿐이다. 그러나 모든 생명은 자기 홀로 고립적인 존재가 아니라 '관계성의 총체'라고 이해되어야 한다. 생명에 대한 개념규정은 대개 다음의 네 가지, 즉 그릇으로서의 몸・신진대사・자기 복제・유전과 변이를 포함하는 진화를 통해 이뤄진다. 이 중에서 첫째, 요건은 모든 생명이 세포처럼 일정한 개체 형태를 띠고 있다는 사실이다. 생명에는 그것이 담겨 있는 그릇으로서의 몸이 있다. 그릇으로서의 몸은 그릇의 '안과 밖의 관계'를 전제로 하지 않으면, 성립될 수 없는 개념이다. 둘째, 신진대사라는 것 역시 외부와의 물질과 에너지의 교환이다. 열린 구조인 것이다. 셋째, 자기 복제도 역시 마찬가지이다. 세포분열이건 또는 아들딸을 낳는 일이건 자기가 '자기' 아닌 '비자기'를 만들어내는 지점에 서 있다는 사실은 모든 생명의 존재 원리가 관계의 개념에 의해 지탱되고 있음을 보여주는 것이다. 마지막으로 유전과 변이를 포함하는 진화 역시 환경과의 관계개념이다. 그래서 하나의 생명으로서의 존재란 바로 나 아닌 다른 것과의 '관계성의 총체'라고 볼 수 있는 것이다.

이현화의 등장인물들이 분열되고 고립되어 있다는 사실은 그들이 이미 생명 원리로서의 관계성을 저버리고 있음을 증명한다. 독자 / 관객에게 그들은 부부관계일 것으로 짐작은 되지만 서로가 상대의 신분을 확인하지 못하고 마치 낯선 타인을 대하듯 '누구냐?'고만 묻고 있기 때문이다. 이는 인간관계에서 가장 친근한 관계 가운데 하나일 수 있는 부부관계에서조차 상호 인식이 불가능할 정도로 소원한 '현대 인간관계의 부조리한 상황'[112]을 드러낸다. 인류의 역사에서 주체의 분열과 고립은 자신과 공동체의 삶의 과정에 개입하려는 어떠한 기획과 실천적 노력도 그 정당성을 상실하게 한다. 그것은 도구적 이성에 의해 주체와 대상 사이에 형성된 지배적 관계를 은폐하고, 동시에 강화하는 이데올로기적 장치이기 때문이다.

(2) 〈누구세요?〉와 미해결의 구조

모더니즘 글쓰기의 방법적 원리가 흔히 미해결의 결말이라는 구성적 특징을 보이는 것은 그것이 '갈등'하는 순간에 이뤄지며, 해결의 전망을 포함하고 있지 못하기 때문이다. 따라서 모더니즘적 글쓰기에서 일상적 세계의 모습은 갈등을 내포한 채 나열되거나, 갈등이 해결되지 않은 채 지속된다. 이현화의 작품들은 흔히 반복적 순환구조라고 지적되고 있다.[113] 그것은 시작 부분의 갈등 상황이 결말 부분에서도 여전히 되풀이되기 때문이다.

[A]

여자 여보세요? 아, 난 또 누구라고 미안해, 웬 미친 여자가 자꾸 전화하잖아. 근데 웬일이야? 우린 서로 전화 같은 거 안 하기로 했잖아? 헤어진 지 30분도 안 됐는데. 무슨 남자가 그렇게……. 정말 참 즐거웠어, 우리들의 멋진 여행-. 역시 둘만의 비밀을 간직할 수 있다는 것은 행복한 건가봐. (중략) 그 태풍 주의보만 아니었다면 다음 주 월요일까진 마음 놓고 즐길 수 있는 건

---

112) 박혜령, 「한국 반사실주의 희곡연구」(이화여대 박사논문, 1995), p.77.

113) 이에 관해 박혜령의 다음과 같은 지적을 참고할 것. "〈누구세요?〉의 대화와 상황의 반복은 극중 현실이 변화하는 것이 아닌 고정된 상황으로 변형되어 있음을 보여준다. 일견 정상적인 시간의 흐름에 따라 진행되는 듯 보이는 극중 시간은 동일한 상황의 반복을 보여줌으로써 변화 없이 정지된 시간의 이미지를 만든다." 위의 논문, p.79.

데. 뜨거운 시를 지으면서 말야. 후후후⋯⋯응? 정말이야, 처음이야⋯⋯. 우리 허즈? 치, 그 양반 그런 멋진 여유를 부릴 줄이나 아나 뭐. 또 그럴 틈도 없고.

[B]

남자 (수화기를 들고) 네⋯⋯네, 그렇습니다. ⋯⋯아직 안 돌아오셨는데요. 외출 중이에요⋯⋯. 그럼요, 확실하고말고요. 제 아내 일인데⋯⋯. 언니 집에 나들이 갔을 겝니다. 아마 다음 주 월요일쯤에나 돌아올 겝니다. 뭐라고요? 아니 그럴 리가 없다니요?⋯⋯네? 조금 전에 통화했었다구요? (중략)

남자 여보세요? 여보세요? 누구요? 전데요. 누구? 아, 난 또 누구라고? 와이프인 줄 알았지 뭐야. 근데 웬일이야? 우린 서로 전화 같은 거 안 하기로 했잖아? 헤어진 지 30분도 안 됐는데, 무슨 여자가 그렇게⋯⋯. 정말 차 즐거웠어, 우리들의 멋진 여행−. 역시 둘만의 비밀을 간직할 수 있다는 건 행복 비슷한 건가봐. (중략) 그 태풍 주의보만 아니었다면 다음 주 월요일까진 마음 놓고 즐길 수 있는 건데, 뜨거운 시를 지으면서 말야.

제1경의 일부 내용이다. 위의 대사에서 '남자'[B]와 '여자'[A]의 다화는 거의 말장난에 가까운 반복의 구조를 보여준다. 여기에는 중요한 특징 두 가지가 있다. 첫째는 등장인물들이 서로 단절되어 있다는 점이고, 둘째는 서로를 모른다는 것이다. 여기서 '단절'이란 가족공동체의 구성원이 각자 소외되어 있다는 뜻이다. 또 서로가 모른다는 것은 가족공동체에의 참여 없이 각자가 자폐적인 삶을 영위하고 있다는 뜻으로 해석할 수 있을 것이다. 그러나 여기에는 제3의 성격이 추가되어야 한다. 이들 등장인물들은 모두 가족 공동체 내에서 자신에게 합당한 이름이 모두 폐기되고 '남자', '여자'와 같이 익명으로만 존재한다는 점이다. 이는 한마디로 자본주의적 일상에서 사물화된 인간형을 표상하는 것으로 이해할 수 있을 것이다.

남편과 아내는 본래 가족공동체 내에서 생명성과 순결성, 공동체 유지존속의 책임을 상징하는 인간의 원형일진대 이현화는 이들을 사물화된 인간의 모형으로 제시하고 있는 것이다. 더구나 이들의 전화 통화에서 유추 해석할 수 있는 것은, 그들 각자가 집 밖에서 누군가와 내연의 관계를 맺고 있다는 점이다. 이들의 이런 일탈은 기본적으로 가족공동체 내의 상대를 속임으로써 가능하다. 이들은 어느 일방이 상대에게 가해하고 다른 일방이 그 피해를 당하는 관계에 놓여 있는 것이 아니다. 그들 모두가 가해자이면서 동시에 피해자이다. 그들 자신이 공동의 일탈자들이기 때문이다.

그러므로 그들이 소외되고 사물화되어 있으며 자폐성의 세계에 갇혀 있는 것은 그들 스스로의 일탈에 기인한다고 볼 수 있다. 욕망이라는 이름으로 표현되는 도구적 이성의 권력기제들이 삶의 미시적인 영역에까지 그 영향력을 확대함으로 해서 그 속에 살아가는 인간들로 하여금 어쩔 수 없는 일탈을 강요하고 있다.[114] 현대인들이 보여주는 성적 욕망의 왜곡이나 일탈적 심리 속에는 바로 이런 동일성 논리의 권력기제가 작동되고 있음을 간과해서는 안 된다. 이 구조적 일탈의 사태가, 그 세계 내에 있는 주체 자신을 포함하여 공동체를 구성하는 모두를 소외시키고 자폐시키며 물화시키는 것이다. 이현화가 고발하는 것은 바로 이런 동일성 논리의 권력기제에 의해 사물화된 삶이다. 그리고 이를 강조하기 위해 동원한 글쓰기 전략이 반복과 순환구조였던 것이다.

모더니즘의 일상에는 사건이 없다. 주체가 대상세계와 분리되어

---

114) 이른바 키에르케고르식의 표현에 의하면 '공동죄(Mitschuld)'이다.S. A. Kierkegaard, 김병옥 외 역, 『키에르케고르, 니체』(서울: 대양서적, 1971), p.118 참조.

있기 때문이다. 당연히 이런 주체의 소외는 의미 있는 인간관계의 소멸을 가져온다. 등장인물 '남자'와 '여자', '남자 A'와 '여자 A'의 왜곡된 인간관계는 그들이 그들에게 주어진 동일성 논리의 권력기제들에 대해 저항하지 못하도록 제약한다.

[A]

남자 갑자기 내 직업을 알아볼 필요가 생겼나요?

여자 필요한 호기심이죠.

남자 (말을 걸어 준 것만으로도 고마워) 난 호기심의 대상이 될 만한 위인이 못 돼요. 기껏 통계 서류 뭉치 사이에 파묻혀 주판알이나 퉁기는 소도구일 뿐이죠.

여자 제 남편과 비슷하군요.

[B]

남자 사실 전, 전 늘 나의 왕성한 욕망을 대견해 하고 있는 축이죠. 집에 돌아오기 전까지는 말입니다.

여자 (술잔 속에 뭐가 빠지기라도 한 것처럼 공연히 들여다본다)

남자 전 서류, 서류 서류더미 속에 파묻혀 주판알을 퉁기다가도 문득 팬티 속으로 그 뜨거운 고집을 쓰다듬으며 아, 나는 살아 있구나, 내 몸 속의 모든 생기는 너 한곳으로 온통 몰려 마지막 숨결을 유지하고 있구나……

인용문[A]에서 남자는 은행원이다. 이는 도구적 이성이 지배하는 일상이 가장 극명하게 그 모습을 드러내는 직업일 수 있다. 그들의 일상은 한 치의 오차도 허용하지 않는 긴장의 연속이며 단순노동의 반복이라고 볼 수 있기 때문이다. 거기에는 진정한 노동의 가치와 삶의 의미가 잘 드러나지 않는다. '호기심을 느낄 만한 존재가 못 된다'는 그의 푸념은 이를 잘 드러내는 것이다. 서류 더미에 파묻혀

한 푼의 이해를 따지는 그의 일상은 그래서 그의 영혼을 쇠잔시키고, 나날이 그의 삶을 갈아먹고 있는 것이다. [B]에서 보여주는 그의 이상행동은 바로 이런 차원에서 이해할 필요가 있다. '주판알 퉁기기'의 정확성과 능률 등의 가치는 동일성 논리의 권력기제가 소시민적인 개체의 일상을 규정하는 핵심 가치이다. 그러나 그들이 개체의 일상적 삶을 지배하는 방식은 개체에 대한 직접적인 지배를 관철시키는 거대권력의 방식이 아니라 미시적 권력기제들을 동원하여 무의식의 영역에까지 동일성 논리를 침투시키는 방법을 구사한다. 따라서 "미시권력이 무의식의 영역에까지 침투한 만큼 포스트모더니즘의 저항 역시 무의식의 공간을 탈환하려는 미시적 방법"[115]으로 나타난다. 여기서 미시적 저항이란 동일성 논리의 지배가 전면화된 만큼 그에 대한 저항 역시 전면화되어야 한다는 논리의 연장이다. 즉 미시적인 동시에 전면적인 반항의 전략, 해체의 전략이 필요하다는 것이다.

앞서 지적한 것처럼 여러 논자들의 해설에 따르면 <누구세요?>는 미해결의 반복구조를 가지고 있다. 이현화의 해체 전략이 바로 이런 유의 극작술에 기대고 있다는 것은 주지의 사실이다. 따라서 일상적으로 되풀이되는 현대적 일상의 나열, 미해결의 결말 등의 구조가 이현화식의 해체 전략인 셈이다. 이런 그의 노력은 78년 공연당시 한 관극자에게 "현대의식에서 그리고 드라마의 기교에서 완전히 새로운 세대의 등장을 상징"[116]하는 일대 사건으로 평가되기도 했다. 그러나 무릇 모든 예술이 마찬가지겠지만, 객관적 대상세계에 대한 충실한 모사만을 통해 그것의 가치를 찾을 수는 없다. 감춰진 인생의 진실을 드러내는 일은 그래서 작가정신의 궁극인 것이다. 굳이

---

115) 나병철, 『모더니즘과 포스트모더니즘을 넘어서』, 앞의 책, p.256.
116) 이상일, 「즐거운 연극이 보고 싶다」, 앞의 책, p.95.

‘해체’가 이런 노력의 일환임을 강조할 필요는 없을 것이다. 이현화의 해체 전략이 소기의 성과를 거두기 위해서는 마땅히 그에 걸맞는 구성상의 요건이 필요할 것이다.

등장인물 ‘남자’와 ‘여자’, ‘남자 A’와 ‘여자 A’의 관계를 살펴보자. 이들의 정체성은 극 구조 내에서 끝내 확정되지 못한다. 이는 데리다식의 해체라고 일컬어 무방할 것이다. 데리다에게 있어서 해체는 어떤 고정된 의미를 확정하는 것이 아니라 의미의 끝없는 연기를 통하여 중심의 논리 자체를 탈코드화하는 데에 있기 때문이다. 그러나 작가에게 있어서 이들 인물 설정의 의도가 일상 세계의 동일성 논리에 함몰되어 자기 정체성을 잃고 있는 독자 / 관객에 대한 이른바 ‘충격효과’로서 기획된 것이라고 한다면, 등장인물이 상대에게 느끼는 낯설음은 그 효과의 배가를 위해서 좀 더 섬세하게 짜여질 필요가 있다. 이를테면, ‘남자’와 ‘여자’ / ‘남자 A’와 ‘여자 A’가 같은 자아의 분열이라는 방식으로 읽혀지는 것이 필요하다. ‘남자’와 ‘여자’가 느끼는 낯설음과 화해라는 줄거리는 단순히 ‘남자’와 ‘여자 A’의 결합에 의해 되풀이되게 하는 것보다 ‘남자’의 분신으로서의 ‘남자 A’, ‘여자’의 분신으로서의 ‘여자 A’가 더 효과적일 수 있다는 것이다. 그렇게 하는 것이 일상 속에 찌들어 자신의 ‘남성성’마저 거세(?)되어 가던 남자가 자신의 몸에서 피를 흘리고, 피를 묻히고, 마침내 상대 여성에게까지 그 피를 묻힘으로써 내면에 숨겨진 욕망과 ‘살아 있음’을 의식하게 된다면, 일상과 무의식으로 분열된 자아를 효과적으로 드러낼 수 있는 장치가 될 수 있다고 판단되기 때문이다.

2) 현실과 탈현실 영역의 대립

주체는 현실 영역 속에서 끊임없이 탈현실 영역을 지향한다. 흔히 이는 '욕망'이라는 표현으로 읽혀져 왔다. 현실 영역은 그 자체로서 모든 인간관계를 반영하는 것도 혹은 그 관계들의 순수한 산물인 것도 아니다. '욕망'이라는 차원에서 본다면 오히려 그 반대이다. 결국 현실과 탈현실 영역의 대립은 그 자체로서 인간 욕망이 빚어내는 비극이 되는 셈이다. 문학작품에서 이 '욕망'은 세 가지 층위[117]를 통해서 나타난다. 작품을 통해서 작가 스스로 드러내는 작가적 욕망, 작품 속에서 주인공이 도달하고자 하는 이상으로서의 욕망, 독자가 작품 읽기를 통해서 도달하고자 하는 이상으로서의 욕망이 그것이다.

1970년대 유신 말기 모더니즘 작가의 관심사는 단순히 현실에 대해 허무주의적으로 대응하는 데에만 머물러 있었던 것은 아니었다. 그들은 굴종적 정치 현실과 그 속에서 탈현실 공간에 대한 지향을 통해서 저항하고자 했다. 이런 관점에서 해체는 작가들이 자신의 순수성을 지키면서 독자 / 관객을 향한 말하기를 효과적으로 수행하기 위해 선택한 전략이었던 셈이다.

(1) 〈오스트라키스모스〉와 서사적 자아

오스트라키스모스는 도편 추방제도를 일컫는 말이다. 이 제도는 고대 그리스나 로마에서 민주주의와 공화정의 수호를 위해 도입된 것이다. 즉 참주정의 재현을 막기 위해 위험시되는 인물에 대해 시민 스스로 패각이나 도편에 그의 이름을 적어 국외로 일정 기간 동안 추방하는 것이다. 이현화의 작품명 〈오스트라키스모스〉[118]는 바로 여기서 따온 말이다. 작품에서는 '서사적 자아'[119]의 관극기 형식

---

117) 김현, 『김현 문학전집 v.7 분석과 해석, 보이는 심연과 안 보이는 역사 전망』(서울: 문학과지성사, 1992), pp.42 − 49 참조.
118) 이현화의 이 작품은 일견 레제희곡처럼 인식되기도 하지만, 실제로 공연된 기록을 가지고 있다. 국립극장 소극장에서 극단 시민극장에 의해 이현화 연출로 1980.9.24 − 1980.9.30 기간 동안 공연된 것이 그것이다.

을 빌려 시저의 살해와 그 동기, 작품 속에서 관객으로 분한 남녀관객 1·2·3·4·5에 대한 수위 1·2·3·4·5·6의 횡포와 폭력, 이를 지켜보는 서사적 자아 자신의 느낌 등에 관해 이야기하고 있다. 브레히트의 서사극에서 해설자는 전체 극 상황을 사전에 파악하고 무대와 객석을 중재해 가는 '무대 위의 작가'라고 볼 수 있다. 해설자의 해설은 극적 상황에서 공연의 맥락으로 자신의 위치를 옮긴 서사적 자아에 의해 이뤄진다.

한편, 이현화의 <오스트라키스모스>는 유신 말기의 한국정치 현실에 대한 우의적 해석의 실마리가 담겨 있는 것으로 보여 주목된다. 어떤 경우이든 70년대 문학을 논하는 자리에서 '유신'이라는 코드를 배제하고 그 사회성에 관해 언급한다는 것은 무망한 일일 것이다. 분명히 작품 속에는 독재에 맞서 민주주의를 지켜내려는 선각의 노력과 그에 아랑곳하지 않고 정치적 무기력에 빠진 시민에 대한 경고와 각성의 촉구로 읽혀지는 측면이 있기 때문이다.[120]

---

119) 서사적 자아의 기능은 무대와 객석 사이에 관객과 직접 만나는 제3의 공간 창출, 즉 현실과 탈현실의 경계 위에 만들어지는 연극적 공간을 창출하는 데에 있다. 따라서 서사적 자아는 연극 구조가 갖는 폐쇄성을 허물고, 극의 허구적 현실성을 깨뜨리는 역할을 수행하게 된다. 한편, 극의 전개라는 측면에서는 등장인물에 대한 소개, 극 상황에 대한 질문, 극의 진행, 중단, 시공간적 이동 등 극 상황에 대한 적극적인 개입과 관객에 대한 직접적인 소통을 수행한다. 이때 관객과의 소통이라는 측면에서는 관객으로 하여금 극적 현실에 대해 비판적으로 바라보게 하고 능동적인 자세로 극 상황을 판단하고 관찰하게 하는 것이다. Peter Szond, 송동준 역, 『현대드라마의 이해』(서울: 탐구당, 1994), 112-118 참조.

120) 이 작품이 발표된 것이 저 '10·26'이 일어난 해인 1979년 정월인 것을 생각하면, 여러 모로 당대 한국의 정치적 현실과 관련하여 작가의 역사에 대한 예지력을 느끼게 한다. 종신집권의 야욕에 집착하던 유신의 수괴가 그가 가장 믿고 의지한 중앙정보부장 김재규에 의해 살해된 것이나, 참주에의 의지와 욕망을 불태우던 시저가 그의 심복이었던 브루투스에 의해 살해된 것은 일맥상통하는 얘기라고 판단되기 때문이다.

수위5 (관객을 힘껏 밀며) 빨리 들어가! 이 짐승보다 못한 노예 놈의
　　　　새끼들아!

수위6 너희 놈들 말 안 들으면 저녁 안 먹일 테다. (거칠게 가죽채찍
　　　　을 휙휙 내저으며) 네 놈들 자리로 빨리 돌아가! (사정없이 남
　　　　자관객 3을 갈기며) 빨리 돌아가 네 놈 새끼 자리로! (넓게 휘
　　　　둘러보며) 꾸물대면 죽여 버릴 테다. 이 더러운 노예 놈의 새
　　　　끼들!

노예 놈의 새끼들이라……

졸지에 한심한 노예처지가 돼 버린 셈이죠, 관객 모두가.

겁 없이 휘둘러대는 그 친구들의 채찍이 불쾌하긴 했었지만 섣불리
나섰다가 괜히 망신당할 것 같기도 하고 또 아닌 게 아니라 누구누구
가리지 않고 마구 내려치는 것 같은 채찍이 실은 두렵기도 해서 전
슬금슬금 뒤쪽으로 물러서 제자리로 돌아와 앉았죠. 다른 관객들도
다 그런 생각에서였을 거예요. (중략)

하지만 혹시 이런 생각이 들진 않았을까요? 나도 참 어지간히 착한
백성 중의 하나이긴 하구나…….

　　결국 이현화가 〈오스트라키스모스〉를 통해 도달하려는 지점은 독
자／관객의 정서와 의식을 일깨워 현실 세계의 폭력성과 야만성, 나
아가 자신들의 정치적 무의식과 거리두기가 어떤 결과를 불러올지
각성케 하는 데에 있다고 보인다. 그리고 이를 위해 그는 전근대적
검열과 탄압을 피할 수 있는 묘수로서 역사적 스토리의 해체와 재구
성이라는 글쓰기 방법을 선택하고 있는 것이다. 이제 그 독특한 극
작술의 세계를 검토해 보기로 한다.

　　주지하고 있는 바와 같이 이현화의 〈오스트라키스모스〉는 그의
여타의 작품들 가운데서도 다음의 두 가지 측면에서 매우 독특한 극
작술을 보여주는 작품이다. 첫째, '관극기' 형식[121]을 취하고 있다.

---

121) 우선 그의 관극체험은 두 번에 걸친 것이었다. 그러나 발표된 작품은

둘째, 극적 서사의 진행이 전통적인 무대공간을 벗어나 객석, 극장로비 등으로 확대되고 있다는 점 등이 그것이다.

<오스트라키스모스>의 극적 서사는 우선 서사적 자아의 관극기로서 독자 / 관객에게 보고하는 형식을 취하고 있다. 서사적 자아의 역할은 작품 속에서 관극체험의 주체이면서, 독자 / 관객에게 극적 상황의 의미를 해설하는 역할을 수행하고 있다. 따라서 독자 / 관객은 그가 안내하고 이끄는 대로 그의 관극체험에 함께하도록 요구받게 된다.

<오스트라키스모스>는 두 개의 이야기 단위로 나뉘어져 있다. 시저 살해 사건을 중심으로 하는 이야기가 첫째이고, 서사적 자아에 의해 소개되는 관극 체험 이야기가 둘째이다. 여기서는 이를 통상 각각 '내화'와 '외화'로 분류해 보기로 한다. 물론 이 둘은 공연을 위해 한 사람의 극작가에 의해 쓰인 희곡이다. 당연히 실제 서사적 행은 하나로 뒤섞여 전개된다. 내화(內話)는 외화(外話)의 서사적 자아에 의해 인식되기 이전과 이후로 나눠볼 수 있겠다. 이는 이 작품을 통해 도달하고자 하는 작가의 목표점과 관련하여 중요한 장치크 판단된다. 즉 애초에 서사적 자아가 연극의 극적 상황이 의미하는 바에 대해 그 실체를 제대로 인식하지 못하다가, 극중 상황이 꽤 진전된 이후에 그 의미를 깨닫는 일련의 과정을 통해서 관객들에 대해 각성 기회를 부여하거나 함께하기의 차원으로 발전시켜 가고자 하는 작가의 의도가 반영되어 있기 때문이다. 극중 상황에 대한 서사적 자아의 이해와 인식은 이전까지의 극중 상황이 '깔깔대야 할 요란쩍' 혹은 '섬뜩한 철렁'같던 일종의 해프닝이 아니라 민주주의를 갈살하려는 '독재 야욕에 맞선 공화정 수호'라는 의미 영역으로 비로소 확대되게 한다. 그리하여 이전까지 단순히 익명성의 차원이라고

'그 첫 번째 날'의 이야기에 국한하여 있고, 앞으로 그 두 번째 날의 이야기가 될 '나머지 뒷부분'이 계속 이어질 것을 언명하고 있다.

할 남자 1·2·3 혹은 사내 1·2·3·4·5에서 줄리어스 시이저니 마르쿠스 브루투스니 하는 역사적 인물로 거듭나게 하는 것이다.

다음으로 외화로서 서사적 자아에 의한 관극체험담은 '욕망'이라는 차원에서 세 가지의 층위로 나눠 살펴볼 수 있을 것 같다. 작가적 욕망의 세계와 주인공 혹은 독자 / 관객의 욕망이라는 세 가지 층위가 그것이다. 먼저 작가적 욕망이다. 이는 작가의 극작 의도와 연결되는 것인데, 앞에서 이미 언급한 바와 같은 맥락에서 서사적 자아를 동원하여 독자 / 관객에 대해 충격을 가하고 그들이 자신의 의도대로 특정의 각성 상태에 이르도록 하려는 데에 맞춰져 있다고 보인다. 이때의 각성 상태가 그들이 몸담고 있는 객관세계가 지독한 독재상태에 빠져 있으며 이를 개선하기 위해서는 특단의 방법을 필요로 하고 있다. 혹은 현실인식과 대응이라는 관점에서 독자 / 관객 스스로 자신들이 '노예'상태에 놓여 있으며 이를 극복하기 위해서는 정치적 무의식과 피동성을 벗어날 필요가 있다는 데에 있음은 당연한 사실이다.

둘째, 주인공의 욕망이다. 주인공은 다시 해설자, 시저, 브루투스 등으로 나눠 생각해 볼 수 있겠다. 먼저 해설자의 욕망이 의미하는 바가 무엇인가를 파악하기 위해서는 그의 존재의식을 지배하고 있는 사회적 지위로서의 외피를 살펴볼 필요가 있다.

······!

그래요 까짓 거 얘기해 버리죠.

솔직히 말씀드려 뭐 뾰족이 아는 게 많길 하나 그저 제게 남보다 좀 나은 것이 있다면 고작 너무하리만큼 큼직한 불알 두 쪽뿐이에요.

게다가 쌀독은 늘 아슬아슬하고, 시거든 떫지나 말아야지 눈만 뜨면 짓눌리는 게 일이라 혹시 누가 좀 보잘까 슬금슬금 눈치나 살피며 게걸음칠 수밖에 없는, 일테면 한심한 처지죠 저는.

위의 인용문에 등장하는 인물은 해설자이며 관극체험의 주체인 서사적 자아 자신이다. 그는 무지하고, 가난하며, 일상에 짓눌린 채 살아가는 소시민의 전형이다. 그는 언제나 주위의 시선에 가위눌린 채 살아가는 존재인 것이다. 그런 그가 "참 우라지게 희한한 연극"을 보았고, 이를 보고 형식을 빌려 독자 / 관객에게 들려주고 싶어 하는 것이다. 그가 전하고자 하는 관극체험이란 "언젠가는 문득 깨닫게 될 능청스런 아―"에 대한 것이다. 그리고 그 의미는 앞서 작가의 의도와 연관된 것이라고 보아도 무방할 것이다. 그러나 중요한 것은 이와는 정반대로 그가 자신의 관극체험 속에서 "어떤 친구가 배우고 아닌지" 알지 못했던, 그래서 더욱 현실과 탈현실 영역의 혼란함 속에서, 배우들이 휘둘러대는 채찍의 난폭함 앞에서 붉거져 올라오는 불쾌함을 참고 "좀 창피하긴 하지만 하라면 하라는 대로 보여주면 보여주는 거나 보고 들려주면 들려주는 거나 들으면서 따라가 보는 것이 현명한 짓이 아니겠는가" 하는 보수성의 안락함을 드러내는 데에서 그의 내면에 꿈틀거리고 있는 소시민적인 욕망의 단면을 읽을 수 있다는 점이다. 이를테면 해설자의 욕망의 세계는 분열되고 해쳐된 채로 드러나고 있는 셈이다.

다음으로 시저의 욕망이다. 시저의 욕망은 시저 자신의 직접적인 언술을 통해서 드러나지 않지만, 브루투스를 통해 확인할 수 있는 그 대강은 "온 로마 시민의 자유를 구속하고 황제가 되겠다"는 자신의 야심을 관철하려는 데에 있다. 이는 자신과 그 주변의 세계의 존재방식인 공화주의에 대한 명백한 도전이며 반동을 잉쾌하는 비극의 원천이 된다.

마지막으로 브루투스의 욕망이다. 그들의 시저 살해 동기는, 시저가 로마 시민의 자유를 제물로 대관식을 가지려 하였을 뿐 아니라 오직 왕관만을 탐하였다는 것이다. 그러나 반대자인 안토니우스에 따르면, 그들 스스로가 "시저 각하의 영광을 탐한 때문"이다. 따라서 그들의 시저 살해동기를 밝혀야 할 몫은 이제 독자 / 관객의 판단에 달린 일이 된다. 독자 / 관객의 판단에 중요한 단서는 시저 살해 이후, 즉 새로운 질서의 등장 이후에도 그들이 해방시킨 '노예'들에 대한 그들의 태도가 오히려 더욱 폭력적이 되고 있다는 사실이다.

셋째, 독자 / 관객의 욕망이다. 이를 파악하기 위해 우선 전제되어야 할 사실은 이현화의 이 작품 <오스트라키스모스>가 그 자체로서 공연을 위한 희곡이라는 점을 상기할 필요가 있다. 바꿔 말하자면 사실주의적 공연양식을 해체하고 있는 이 작품이 독자 / 관객에게 여타의 독서 / 관극의 체험에서 느끼지 못했을 어떤 특별한 심리적 충격을 가하게 될 것이라는 점이다. 한편 독자 / 관객은 그들이 살아가는 객관적 대상세계의 질서에 의해 그들의 사고나 행동양식을 양식화하고 있는 사회적 실체라는 점 역시 고려되어야 할 것이다. 유신독재의 서슬 푸른 현실에 신음하던 사람들이라면 누구나 쉽게 동의할 수 있는 사실이겠지만, 당대인들의 뇌리를 지배하고 있는 것은 '일탈에의 욕망'이었다. 탈현실 영역에 대한 소망이 바로 그것이다. 이때 독서와 극장 안의 관극행위는 탈현실 영역으로서 일탈에 대한 소망을 부분적으로 가능케 하는 것이다. 결국 현실 영역과 탈현실 영역의 대립은 독자 / 관객의 욕망을 조정하고 매개하는 역할을 수행하게 되는 것이다.

(2) <오스트라키스모스>와 극 형식의 해체

'해체'의 미학은 본래 인간의 무의식이나 욕망, 문화의 영역에까지 그 영향력을 확대해 온 동일성 논리의 지배를 받는 미시적 권력기제들에 대한 저항의 담론이다. 동일성 논리의 권력 기제들에 대한 종래의 대응은 결국 동일성 논리에 통한 것이었으며, 이는 주체가 스스로

‘중심’의 논리에서 벗어날 수 없다는 한계를 드러내는 것이었다. 여기서 해체의 미학이 추구하는 것은, 동일성 논리를 벗어나 중심을 비동일성의 세계로 해체하는 것이다. 즉 고정불변의 모습을 띄고 있는 동일성 논리를 여러 가변적인 이본(異本)들로 해체하는 것이다. 이를 위해 글쓰기 원리를 통해 드러나는 해체의 전략은 기존의 방법론을 해체하고 재구성하여 동일성의 세계와 비동일성의 세계를, 나아가 현실과 탈현실의 경계를 허물그자 한다. 이때 가장 효과적인 질서의 해체는 시공간의 질서를 흐트러뜨리는 데에서 찾아질 수 있다.

<오스트라키스모스>의 공연공간은 기존의 프로시니엄 무대 공간만을 고집하지 않는다. 공연 시간의 경우 역시 마찬가지이다. 해설자의 안내를 따라가다 보면 독자 / 관객은 그의 지적처럼 ‘밑도 끝도 없는’ 연극을 체험하게 되는 것이다.

우선 시작부터가 애매했댔어요.

나중에 가보실 기회가 있음 감을 잡게 되시겠지만, 무슨 놈의 연극이 밑도 끝도 없더란 말예요. 최소한 연극이란 걸 시작하려면 징이라도 한 번 쳐줄 것이며 또 끝을 내려면 그래도 무대 인사쯤은 해 줘야 박술 치든 말든 할 게 아니겠어요? 젠장⋯⋯(중략)

어쩜 이 연극은, 구경하러 가기 위해 마침내 몽기작 몽기작대던 자리에서 일어서는 바로 그 순간부터가 시작일는지도 몰라요. 말하자면, 막상 틈이 나고 보니 뒤적이던 주간지도 시큰둥하고 에라 연극이나 보러갈까 주섬주섬 옷가지를 주워 입고 막 대문을 나서는 순간부터 또는 어쭙잖게 그렇고 그런 사이라고 마주앉아 손을 잡아 본들 할 대기도 별로고 커피 맛, 맥주 맛, 호텔 맛 모두가 그게 그거 에라 다 귀찮다 극장에나 끌고 가 폼 잡을까? 영화관 드나드는 맹순이 맹철이고 다는 좀 고상하게 쳐주겠지－하고 막 다방 문을 차고 나서는 순간 바로 그때부터 이미 이 연극은 시작되고 있는 것인지도 모른단 말씀이죠, 제 말씀인 즉은.

인용문에 따르면 공연은 극장의 그 어두운 공간으로부터 마치 세파에 시달려 지쳐버린 인간영혼을 구원이라도 하겠다는 듯이 강렬하게 때론 부드럽게 내리 쏘이는 한줄기 빛과 같은 극적 환상을 불러일으키는 여러 시각적 이미지들과 장치를 통해 이뤄지는 것이 아니라, 연극을 보러 가야겠다고 작정하고 길을 나서는 순간부터 이미 시작된다는 점을 분명히 하고 있다. 해설자 자신조차도 역시 '어리벙벙'하게 했던 것이지만 관객은 공연장 근처에서부터, 좀 더 분명하게 이야기하면 정문에 들어서는 순간부터 이미 '등장인물'로서의 수위들의 안내를 받게 되는 것이다. 공연 시간 역시 마찬가지이다. 공연이 이뤄지는 시간은 극중 시간인 '로마시대'와 1970년대라는 독재정권의 시기인 현실 시간이 뒤섞여 있다. 그러므로 정문 안의 로마인 동상에 걸린 플래카드와 흩뿌려진 삐라들이 하나같이 소망하는 "브루투스여, 우리를 구원하소서"는 '지금 여기'에서의 의미를 획득하게 되는 것이다. 말하자면 공연의 시·공간은 1970년대를 살아가는 독자/관객에게 일방적으로 로마 시민으로서 행동하고 로마 시민으로서 행동할 것을 요구하기 위해서 공연의 시공간을 해체하고, 다시 이를 통해 현실과 탈현실 영역의 대립과 해체라는 의미를 획득하게 된다.

물론 극에서는 공연의 시공간 해체가 단순히 형식의 차원에만 머물러 있는 것이 아니다. 그것은 관객으로서 공연장을 찾은 해설자에게 공연공간의 등장인물인 사내들의 은밀한 접근에서 잘 드러난다. 그들이 해설자, 더 나아가 관객들이 한사람의 등장인물, 즉 로마시대의 원로원 의원의 신분이기를 바라고 있으며, 공화정의 수호를 위해서 시저살해의 결단을 내려주어야 할 '주니어스 브루투스'이기를 바라고 있는 것이다.

당신이 먼저 죽는 것을 방관할 로마 시민은 한 명도 없을 것이요.

브루투스!

당신은 아시오 모르시오? 거리를 뒤덮는 쪽지들이 결코 한량의 낙서가 아니라 로마의 혼을 지켜 온 양심의 절규라는 것을ㅡ.

그들의 염원은 풍성한 향연도 검노들의 검투경기도 아니오. 오직 이 압제를 박멸하고 나라를 구해 줄 당신의 드높은 횃불뿐이오.

그것은 당신의 의무이기도 할 것이오.

의를 위해 목숨을 건다는 것ㅡ

두려움이 가장 두려워하는 천적은 의라는 고집쟁이요.

주저하지 마시오.

브루투스!

당신이 당신의 의무라고 생각하는 일을 어서 이룩해 주기만 고대하겠소.

가이우스 카씨우스 올림

해설자에 대한 요구와 기대는 그대로 이 작품의 독자 / 관객에 대한 것으로 이해되어도 무방할 것이다. 바꿔 말하면 공연공간에서의 시·공간 해체가 갖는 의미는 현실과 탈현실 영역의 대립과 해체를 통해서 독자 / 관객에 대한 비판과 각성의 기회제공이라는 본래의 취지에 부합되도록 하기 위한 장치이다.

Ⅳ 모더니즘적 글쓰기의 의미형성 기능

1. 근대적 체험과 욕망 표현

리얼리즘 문학에서의 글쓰기 원리는 '동일성 원리'의 구현에 그 초점을 맞추고 있다. 동일성의 원리[1]란 이질적인 여타의 것들을 동일성의 범주에 종속시키는 논리인데, 이는 타자를 동일자의 논리 체계 내에 종속시킴으로써 통합적인 기능을 수행하게 하는 원리이다. 이를 위해 전제되어야 할 것은 객체에 대한 주체의 우위이다. 일정한 체계 안에 여러 이질적인 요소들을 흡수하기 위해서는 보편적인 관념이나 이념을 바탕으로 대상에 대한 전유가 필요한 때문이다.

모더니즘에 대한 논의가 결국 근대 이후의 인간 삶을 어떤 관점과 원리로 그려 낼 것인가의 문제에 모아진다고 할 때 '모더니티'에 대한 두 가지 서로 다른 관점을 주목할 필요가 있다. '미적 모더니티'와 '부르주아 모더니티'[2]가 그것이다. 근대 이후, 즉 계몽주의 시기 이후 진보의 원리나 과학기술의 유용한 활용 가능성에 대한 신뢰, 상품으로서의 시간에 대한 관심, 이성숭배, 추상적인 인본주의의 틀 안에 정의된 자유의 이상 등은 부르주아 문명의 핵심가치로서 존중되어 왔었다. 그러나 인간 해방의 한 가능성이라고 굳게 믿어졌던 이러한 부르주아적인 가치가 실은 인간 조종, 인간 구속의 모순을 드러내자 이에 대한 회의가 일어나게 되었고 근대적 주체는 자기 동일성의 표본을 잃게 되었다. 아도르노식 표현을 빌리자면 이른바 '주체의 객체화'[3]가 이뤄진 것이다. 자기 동일성을 유지할 수 있는

---

1) Vincent Descombes, 박성창 역, 『동일자와 타자』(서울: 인간과사랑, 1996 4쇄), p.97.

2) Matei Calinescu, 이영욱 외 역, 『모더니티의 다섯 얼굴』(서울: 시각과언어, 1998 2판 3쇄), pp.53−58 참조.

주체성의 상실, 인간실존에 대한 사물화는 그 표본적 사례가 될 것이다.

자본주의적 신념은 무너지게 되었다. 근대적 이성을 바탕으로 한 부르주아적 모더니티에 대한 비판은 이제 미적 모더니티의 몫이 되었다. 인간의 사물화 현상에 따른 주체의 고통스러운 체험들과 그것에 대한 저항이 모더니즘 문학의 한 질료로서 기능하게 된 것이다. 그러나 근대 이후 사물화된 주체는 그들 자신의 힘만으로는 그 체험들에 저항할 수 없다. 본래 현대사회에서의 인간의 사물화란 동일성 논리로 이질적인 것을 억압하는 것인데, 이는 도구적 이성이 주체의 내면에 존재하는 개체의 욕망을 억압하는 상황을 의미한다. 동일성 기제들의 억압적인 환경에 둘러싸인 주체가 거기에 부응할 수 없다면 주체는 심한 불안과 공포에 휩싸이게 된다. 모더니즘적 글쓰기에 있어서 주체는 리얼리즘적 글쓰기에서처럼 확고한 비판논리를 갖고 있지 못하기 때문이다. 따라서 주체는 여러 이질적인 목소리들로 가득 차 있으나 동일성 논리에 의해 억압되어 있기 때문에 그것을 잘 살려낼 수도 없고, 동일성 논리를 벗어나 탈동일성의 세계를 지향하가려는 욕망을 표현할 수 없게 된다. 이때 주체의 저항은 부정의 논리를 취하게 된다.

모더니즘적 글쓰기 방법에서는 사물화된 주체, 사물화된 세계 손에서의 주체의 자기표현이 부정의 방식을 띨 수밖에 없다. 이는 주체 스스로 자신의 체험 내용을 내면화하지 못한 상태에서 체험 자체를 그대로 드러내는 글쓰기 방법이다. 그러나 사물화된 주체와 세계에 대한 글쓰기는 그 자체가 글쓰기의 궁극적인 목적이 아니라는 점에서 리얼리즘의 '재현' 원리와 다른 것이다. 모더니즘의 그것은 '부정되어져야 할 대상'을 드러냄으로써 '긍정되어야 할 세계'를 간접적

---

3) T. W. Adorno, 홍승용 역, 『부정의 변증법』(서울: 한길사, 1999), p.187.

으로 드러내는 것이다. 이런 관점에서 내러티브 전략으로서의 알레고리 구조는 바로 부정의 논리를 통한 모더니즘적 글쓰기 원리를 보여주는 대표적인 사례일 것이다.

앞서 언급한 것처럼 아도르노의 모더니즘 미학에서는 독자가 '작품 자체의 미적 경험 속에서 현실에 대립하는 부정적인 인식을 얻게 된다.'[4] 이때, 작가의 내러티브 전략은 확실히 미학적 부정 인식을 바탕으로 한다. 주체의 대상세계와의 단절을 드러내기 위한 내러티브 전략이 테크놀로지에 의존하고 있는 것은 바로 이 같은 이유에서이다. 테크놀로지는 작가와 독자 / 관객의 의사소통을 방해하는 방식으로 기능한다. 테크놀로지의 요소가 강화되면, 텍스트의 표현적 요소는 강화된다. 주체와 대상세계가 단절된 상황에서 주체를 드러내는 것은 현실에 순응하는 것이므로, 이제 주체가 현실의 부정적 요소에 대립하는 방식은 주체를 감추는 것이 된다. 그런데 아이러니한 것은 주체의 은폐가 노골화되면 될수록 오히려 표현적인 요소가 강화되어 나타난다는 점이다. 모더니즘 희곡이 보다 강력한 연극성을 획득할 수 있는 것도 따지고 보면 이와 같은 이유 때문이다.

모더니즘적 세계인식에서 집단권력은 도구적 이성을 의미한다. 객관적 대상세계를 질서화하고 규율하기 때문이다. <흰둥이의 방문>처럼 내러티브 전략으로서의 알레고리 구조를 갖는 작품은 바로 부정의 논리를 통한 모더니즘적 글쓰기 원리를 보여주는 대표적인 사례가 된다. 모더니즘의 작가들은 확실히 진지한 역사의식의 소유자들이다. 그들은 언제나 당대적 문제들—예컨대, 정치 사회적인 독재·인간성에 대한 억압 등—에 대해 애써 외면하거나 덮어 두려하기보다는 문제를 안고 가고 싶어 했으며, 이런 생각들을 작품 속에 반영하려고 애쓰고 있는 것이다. 이를 통해 인간의 순수성을 파괴하는 동

---

4) T. W. Adorno, 홍승용 역, 『미학이론』(서울: 문학과지성사. 1984), p.350.

일성 세계의 동일화 논리의 물리적 근거가 되는 일체의 힘을 거부한다. 안온하고 여유 있는 일상적 삶－이는 바로 어머니의 품속과도 같은 곳, 최초의 인간이 누리던 비억압적 화해가 가능한 태고의 자연 상태이다－에로의 회귀를 방해하는 일체의 힘을 거부한다. 즉 폭력적 집단권력을 변질된 도구적 이성의 동일성 논리에 대해 거부의사를 분명히 하고 있는 것이다.

2. 일상성과 소통 체계의 재구조화

일상성은 세계의 일반적인 모습이다. 일상은 반복적이고 예견할 수 있으며, 진부한 세계이다. 그것은 이미 알려진 상식의 세계이기도 하다. 그러나 동시에 일상의 세계는 예견할 수 없으며, 특별히 주극되는 미지의 사건 영역이 변증법적으로 경험되는 장소라고 한다[5] 한편, 일상성의 세계는 당연의 세계이기도 하다. 아무드 일상성의 세계를 의심하지 않는다. 오히려 당연한 것으로 받아들인다. 너무도 당연한 것으로 받아들이는 까닭에 그것에 대해 특별한 관심이나 의심을 품지 않는 것이다. 일상성의 세계가 지닌 이런 당연함은 종종 고그마로 수용되어 신성시되기도 한다. 마치 종교인이 절대자인 신을 의심하는 것을 죄악시하는 것과 비슷한 권위를 인정받는 것이다. 나아가 일상성 그 자체가 신성시되어 감히 아무도 그것의 정체에 대해서 묻고자 하지 않게 되는 것이다. 따라서 일상성의 세계에서는 모든 것이 당연한 것으로 받아들여지기 때문에 당연하지 않은 것, 이상한 것이 나타나면 대번에 잘못된 것이거나 범죄적인 것으로 낙인

---

5) 박재환 외 편, 『일상성활의 사회학』(서울: 한울아카데미, 1994), pp.27－28.

찍히게 된다.

일상성의 세계에서는 존재하는 모든 것이 이미 의미화의 체계 내에 규정되어 있고 해석되어 있으며, 위치 지워져 있다. 그것이 만드는 질서란 사물 내부의 법칙으로서, 사물들 상호 간에 마주 대하는 방식을 결정하는 은폐된 조직망이자 시선, 검사, 언어에 의해 창출된 그물망 내에서만 실재하는 것이다. 이러한 문화의 기본적인 코드들은 우리 자신의 경험과 사고를 정립하고, 사고는 존재들을 조정할 수 있게 하며, 명칭을 통해서 유사성과 상이성을 지시하고 구분할 수 있게 한다.

일상성의 논리는 철저히 동일자의 논리이므로 자신과 타자에 대해 그 어떤 차이도 인정하지 않는다. 동일성의 논리와 모순되는 어떤 것이라도 나타나면 즉각적으로 그것을 약화시키거나 소외시키든지, 아니면 제거하고자 한다. 그러나 이것은 곧 일상성의 세계가 보여주는 폭력적 횡포이며, 야만의 모습이다. 그곳에는 오직 일방적인 강요만이 존재하기 때문이다. 동일성의 논리는 타자를 동일화시키고 무의미한 것에 의미를 부여하며, 비합리적인 것을 이성에 통합시키는 논리 체계이다. 동일자는 타자를 억압하고 배제시킴으로써, 과학적 담론과 사회적 제도를 형성한다. 동일자가 타자를 구조화하는 방식은 대개의 경우 '담론(*discourse*)'[6]을 통해서 이루어졌다. 구조화된 권력 혹은 강제력은 언어 밖에서 행사되는 것이 아니라, 언어 안에서 언어를 통해 지식의 형태로 행사된다. 그러나 그 권력은 억압적인 기능만을 가지고 있는 것이 아니라, 또한 생산적이기 때문에 계속 유지되는 것이다.

---

6) 푸코에 의하면 그것은 일종의 선험성을 띠고 있어서 어떤 주어진 시기의 경험 가운데 인식 가능한 영역을 정하고, 그 영역에서 나타나는 대상들의 존재양태를 규정하며, 인간의 일상적 시선을 이론적 힘으로 무장시켜 준다.

　대체로 일상성의 세계는 지배세력이 즐겨하는 세계요, 지배 세력이 직접·간접으로 뒷받침하는 세계다. 그리고 그것은 오랜 역사를 거쳐 전통 속으로 침전되기도 한다. 지배 세력은 항상 일상성이 지배하는 동일자의 논리를 당위의 차원으로 끌어올려서 감히 그 누구도 이를 회의하거나 부정하거나 도전하지 못하게 한다. 이러한 일상성의 세계는 한마디로 문제의식이 없는 혹은 그것이 은폐된 세계이다. 문제될 만한 것들은 모두 은폐되어 있든지, 아니면 제거되어 있기 때문이다. 그래서 그 세계에서는 현상과 사건의 문제성을 꿰뚫어 보는 일이 결코 쉽지 않다. 그러나 일상성의 세계가 갖는 폭력적 통포와 야만, 일방주의 논리는 바로 동일성 논리의 세계가 보여주는 음부에 지나지 않는다. 일상성의 세계에서 소통 체계의 재구조화가 필요한 이유가 바로 여기에 있다.

　이렇게 볼 때 소통 체계의 재구조화는 곧 일상성의 세계가 지닌 모순을 꿰뚫어 보고 이를 드러내는 작업이다. 소통 체계를 재구조화한다는 것은 문제가 은폐되어 당위의 차원으로만 머물러 있는 그 세계의 껍질을 벗기고, 그 속에 잠겨 있는 문제성의 정치와 그 실상을 밝혀 보려는 호기심과 그것을 밝히는 의식이 전제되었을 때 가능한 일이다.

　모더니즘적인 글쓰기 작업에서는 바로 이 소통 체계의 재구조화가 중요한 부분을 차지하고 있다. 소통 체계의 재구조화는 일상적인 소통 체계의 담론을 뒤집고 그것을 탈자동화하는 언술전략7)이다. 모더니즘적인 글쓰기 원리에서 사용되는 탈자동화의 언술전략은 재현의 원리를 부정하고 주체의 자기 인식적 방법을 통해 실천된다. 주체의 자기 인식은 주체와 현실의 연관관계에 대한 인식을 통해 이뤄진다.

---

7) 구체적인 내용은 본 연구 2.1.2 '대상의 인식과 표현'에서 유진 런의 지적을 참고할 것.

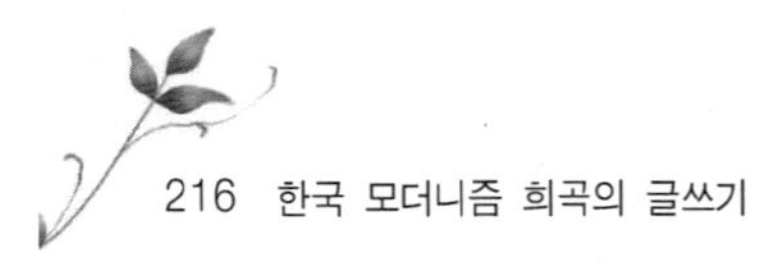

그러나 연관의 개념이 강조되면 될수록 주체와 현실은 화해를 이루기 어렵다. 현실은 이미 사물화되어 있으며 주체에 대한 소외가 심화된 형태를 취하고 있기 때문이다. 따라서 주체의 현실인식은 현실에 대한 '예술의 부정적 인식'[8]을 통해 드러날 수밖에 없다.

모더니즘적 글쓰기는 '공간적 형식'이나, '서사성의 와해' 전략을 통해 구현된다. '공간적 형식'은 흔히 몽타주, 콜라주, 병치, 동시성 등의 방법을 통해 나타난다. 한편 1970년대 모더니즘 희곡의 글쓰기에는 이외에도 알레고리, 해체와 같은 방법이나 전통유산의 재발견과 같은 우리 식의 방법적 자각을 포함하고 있다. 오태석의 전통인식은 바로 이러한 동일성의 세계에 대한 공시적·통시적인 관점에서의 재구조화를 보여주는 대표적 사례일 것이다. 즉 오태석은 우리 민족의 잠재의식 속에 깊이 잠재되어 있는 정신적 체험 집단무의식적인 정서, 그로 인한 상처를 다루고 있다. 물론 오태석이 이들을 다룸에 있어서 즐겨 구사하는 소통방식은 한국적 심성과 정신적 뿌리로서의 제의, 서사적 구조의 말하기이다.

3. 비억압적 화해의 세계 표현

주체가 현실로부터 소외된 세계에서는 주체와 객관적 대상세계의 연관에 기초한 예술적 인식이나 표현이 불가능하다. 이런 상태에서 현실은 파편화되어 있으며, 이른바 루카치식의 총체성을 상실하고 있기 때문이다. 따라서 주체와 객관적 대상세계의 역동적인 상호 연

---

8) T. Adorno, 「강요된 화해」, 『다시 문제는 리얼리즘이다』(서울: 실천문학사, 1992), p.203.

관이 그려지기보다는 테크놀로지에 의한 주체의 내면을 객관화하는 방식이 동원된다.

'표현'이 모든 예술의 본질적인 계기를 이룬다는 데에 이론의 여지가 있을 수 없다. 역사철학적인 관점에서 볼 때 표현은 주체와 객관 현실의 타협의 결과라 할 것이지만, 그것은 본질적으로 초주관적인 것을 목표로 하고 있다. 따라서 그것은 주체와 객관 현실이 양극단으로 분리되기 이전 단계의 인식형태이며 비대상적인 것의 대상화9)라고 볼 수 있다. 한편, 예술적 차원에서 표현의 객관화에는 주체가 필요하다. 주체는 스스로 객관화를 이룩하며, 스스로 비억압적 화해의 세계에 대한 충동을 드러낸다. 주체에 의해 객관화된 상태에서 이뤄진 예술에서 어떤 객관적인 정서를 읽을 수 있다면, 예술은 충분히 '표현적'이라고 볼 수 있을 것이다. 그러나 이 표현은 단순히 객관 현실의 어떤 것을 되풀이하는 것만은 아니다. '표현'에는 이미 역사적인 과정들과 기능들이 녹아 있어야 할 것이기 때문이다. 이는 당연히 주체와 객관적 대상세계의 비지배적인 소통을 전제로 한다. 이 점은 예술이 지향하는 지점이 곧 객관적 대상세계의 인식과 표현에 있음을 의미한다.

그런데 아도르노에 따르면 현대사회는 '도구적 이성'의 논리가 야만성을 드러내고 있으며, 상업적 이윤의 논리가 문화 영역에까지 침투하는 세계라고 한다. 이른바 관리되는 예술, 관리되는 문화, 관리되는 사회란 바로 이런 것이다. 이런 사회 체제 안에서 이제 인간은 대상세계와의 원만한 화해의 가능성을 발견할 수 없게 된다. 도구적 이성이 지배하는 사회체제 속에서는 예술적인 수단이 목적과 쉽게 화해를 이루지 못하기 때문이다.10)

---

9) T. W. 아도르노, 『미학이론』(서울: 문학과지성사, 1987 5쇄), p.180.
10) 위의 책, p.32.

모든 현대 예술의 징표라고 할 수 있는 불협화음은 미술에서 그와 같은 의미를 지니는 요인들과 마찬가지로, 감각적인 매력을 그에 대립하는 고통으로 변형시킨 상태로 받아들인다. 이는 앰비밸런스의 미학적 근원현상일 것이다. 불협화음적인 요인은 현대 요인의 불변요인이라고 할 수 있다. (……) 이러한 불협화음은 무감각하고 아무런 성질도 지니지 못한다. 예술이 존재할 곳도 없고, 또 예술에 대한 모든 반응이 방해되고 있는 사회에 있어서의 불협화음은 물건과 같이 되어버린 문화적 소유물이 아니면, 고객이 집으로 가지고 가긴 해도 작품 자체와 별 상관이 없는 쾌락의 전리품이 되고 만다.[11]

모더니즘적 세계인식에서 핵심적인 것은 바로 '주체'와 '객체'가 화해를 이루지 못하고 부조화의 상태에 있다는 것이다. 이는 주체 스스로 자신을 객관화하여 이성의 지배하에 스스로를 묶어 두기 때문이다. 주체는 이성을 통해 자신을 해방하면서도 스스로는 그 지배 아래 자신을 내맡기는 모순적인 상황이 된 것이다. 이런 상황에서는 결코 주체 스스로 '자유'를 얻을 수 없게 된다. 비화해적인 현실에서 자율적인 개인으로서의 주체는 소멸되며, 객관 현실에 의한 지배와 억압은 인식되지 못하기 때문이다. 따라서 억압 구조하의 주체는 비화해적 현실 앞에서 무력감과 절망을 갖지 않을 수 없게 된다.

만일 이런 사회에서 주체 스스로 자신과 화해할 수 없는 폐쇄적인 사회의 본질을 꿰뚫어 보는 것이 가능하다면, 그 사회는 주체에게 매우 고통스러운 곳이 될 것이다. 소위 실존적인 불안이란 이런 것이다. 아도르노는 이러한 비화해적 현실에 대한 실존적 불안으로부터 탈출할 수 있는 가능성을 '경험'(*Erfahrung*)의 미메시스(*Mimesis*)적 계기[12]에서 발견한다. 이때 그의 경험은 동일성 논리에 의해 왜

---

11) 위의 책, p.33.
12) 여기서 미메시스는 "감각적으로 수용하고 표현하며 의사소통하는 생명

곡되지 않은 대상 그대로의 체험이다. 그리고 아도르노는 이 '경험' 의 미메시스적 계기를 사유 및 개념과 화해시킴으로써 비화해적 현실에 의한 주체의 사물화와 소외 현상을 극복하려 한다. 결국 아도르노에 따르면 주체의 인식 행위에서 열쇠가 되는 것은 경험이지 형식이 아니다.

그런데 근대의 도구적 이성은 이러한 '경험'으로서의 미메시스적인 계기를 축출하고, 교환원리가 보편화하면서 주체는 사물화와 소외로 귀결되게 되는 것이다. 이런 의미에서 근대 이성에 의한 계몽의 결과는 끊임없는 퇴행의 연속이라고 지적될 수 있다. 이러한 퇴행은 감각적인 세계에 대한 체험뿐만 아니라, 감각적인 체험을 굴복시키면서 이로부터 분리된 지성에게도 해가 된다. 이 퇴행의 역사 속에서 오직 예술만이 '미메시스'적 행동방식을 유지하고 보존하여 왔다는 것이 아도르노의 판단이다. 예술은 정신화한, 즉 합리성을 통해 변용되고 객관화한 미메시스라는 것이 그의 견해다. 따라서 그의 경우에 예술과 철학은 정신의 두 영역을 의미한다. 그는 이러한 예술과 철학 속에서 합리적 계기와 미메시스적 계기를 결합함으로써 비로소 정신은 사물화의 껍질을 해체할 수 있다고 주장한다. 나아가 그는 예술만이 도구적 이성의 현혹관계(*Verblendungszusammenhang*)의 총체성으로부터 벗어나 사람들로 하여금 진리를 인식케 하고 주체와 객체, 보편과 특수를 화해시킬 수 있다고 주장한다.[13] 이런 관점에서 보면, 결국 예술이란 '합리적 계기'와 '미메시스적 계기'가 결합한 것이라고 볼 수 있을 것이다.

1970년대 한국 모더니즘 희곡의 글쓰기에서 전통에 대한 집착은 바로 이 비억압적 화합의 세계를 다시 찾기 위한 방법적 자각인 경

체의 행동방식"이다. 위의 책, p.267.
13) 위의 책, pp.94—98.

우가 많았다. 한국의 전통적인 사고방식은 근본적으로 주체와 객체 간의 교감을 지향하는 경향이 강하였다. 전통에 남아 있는 화해적 교감, 즉 태고적 자연에 대한 충동을 기억해 내는 일이 그것이다. 그러나 주체의 내면에서 이루어지는 이 비억압적 화해의 세계에 대한 열망은 현실적인 실천을 매개로 해서는 도달할 수 없다. 그것은 언제나 예술적인 '가상'을 통해서만 가능하기 때문이다. 아울러 이러한 주체의 충동이 예술을 통해서 객관화되려면 합리화된 현실의 재료와 기법을 통해 생산되어야 하므로 예술 속에서의 주체는 '합리적 계기'를 갖는다.

한편, 이는 합리화된 세계를 넘어서려는 예술이 일방적으로 합리성을 부정하는 것이 아니라 바로 그 합리성을 매개로 화해에 이르려 한다는 점을 깨닫게 한다. 이런 점에서 예술은 역설적이게도 합리성을 통해 합리성을 넘어서려는 시도인 것이다. 따라서 만일에 예술이 합리성을 부정한다면 합리화된 세계에서 모든 현실적 연관을 상실한 비합리적 경험으로 도피하는 셈이 된다. 이렇게 되면 그것은 화해에 도달하려는 주체의지가 효과적으로 드러난 것이 결코 아니다. 1970년대 이 땅의 모더니스트들은 바로 이 모순을 해결해 줄 수 있는 기제로서 모더니즘적 글쓰기 원리에 주목하였던 것이다. 1970년대 이후 유행하고 있는 '제의'나 '잔혹'이라는 연극 문법은 미메시스를 지향하는 주체의 열망을 담아내기 위한 효과적인 그릇이었던 것이다.

4. 한국 현대극의 정립과 전망 제시

한국 모더니즘극의 형성은 대체로 서구 현대극의 유입과 함께 이루어지는 것으로 평가된다. 실제로 한 연구에 의하면 한국 모더니즘 극이 자신의 위상에 걸맞는 세계관적 인식을 표현의 장으로 드러낸 것은 1920년대의 '표현주의 극'에서부터라고 한다.[14] 즉 표현주의가 객관 현실을 지배하는 이성적 질서에 반대하며, 가장 근원적인 진실은 인간의 주관적인 내면세계에서만 찾을 수 있다고 주장하면서 주관을 객관화하려 했던 것은 바로 모더니즘적인 세계관을 드러낸 것이라는 지적이다. 서구에서도 1910년 무렵에서 선보이던 이 표현주의가 한국의 연극계에 전해진 것은 서구의 그것과 거의 비슷한 시기의 1920년대 현철에 의해서였다.[15] 이후 김우진의 <산돼지, 1926>을 거쳐, 극예술연구회의 공연으로 이어졌으나 완전한 의미의 표현주의 극과는 거리가 존재했다. 이후 연극주체의 낮은 지적 수준과 관객층의 낮은 정서적 수준으로 지리멸렬하던 연극계에 해방과 동란을 거치면서 1950년대 이래 미국의 아서 밀러(A. Miller), 유진 오닐(E. O. Neill), 테네시 윌리엄스(Tennessee Williams) 등이 소개되면서 그들의 인식과 표현이 모더니즘극의 부활을 자극하고 있었다. 특히 그들의 실존주의적 세계관이 1950년대적 특수성과 결합되어 한국문학계에 모더니즘적 세계관 형성에 많은 영향을 끼친 것으로 판단된다. 모더니즘은 결국 모더니티에 대한 이해를 바탕으로 하는 것이고 실존주의는 바로 이런 관점에서 이성적 질서에 기초한 근대성 혹은 현대성에 대해 회의하면서 도구적 이성의 실체를 반성하려는 관점에 서 있기 때문이다.

한편, 1960년대에 이르러 한국 연극계는 다시 한번의 변화를 겪게 된다. 즉 지난 시기 모더니즘 연극이 미국 중심으로 수입되었던 반면에 여러 해외파들과 외국문학을 전공한 연극인들의 양적인 증가를

---

14) 이미원, 『한국 근대극 연구』(서울: 현대미학사, 1994), pp.288-289참조.
15) 유민영, 「표현주의극의 한국 수용」, 『한국연극학』(서울:새문사, 1985), p.144.

통해 유럽의 현대극들이 본격적으로 소개되기 시작한 것이다. 이 시기 특히 동인제 극단의 활동과 방법적 실험정신은 당대 주류연극계의 경향성이었던 리얼리즘연극 일변도에 신선한 자극이 되었다. 그러나 이상의 한국 모더니즘극의 형성 과정에서 우선 문제되는 것은, 그것이 현실을 비판적으로 반성하는 가운데 방법적 자각에 이른 서구와 다르다는 데에 있다. 즉 한국의 경우 단순히 리얼리즘 일변도의 한국 극계의 구태에 반대하고 서구현대연극의 흐름에 동참하며 새로운 것의 시도라는 방법적·기법적 모색에 치중하였다는 사실이다.

1970년대의 모더니즘은 전대까지의 그것과 전혀 다른 양상 위에서 있다고 판단된다. 그것은 한국 연극의 현실이 60년대 중반 이후에 본격화되기 시작하여 1970년대에 이르러 어느 정도의 기반을 형성한 산업화의 진전과 연관되어 있기 때문이다. 우선 인구의 급속한 도시 집중과 중산층의 형성은 연극과 같은 고급예술에 대한 수요를 폭발적으로 증가시켰다.16) 이 시기 연극인들의 변화된 외적 현실에 대한 대응은 적절치 못했다. 특히 <에쿠우스>17) 붐 이후 연극의 상업화 경향이 더욱 짙어져 관객의 취향에 영합하는가 하면, 지적 허영과 호기심에 편승한 구미 현대극이 홍수를 이루게 되었다.

그러나 이런 속에서도 대한민국연극제 등을 중심으로 창작극계에는 의미 있는 변화의 조짐들이 나타나고 있었다.18) 오태석, 윤대성,

---

16) 유민영, 「70년대 연극의 사적 전개」, 『한국연극』 100호(1984. 9), p.56.
17) 1975년 김영열이 연출한 극단 실험극장의 개막작으로, Peter Shaffer 원작의 이 극은 심정옥이 번역하고 강태기 등이 출연하였다. 원작은 영국에서 실제로 있었던 사건을 바탕으로 하고 있는데 그 대략의 줄거리는 마구간에서 한 소년이 자신이 그토록 사랑하던 말의 눈을 쇠꼬챙이로 찌르는 광란에 이르는 원인이 어디에 있었는가를 정신과 의사의 진단을 통해 알아보는 이야기로 이뤄져 있다. 연출의 탁월한 작품 해석과 배우들의 연기력이 조화되어 공연 당시 상업적으로도 크게 성공한 작품이다. 이태주, 「에쿠우스」, 『연극은 무엇을 할 수 있는가』(서울: 단대출판부, 1983), p.113 - 118 참조.

이강백, 이현화 등 신진극작가들의 활동이 바로 그것이다. 확실히 이들의 활동은 동시대 다른 조가들의 극작 경향과 구별되는 특징을 갖는다. 즉 이들은 설화나 민속의 발견, 나아가 이를 계승하려는 노력들이 있었는가 하면, 고전믄학작품에서 소재를 차용하여 현대적 인식과 성찰을 담으려 하기도 했다. 또 서사극적 방법을 도입하려는 노력을 펼치기도 하였으며, 상징과 메타포적인 수법을 개발하기도 하였다. 이런 유의 노력들은 한결같이 강한 사회성을 바탕으로 하고 있다는 특징을 갖는다. 이들의 당대 사회에 대한 인식은 '모더니티에 대한 인식의 조정'이라는 특징을 드러내고 있다. 즉 그들은 당더 고도 성장기의 한국 사회에 대한 혹은 강력한 군사독재체제에 대한 근본적이고도 반성적인 성찰 내용을 작품세계에 투영하려는 노력을 경주하고 있었다는 점이다. 앞서 본 연구의 제3장에서 이미 살펴본 바와 같이 그들의 글쓰기 방법은 도구화된 이성의 억압과 폭력을 스스로 고발하고 동일성 논리의 파괴를 뚜렷이 지향하고 있는 것이다.

오태석, 윤대성, 이강백, 이현화 등의 글쓰기 방법은 '뭔가 새로운 것' 혹은 '낯선 것'에의 막연한 동경에 의해 이뤄진 것이 아니라 자기시대에 대한 새로운 인식과 인식 내용의 조정이라는 목표의식을 갖고 이뤄졌다. 이는 이들의 글쓰기가 동시대 글쓰기에 대한 반성적 성찰을 통한 이론과 실천 전략의 정립이며, 나아가 이후 한국 희곡 창작의 지평을 넓히는 '전망'으로 작용하고 있다 점을 뒷받침하는 것이다.

이 전망은 1980년대 이후 한국 연극의 주된 흐름인 '만남'으로 이어지고 있다. 즉 70년대 이후 모더니즘 연극의 '인식과 실천'에 흡입은 연극의 다양화 현상이 새로운 시기를 맞아 더욱 다양하고 의미 있는 변화의 계기를 이끌었던 셈이다. "제도권 연극과 재야 연극의

---

18) 유민영, 「70년대 연극의 사적 전개」, 『한국연극』 100호(1984. 9), p.5⟩.

만남, 전통과 현대의 만남, 한국 연극과 세계 연극의 만남"[19]은 더 나아가 리얼리즘과 모더니즘, 포스트모더니즘의 만남으로 발전되어 가는 계기는 바로 1970년대 시작된 새로운 인식과 실천운동으로서의 모더니즘 연극의 결실이었다.

한편, 이러한 전망은 개별 작가의 차원에서도 유의미한 것이다. 특히 오태석과 이강백의 경우가 그렇다. 우선, 오태석의 연극 작업은 자신의 표현대로 예전에 했던 작품의 80프로 이상을 신작에 그대로 차용하는 방식을 따르고 있다. 70년대 오태석이 발견했던 전통은 90년대에 이르러 <부자유친, 1987>, <백구야 껑충 나지마라, 1991>, <백마강 달밤에, 1993> 등으로 나타나고 있다. <태>에서 보여주었던 단말마적인 광기나 <백마강 달밤에>에서 나타나는 인물들의 다양화되고 양식화된 성격표현 등은 이미 <초분>이나 <태>에서 그 싹을 드러낸 것이었다.

다음으로 이강백의 경우이다. 그는 70년대 자신을 한 사람의 문제적 극작가로서 자리매김하는 데 결정적인 역할을 했던 <파수꾼> 이후, 80-90년대까지 계속해서 당대의 첨예한 정치·사회적 이슈들을 특유의 알레고리를 통하여 선보이고 있다. <호모세파라투스, 1983>, <봄날, 1984> 등은 알레고리적인 담론에 실린 이강백의 사실적 현실인식과 표현을 보여주는 작품들이다. 그러나 이강백의 알레고리적 담론에 실린 당대사회에 대한 문제인식에는 일정한 제약이 따르는 것으로 보인다. 즉 내러티브 전략으로서의 알레고리가 그 의도를 적확하게 드러내기 위해서는 특별히 풀기 어려운 알레고리가 아니라 내용이 간단하여 풀기 쉬운 것이거나, 당대 여러 정황들에 의해 쉽게 말할 수 없었던 것들을 약화된 알레고리를 통해 보여주었을 때 훨씬 전달의 효율을 높일 수 있었다는 점이다.

---

19) 이혜경, 「전통을 안고 세계를 향해」, 『한국연극』 283호(2000. 1), p.22.

Ⅴ 결 론

본 연구는 '모더니티'에 대한 인식을 통해 드러나는 1970년대 한국 모더니즘 희곡의 글쓰기 방법을 구명하려는 데에 그 목적이 있다. 즉 1970년대에 발표되었던 한국 희곡 작품 가운데, 모더니즘적 경향성을 지닌다고 판단되는 작품들을 대상으로, 그들 작품의 글쓰기 방식을 통해 확인 가능한 모더니즘적 세계인식의 실상과 그 방법론이 갖는 의미형성기능에 주목하고자 하는 것이다.

모더니즘 희곡의 글쓰기 방법을 이론적으로 구명하는 데 있어서 중요한 변인은 창작 주체의 근대에 대한 인식과 희곡이라는 장르의 특성에 연관된 구속성을 이해하는 것이다. 여기서 전자는 특히 창작 주체의 모더니즘에 대한 인식 내용을 이론적 차원에서 구명하는 데 중요한 요소이며, 후자는 장르적 구속성과 연관된 무대 형상화 방법에 대한 고려라는 점에서 중요한 것이다. 당연한 이야기지만 창작 주체의 모더니즘 인식은 자칫 논의 자체를 추상적 차원으로 함몰시켜 학문적 엄정성을 훼손시킬 염려가 있는 것도 사실이다. 그러나 인간의 문제를 다루는 문학, 특히 공연을 전제로 하는 점에서 독자 / 관객과의 만남을 중시하는 희곡 장르의 속성상 논의를 전개하는 데 있어서 어느 정도의 추상성을 갖지 않을 수 없었다.

글쓰기 방법이란 '소통'을 전제하는 개념이다. 연구 목적의 효과적인 수행을 위해 모더니즘 희곡의 글쓰기 전제로서 모더니즘적 미학의 본질과 희곡의 장르적 구속성에 주목하였다. 모더니즘 미학의 본질은 주로 모더니즘 작가의 세계인식과 표현 영역에 주목하였다. 이는 특히 1970년대 한국 모더니즘 희곡의 창작자들이 갖고 있는 세계관적인 인식 내용과 이를 표현하기 위한 극작원리로서의 글쓰기 방법이 모더니즘 일반의 그것과 어떻게 부합되며, 또 다른지를 규명하기 위한 전제의 고찰이라는 성격을 갖고 진행되었다. 그 결과 일단 1970년대의 한국 희곡 문학에 나타난 모더니즘적인 인식 내용은

세계관적인 인식 내용이나 기법적인 측면에서 전대의 사실주의 희곡과 확연하게 다르다는 사실을 논증할 수 있었다.

종래의 주장에 따르면, 1970년대 새로운 경향을 보여주었던 일군의 작가와 그 작품들이 모더니즘을 세계관적인 차원에서 이해하고 그 구체적인 실천 원리에 의해 창작한 것이 아니라, 앞 시기 또는 동시기에 사실주의 일변도의 희곡이 갖는 한계를 극복하며, 뭔가 기이한 것을 가지고 관객의 이목을 집중시켜 보려는 수단의 일종이라는 것이었다. 그러나 이는 1970년대 한국 모더니즘 희곡이 달성한 위상에 걸맞지 않는 지적이며, 편협된 것이라는 사실을 확인할 수 있었다. 1970년대 이 땅의 모더니스트들이 인식한 것은 자본주의적 근대의 발전에 기초하여 새로운 사회가 열렸지만, 그것은 진정한 인간관계를 잃어버린 허구적인 설계에 불과하다는 사실이었다. 그들은 이런 세계인식 속에서 새로운 방식의 저항 담론을 생각하지 않을 수 없었고, 그것은 근대화론의 미망에 동조하지 않으면서도 잃어버린 공동체적인 유대를 복원할 수 있는 공간으로의 이동을 필요로 하고 있었던 것이다. 1970년대 한국 모더니스트들은 이 필요를 충족시키기 위한 글쓰기 전략으로서 언어가 지니고 있는 고전적인 권위에 도전하는 방법을 주로 구사하였다. 그리하여 기존의 무대형상화에서 주요한 기제로 작용하고 있던 작가나 텍스트의 권위를 부정하고 음향, 조명, 움직임, 공간성에 대한 인식을 강조하거나 새로운 내러티브 전략을 강조하였던 사실을 확인할 수 있었다. 당연한 귀결이지만 이는 그들의 모더니즘적인 세계인식 내용이 그동안 독자 / 관객을 진실이 차폐된 허구의 세계에 안주시켜 온 데 대한 반성적 성찰 내용을 담고 있는 것이다.

다음으로 장르적 구속성에 대한 고찰은 희곡이 단순히 문학작품으로서만 존재하지 않는다는 희곡의 특수한 존재방식과 관련된 것이다. 즉 희곡에는 무대형상화를 전제로 한다는 그 나름대로의 존재방식이 있는데 특히 모더니즘 희곡은 어떤 방식으로 자신들의 세계인식 내용을 무대화하는지 확인하기 위한 것이다. 그 결과 희곡 장르의 글쓰기에서 몇 가지 핵심적인 제약 요소가 존재한다는 사실을 확인할 수 있었다. 실제로 사적인 영역인 글쓰기가 희곡의 경우처럼 연극적인 시공간에 펼쳐지기 위해서는 제한된 시공간 속에서 사건을 가시적으로 드러내기 위한 특별한 방법적 자각이 필요하다. 이른바 '연극성'이라는 조건이 그것이다. 또한 여기에 공연될 상품으로서 '흥행성'이라는 요소를 필요로 한다. 그리고 연극이라는 장르는 높은 차원의 공공성을 전제로 하므로 여기에 '검열'이라는 특별한 상황에 대한 고려가 필요하다. 1970년대의 희곡 창작에 있어서 실제로 이 검열의 문제는 창작에 대한 심각한 제약으로 작용하였다는 사실을 확인할 수 있었다.

위의 글쓰기 전제 사항을 기반으로 하여 1970년대 한국 모더니즘 희곡의 글쓰기 방법을 분석하였다. 이는 주로 1970년대 한국 모더니즘 희곡의 대표적인 성과물이라고 보이는 5명 9편의 작품에 대한 분석 작업을 통해 이뤄졌다. 분석의 효율과 일관적인 방법론의 적용을 위해 모더니즘 희곡의 이론 일반을 바탕으로, (1) 모더니즘 희곡의 세계인식 내용과 그 특징, (2) 모더니즘적인 세계 전망과 그 양상, (3) 모더니즘적인 저항 담론으로서의 '해체' 등에 주목하고 그 구체적인 성과를 가장 잘 드러내고 있다고 판단되는 작품들에 대입하여 구체적인 작품론과 함께 제시하였다. 그 결과 이들 작품들이 드러내는 모더니즘적인 세계인식 내용과 그 인식 내용의 조정을 위해 그들이 어떤 전략을 구사하였으며 그 의미를 어떻게 평가할 수 있을 것인지에 대한 시사점을 확인할 수 있었다.

먼저 1970년대 모더니즘 희곡작가들의 세계인식은 현대사회 체제의 본질적인 모순에 의한 직·간접적인 폭력, 거기에 군사 독재정권의 물리적 폭력 등에 관한 것이었다. 그리고 그들은 글쓰기를 통해 이런 세계의 불합리에 맞서 그 본질 모순을 비판하고 폭로함으로써 자신들의 인식과 인식 내용의 조절이라는 글쓰기 목적을 수행하려고 하였다. 그러나 일부 관념성과 도식성으로 인해 일정한 한계를 지니고 있음을 발견할 수 있었다.

이러한 인식 내용의 관념성은 세계에 대한 전망의 발견과 제시라는 글쓰기 목적 수행을 효과적으로 수행하게 하는 데 방해요소가 되기도 하였던 것으로 판단된다. 즉 1970년대 모더니즘 희곡작가들의 세계 전망은 우선 전통의 문제에 대한 상반된 경향성을 통해서도 확인할 수 있었다. 전통을 어떻게 보고, 그것을 어떻게 창조해 갈 것인가의 문제는 가장 극명한 차이점이었다. 전통유산의 '현대화론'과 '재현론'은 그 인식 내용만큼이나 방법적인 자각에 있어서도 다른 것이었다. 그러나 이는 서구모델의 수용과 창조 혹은 전통모델의 계발과 창조가 조화됨으로써 새로운 방법적 모델이 될 수 있다는 교훈을 던져 주는 것이었다.

모더니즘적 세계인식에서 두드러지는 것은 그것의 세계인식이 중심을 거부하는 비판적 담론 체계에 속한다는 사실일 것이다. 그런 점에서 1970년대 모더니즘 희곡이 도달한 성과 가운데 하나는 미시 영역에까지 침투해 들어온 자본주의적 권력기제들이 어떻게 우리의 인식 내용을 왜곡하고 망가뜨리는지를 드러내 주고 있다는 점에서 찾을 수 있다. 비록 그것이 잔혹이나 성담론이라는 자극적인 방법론에 의존하고 있는 것이기는 하나 모더니즘 희곡의 글쓰기가 갖는 특장점을 잘 드러내 주는 것으로 '해체담론'의 의미를 확인할 수 있었다.

작품 분석 결과를 토대로 모더니즘적인 글쓰기가 어떤 의미기능을 수행하는지 살폈다. 구체적으로 1970년대 모더니즘 희곡 작품들에 나타난 글쓰기 원리가 근대적 체험과 세계인식, 그리고 그 인식 내용의 조정을 위한 작가적 욕망 표현 기능을 수행한다는 사실을 확인할 수 있었다. 모더니즘 작가들은 진지한 역사의식의 소유자들이다. 그들은 애써 당대적인 문제들을 외면하거나, 동일성 논리에 쉽게 투항하지 않는다. 대신 소통 체계의 재구조화를 지향한다. 즉 일상성의 세계가 보여주는 일방적인 동일화의 논리에 저항하여 일상성의 논리를 탈자동화하고, 이를 통해 주체와 현실의 연관관계에 대한 새로운 인식 내용에 도달하게 하는 것이다. 모더니즘 희곡의 글쓰기 지향하는 또 하나의 지점은, 비화해적인 현실을 해체하여 현실에서 주체와 대상세계 사이에 비억압적 화해의 계기를 형성시키려 한다는 점이다.

이러한 논의를 바탕으로 도달한 본 연구의 의의를 밝혀 보면 다음과 같다.

첫째, 모더니즘 희곡의 글쓰기 방법이 주체의 세계인식과 표현의 장임을 구명하였다. 여기서 글쓰기 주체의 세계인식을 결정하는 것은 그가 객관적 대상세계와 어떤 연관을 맺고 있는가 하는 것이다. 1970년대 모더니즘 희곡작가들은 당대사회가 자본주의적 본질 모순이 은폐되거나, 독재정권의 폭력에 찌들어 있다고 인식하였다. 그러나 기존의 사실주의적인 글쓰기 방식으로는 자신들의 세계인식 내용을 효과적으로 표현할 수 없다고 판단하였다. 그들이 선택한 글쓰기 방법은 바로 이런 상황에서 소통의 효율을 극대화하기 위한 전략이라는 사실이다.

둘째, 모더니즘 희곡의 글쓰기 방법이 장르적 구속성의 결과임을 구명하였다. 결국 글쓰기 주체의 세계인식 내용은 장르적 도식을 수용하거나 변형함으로써 표현될 수밖에 없는데, 희곡 장르가 독자 / 관객과의 소통을 극대화하기 위해서는 연극성, 흥행성, 검열제도 등의 구속성에 주목하지 않을 수 없었음을 구체적인 작품 분석을 통해 도출한 것이다. 이는 글쓰기를 텍스트 외적 상황과의 연관 속에서 파악하게 함으로써 글쓰기 원리를 단순히 표현 기술의 차원에서만 접근하는 한계에서 벗어나 새로운 시각의 확대를 가져온 것으로 평가할 수 있다. 실제로 그동안의 희곡연구는 극작술에 대한 기호학적 접근이나 주제의식 연구와 같은 텍스트 내적 상황에 집중하는 경향이 강하였는데, 글쓰기 방법의 구명을 장르적 구속성과 연관지어 파악함으로써 연구지평의 확대에 기여했다고 보는 것이다.

셋째, 1970년대 한국 모더니즘 희곡이 도달한 성과와 한계를 구명하였다. 개별 작가 / 작품들의 편차를 인정하지 않을 수 없겠지만, 1970년대 한국 모더니즘 희곡이 거둔 성과는 사실주의적 세계인식과 표현의 한계를 자각하고 그것을 뛰어넘으려는 노력을 경주했다는 사실이다. 연극성을 높이기 위한 방법적인 자각이나 전통에 대한 관심은 이를 증명하는 것이다. 또 현대사회의 실상과 1970년대 독재권력의 실상을 고발하고 비판하는 등의 노력을 게을리하지 않았다는 점이다. 그러나 그들의 이러한 세계인식과 표현에는 관념성의 문제와 같은 한계도 있음을 확인할 수 있었다.

희곡연구의 학문적인 기초를 정교화하기 위해서는 연구방법의 개발과 함께, 연구 대상 영역의 다변화가 필요하다고 본다. 본 연구는 글쓰기 방법이나 원리의 구명 작업이 바로 이러한 화두를 해소하는 데 기여할 수 있으리라는 생각에서 출발하였지만, 정교한 이론화 작업에는 일정한 한계점을 스스로 노정하고 말았다는 안타까움이 남아 있다. 이를 보완하기 위해서는 이러한 연구 과정의 축적을 바탕으로, 보다 정교한 이론화 작업의 진행과 더불어 구체적인 실천 맥락과의 연계가 필요하리라 본다.

참고문헌

1. 기본자료

박조열, 『오장군의 발톱』, 서울: 학고방, 1991.
오태석, 『오태석 희곡집 v.1: 백마강 달밤에』, 서울: 평민사, 1999.
오태석, 『오태석 희곡집 v.2: 심청이는 왜 두 번 인당수에 몸을 던졌는
　　　가』, 서울: 평민사, 1999.
이강백, 『이강백희곡전집 v.1』, 서울: 평민사, 개정판 1쇄 2001.
이현화, 『이현화 수상작품집: 누구세요』, 서울: 예문관, 1979.
이현화, 『이현화 희곡집: 0.917』, 서울: 청하, 1985.
윤대성, 『윤대성 희곡집』, 서울: 청하, 1990.

2. 국내논저

〈단행본〉

구광모, 『문화정책과 예술진흥』, 서울: 중앙대학교출판부, 2001.
김길수, 『우리시대의 삶과 연극의 조망』, 서울: 현대미학사, 1997.
김미혜 외 역, 『20세기 연극』, 서울: 연극과 인간, 2000.
김방옥, 『약장수, 신의 아그네스, 그리고 마당극』, 서울: 문음사, 1989.
김병걸, 『실패한 인생, 실패한 문학』, 서울: 창작과비평사, 1994.
김성희, 『연극의 사회학, 희곡의 해석학』, 서울: 문예마당, 1991.
김성희, 『한국 현대 희곡연구』, 서울: 태학사, 1998.

김욱동, 『모더니즘과 포스트도더니즘』, 서울: 현암사, 1992.

김유중, 『한국 모더니즘 문학의 세계관과 역사의식』, 서울: 태학사, 1996.

김윤식, 『한국 문학의 리얼리즘과 모더니즘』, 서울: 민음사, 1989.

김 현, 『김현 문학전집 v.7 분석과 해석, 보이는 심연과 안 보이는 역사
　　　전망』, 서울: 문학과지성사, 1992.

김진균 외, 『근대주체와 신민지 규율 권력』, 서울: 문학과학사, 1997.

나병철, 『모더니즘과 포스트모더니즘을 넘어서』, 서울: 소명, 1999.

무천극예술학회 편, 『박조열연구』, 서울: 국학자료원, 2001.

문흥술, 『작가와 탈근대성』, 서울: 깊은샘, 1997.

민족문학연구소 희곡분과 편, 『1950년대 희곡연구』, 서울: 새미, 1998.

박재환 외 편, 『일상생활의 사회학』, 서울: 한울아카데미, 1994.

백락청 編, 『리얼리즘과 모더니즘』, 서울: 창비, 1984.

서연호, 『우리 시대의 연극인』, 서울: 연극과 인간, 2001.

신현숙, 『희곡의 구조』, 서울: 문학과지성사, 1990.

신현숙, 『20세기 프랑스 연극』, 서울: 문학과지성사, 1997.

오태석·서연호 대담, 『오태석 연극: 실험과 도전의 40년』, 서울: 연극
　　　과 인간, 2002.

이상일, 『한국연극의 문화 형성력』, 서울: 눈빛, 2000.

이미원, 『한국 근대극 연구』, 서울: 현대미학사, 1994.

이미원, 『한국현대극작가연구』, 서울: 연극과 인간, 2003.

이영미, 『이강백 연구』, 한극예술종합학교 한국예술연구소, 1995.

이영미, 『마당극, 리얼리즘, 민족극』, 서울: 현대미학사, 1997.

이원양, 『독일연극사』, 서울: 두레, 2003.

이진경, 『맑스주의와 근대성―주체생산의 역사이론을 위하여』, 서울: 문
　　　학과학사, 1997.

이진경, 『근대적 시·공간의 탄생』, 서울: 푸른숲, 1997.

여홍상 편역, 『바흐친과 문학이론』, 서울: 문학과지성사, 1997.

유민영, 『한국 현대 희곡사』, 서울: 새미, 1997.

유민영, 『전통극과 현대극』, 서울: 단대출판부, 1984.

유민영, 『한국연극의 미학』, 서울: 단대출판부, 1982.

윤평중, 『포스트모더니즘의 철학과 포스트마르크스주의』, 서울: 서광사, 1992.

조영복, 『한국 모더니즘 문학의 근대성과 일상성』, 서울: 다운샘, 1997.

정지창, 『서사극, 마당극, 민족극』, 서울: 창작과비평사, 1989.

차봉희 편저, 『독자반응비평』, 서울: 고려원, 1993.

차봉희, 『현대사조12장』, 서울: 문학사상사, 1981.

철학사상연구회 편, 『삶과 철학』, 서울: 동녘, 1994.

최문규, 『탈현대성과 문학의 이해』, 서울: 민음사, 1996.

최유찬, 『문예사조의 이해』, 서울: 실천문학사, 1995.

최현무 편, 『한국문학과 기호학』, 서울: 탑출판사, 1988.

최혜실, 『한국 모더니즘 소설 연구』, 서울: 민지사, 1992.

한국브레히트학회 편, 『브레히트의 연극세계』, 서울: 열음사, 2001.

한국정치연구회 편, 『한국정치사』, 서울: 백산, 1990.

한상철, 『한국연극의 쟁점과 반성』, 서울: 현대미학사, 1992

한옥근, 『연극의 이해』, 서울: 국학자료원, 1998.

황훈성, 『기호학으로 본 연극 세계』, 서울: 신아사, 1998.

〈논 문〉

김길수, 「<태>의 극창작 설계미학」, 『드라마논총14집』, 한국드라마학회, 2001.

김남석, 「1970년대 희곡에 나타나는 희생양 메커니즘 연구」, 『한국연극의 쟁점과 새로운 탐구』, 서울: 연극과 인간, 2001.

김문환, 「오태석론 — 비현실적 연극의 현실감각」, 『오태석 희곡집2』, 서울: 평민사, 1999.

김방옥, 「한국사실주의 희곡연구」, 이화여대 박사논문, 1988.

김방옥, 「오태석론」, 『한국희곡작가연구』, 서울: 태학사, 1997.

김상열, 「박조열 희곡에 나타난 공간대립의 성격에 관한 연구」, 『반교어문연구v.7』, 반교어문학회, 1996.

김성희, 「국립극단연구2」, 『한국연극연구』3집, 한국연극사학회, 2000.

김성희, 「우의적 기법으로 드러내는 시대정신 — 이강백론」, 『한국현역극

작가론 1』, 서울: 예니, 1987.

김혜영, 「한국 모더니즘소설의 글쓰기 방법 연구: 시간 구성 원리를 중심으로」, 서울대 박사논문, 2000.

김영학, 「한국모더니즘희곡연구」, 조선대 박사논문, 2000.

박병덕, 「카프카의 작품에 나타난 Hunger-motiv 연구」, 『카프카연구 2집』, 한국카프카학회, 1987.

박혜령, 「윤대성 희곡연구」, 『한국극예술연구』7집, 1997.

박혜령, 「한국반사실주의 희곡연구-오태석, 이현화, 이강백 작품을 중심으로」, 이화여대 박사논문, 1995.

백현미, 「1970년대 한국연극사의 전통담론 연구」, 『한국극예술연구』 12집, 한국극예술학회, 2001.

서연호, 「환경과 언어에 대한 탐색」, 『우리시대의 연극인』, 서울: 연극과 인간, 2001.

손화숙, 「관객의 일상성에서 벗어나기 위한 연극적 기법」, 한국극예술학회 편, 『한국극예술연구 2집』, 서울: 태학사, 1995 재판.

신현숙, 「이현화의 극작술에 대한 소고」, 『한국희곡작가연구』, 서울: 태학사, 1997.

심정순, 「이현화론」, 『한국 현역 극작론2』, 서울: 예니 2판, 1994.

안치운, 「연극성과 희곡의 허무주의」, 『이강백 연극제 기념논집』, 예술의전당, 1998.

이미원, 「한국 현대극의 전통 수용양상1」, 『한국연극학 v.6』, 한국연극학회, 1994.

이미원, 「오태석과 역사 퍼러디」, 『한국현대극작가연구』, 서울: 연극과 인간, 2003.

이상란, 「연극적 상상력과 담론 통제」, 『한국극작가론』, 서울: 평민사, 1998.

이상란, 「희곡의 연극성Ⅰ」, 『예술경영과 희곡읽기』, 한국연극사학회 편; 푸른사상, 2000.

이상우, 「폭력과 성스러움」, 『한국극작가론』, 서울: 평민사, 1998.

이승희, 「한국 사실주의 희곡연구」, 서울: 성균관대학교박사학위논문, 2000.

이혜경, 「소통장애의 세계와 거리 두기」, 『한국극작가론』, 서울: 평민사, 1998.

이혜경, 「전통을 안고 세계를 향해」, 『한국연극』 283호, 2000. 1.

오영미, 「이근삼, 박조열의 희극성 고찰」, 『경희어문학v.13』, 경희대국문학과, 1993.

유덕형, 「70년대의 초상―상황적 고통의 확인」, 『오태석희곡집2』, 서울: 평민사, 1999.

유민영, 「창작극의 변모: 창고극장의 <결혼>공연과 관련하여」, 『70년대 연극평론 자료집Ⅱ』, 한국연극평론가협회 편, 1979, 영인본.

유민영, 「전환기에 선 한국연극」, 『70년대 연극평론 자료집Ⅱ』, 한국연극평론가협회 편, 1979, 영인본.

유민영, 「방황과 모색―연극의 궤적」, 『예술과 비평』 창간호, 서울신문사, 1984.

유민영, 「친일 알레르기·좌익알레르기·권력알레르기」, 『무대리뷰1―1986년 7월의 시점』, 서울: 예니, 1986.

유민영, 「70년대 연극의 사적 전개」, 『한국연극』, 1984. 9.

유민영, 「좌절과 비극: 윤대성의 작품세계」, 『문학사상』 122호, 1982. 12.

양승국, 「'극적'인 것과 '서사적'인 사이의 거리와 넘나들기」, 『한국연극의 현실』, 서울: 태학사, 1994.

여세주, 「박조열의 알레고리적 글쓰기」, 『박조열연구』, 서울: 국학자료원, 2001.

정낙현, 「윤대성 희곡에 나타난 서사극적 특성」, 한국극예술학회 편, 『한국극예술 연구 2집』, 서울: 태학사, 재판 1995.

정우숙, 「1960―70년대 한국희곡의 비사실적 전개양상」, 이화여대 박사논문, 1997.

최미숙, 「한국 모더니즘 시의 글쓰기방식에 관한 연구」, 서울대 박사논문, 1997.

최상민, 「박조열 희곡의 주제의식 연구」, 조선대 석사논문, 2000.

최상민, 「이강백 희곡 <파수꾼>에 나타난 담론 특성 고찰」, 『한국연극

연구』 6집, 한국연극사학회, 2003.
최상민,「윤대성 희곡 <노비문서>에 나타난 모더니즘적 특징과 그 의미」, 한국극문학회정기학술발표회자료집, 2002. 8. 17.
최상민,「오태석 희곡 <초분>의 '전통 지향'이 갖는 의미」, 한국연극사학회정기학술발표회자료집, 2002. 6. 25.

〈기 타〉
공연법 시행규칙, 1986.
공연법 윤리규정, 1986.
김방옥, "관심 모으는 창작극들",『신동아』, 1988. 8.
김희원,「이강백인터뷰」,『한국연극』, 1998. 5.
동이향,「비워라! 지워라! 지워라!」,『한국연극』, 1999. 6
박조열,「표현의 자유 그 한계상황과 개선책」,『무대리뷰1, 1986년 7월의 시점』, 서울: 예니, 1986. 8.
손진책,「영원한 개혁, 새로운 전통」, <오장군의 발톱>공연 팜플렛, 1983.
이영섭 편,『세계문학비평용어사전』, 서울: 을유문화사, 1981.
이윤택,「어두운 시대의 우울한 경고-이현화론」, 산울림소극장 개관 5주년기념 우수창작극 특별초청공연팜프렛.
유흥종,「최근 반려된 각본과 그에 따른 논의에 대한 견해」,『무대리뷰1-19867월의 시점』, 서울: 예니, 1986.
조태준,「앙토냉 아르토, 방황하는 연극인(1921-1935)」,『계간 우리극연구』창간호, 서울: 공간미디어, 1996, 가을.
빠뜨리스 빠비스, 신현숙 역,『연극학 사전』, 서울: 현대미학사, 1990.

3. 국외논저

Aristotle, 천병희 역,『시학』, 서울: 문예출판사, 개역판 1998.

A. Eysteinsson, 임옥희 역, 『모더니즘문학론』, 서울: 현대미학사, 1996.

Henri Lefebvre, 박정자 역, 『현대세계의 일상성』, 서울: 세계일보, 1990.

Albrecht Wellmer 著; 이주동, 안성찬 共譯, 『모더니즘과 포스트모더니즘의 변증법』, 서울: 녹진, 1993.

Bertolt Brecht, 김기선 역, 『서사극 이론』, 서울: 한마당, 1992.

Vincent Descombes, 박성창 역, 『동일자와 타자』, 서울: 인간사랑, 1990.

Christopher Innes, 김미혜 역, 『아방가르드 연극의 흐름』, 서울: 현대미학사, 1997.

G. Lukács, 반성완 역, 『루카치 소설의 이론』, 서울: 심설당, 1998.

Henri Lefebvre, 박정자 역, 『현대세계의 일상성』, 세계일보사, 1992.

Hans Robert Jaub, 장영태 역, 『도전으로서의 문학사』, 서울: 문학과지성사, 1983.

Jacques Lacan, 권택영 외 편역, 『욕망이론』, 서울: 문예출판사, 2000.

Jurgen Habermas, 정정호 외 역, 「모더니티-미완성의 기획」, 『포스트모더니즘론』, 서울:터, 1992.

Jurgen Habermas, 이진우 외 역, 「현대의 시대의식과 자기 확인의 욕구」, 『현대성의 철학적 담론』, 서울: 문예출판사, 1994.

Linda Hutcheon, 장성희 역, 『포스트모더니즘의 이론과 전략』, 서울: 현대미학사, 1998.

Lajos Egri, 김선 역, 『희곡작법』, 서울: 청하, 1991.

M. Bakhtin, 「서사시와 소설-소설 분석의 방법론」, 토도로프, 최현무 역, 『바흐찐: 문학사회학과 대화이론』, 서울: 까치, 1987.

Marshall Berman, 윤호병·이만식 역, 『현대성의 경험-견고한 모든 것은 대기 속에 녹아버린다』, 서울: 현대미학사, 1994.

Martin Jay, 「현대성의 시각적 제도들」, 『현대성과 정체성』, 서울: 현대미학사, 1997.

M. Calinescu, 이영욱 외 역, 『모더니티의 다섯 얼굴』, 시각과 언어, 1993.

T. W. Adorno 외, 김유동 역, 『계몽의 변증법』, 문예출판사, 1995.

Michel Foucault, 박홍규 역, 『감시와 처벌: 감옥의 탄생』, 나남, 1993.

Ann Jefferson, 송창섭 외 역, 『현대문학이론』, 서울: 한신문화사, 1995.

N. Frye, 임철규 역, 『비평의 해부』, 서울: 한길사, 1982.

Peter Burger, 최성만 역, 『전위예술의 새로운 이해』, 서울: 심설당, 1986.

P. Zima, 『이데올로기와 이론 ─ 비판적 인문사회과학을 위하여』, 문학과 지성사, 1996.

Peter Szond, 『현대드라마의 이해』, 서울: 탐구당, 1994.

Roman Jakobson, 『문학 속의 언어학』, 서울: 문학과지성사, 3쇄 1994.

S. Chatman, 한용환 역, 『이야기와 담론』, 고려원, 1991.

S. A. Kierkegaard, 김병옥 외 역, 『키에르케고르, 니체』, 서울: 대양서적, 1971.

U. Lunn, 김병익 역, 『마르크시즘과 모더니즘』, 문학과지성사, 1993.

T. W. Adorno, 홍승용 역, 『미학이론』, 문학과지성사, 1995.

Vincent Descombes, 박성창 역, 『동일자와 타자』, 인간사랑, 1993.

V. Flusser, 윤종석 역, 『디지털 시대의 글쓰기』, 문예출판사, 1998.

Walter. J. Ong, 이기우 외 역, 『구술문화와 문자문화』, 문예출판사, 1995.

Walter Benjamin, 반성완 편역, 『발터벤야민의 문예이론』, 민음사, 1995.

務臺理作, 편집부 역, 『현대의 휴머니즘』, 서울: 풀빛, 1983.

伊東勉, 이현석 역, 『리얼리즘이란 무엇인가』, 서울: 세계, 1987.

今村仁司, 이수정 역, 『근대성의 구조』, 서울: 민음사, 1999.

Annabel Patterson, "Censorship", Martin Coyle et(ed), Encyclopedia of Literture and Criticism, Routledge, 1991.

A. Callinicos, Against Postmodernism, New York; Martins Press, 1990

E. M. Forster, Aspects of the Novel, New York; Penguin Books, 1977.

Georg. Lukacs, The ideology of modernism, Lodge, David., 『20th Century Literary Criticism』, London; Longman, 1972.

H. Blumenberg, The Legitimacy of Modern Age, Cambridge; Mass,

1983.

J. Habermas, The Philosophical Discourse of Modernity, Cambridge, 1987.

J. Kristeva, Revolution in Poetic Language, trans. M. Waller, Columbia Univ. Press, 1984.

Martin Esslin, "Modernist Drama: Wedekind to Brecht", Malcolm Bradbury & James Mcfarlne(ed.), Modernism, Penguin Books, 1991.

Styan, J. L., Modern Drama in Theory and Practice, v.3: Expressionism and Epic Theatre, Cambridge: Cambridge University Press, 1981.

최 상 민

전남대학교 국어국문학과 졸업(학사)
조선대학교 대학원 국문학과 졸업(석, 박사)
현) 전남대 교육발전연구원 강사

저서로 『박조열 희곡 연구』(공저, 2001), 인문·사회계열 글쓰기(공저, 2006)
등이 있으며, 논문으로 「최인훈 '심청' 재현과 의미」, 「이승우 소설에 나타
난 연극성」, 「비계설정하기를 통한 글쓰기 지도」, 「대학생 글쓰기 지도에서
평가의 문제」 등 다수

한국 모더니즘 희곡의 글쓰기

• 초판 인쇄   2008년 6월 20일
• 초판 발행   2008년 6월 20일

• 지 은 이   최상민
• 펴 낸 이   채종준
• 펴 낸 곳   한국학술정보㈜
             경기도 파주시 교하읍 문발리 513-5
             파주출판문화정보산업단지
             전화   031) 908-3181(대표) · 팩스   031) 908-3189
             홈페이지 http://www.kstudy.com
             e-mail(출판사업부) publish@kstudy.com
• 등   록   제일산-115호(2000. 6. 19)
• 가   격   16,000원

ISBN   978-89-534-9607-1 93810 (Paper Book)
          978-89-534-9608-8 98810 (e-Book)